dtv

Marcovaldo wohnt mit seiner Familie mitten in der Stadt und träumt beharrlich von einer Natur, die ihm nur noch als ferne Erinnerung gegenwärtig ist. Um die Jahreszeiten richtig zu erleben, begibt er sich deshalb mit unverdrossenem Optimismus auf die Suche nach einer »heilen« Welt. Aber die Pilze, die mitten im Herzen der Stadt sprießen, bringen ihn und seine Lieben ins Krankenhaus. Das Kaninchen, das er mitgehen läßt, ist ein verseuchtes Versuchstier. Das wunderbare Blau des Flusses verdankt dieser einer Farbenfabrik. Selbst der Wald, den seine Kinder am Rande der Autobahn entdecken, entpuppt sich als eine Ansammlung von Reklameschildern. Und dennoch: Diesem einfachen Mann mit kindlichem Gemüt gelingt es immer wieder, ins Reich der Tagträume zu entschweben und seine Niederlagen in Erfolge zu verwandeln. Und statt an der Straßenbahnhaltestelle landet er über den Wolken. – »Hier findet sich bereits alles, was wir an Calvinos späteren Arbeiten so schätzen: den philosophierenden Literaten, den Verzauberer des Unscheinbaren und den Dichter der Genauigkeit.« (Carl-Wilhelm Makke in ›Zibaldone‹)

Italo Calvino, am 15. Oktober 1923 in Santiago de las Vegas auf Kuba geboren, wuchs in San Remo auf und studierte Literatur und Philosophie in Turin. Danach arbeitete er als Redakteur bei verschiedenen Zeitschriften und als Lektor des Verlages Einaudi. Italo Calvino gilt als einer der bedeutendsten Autoren der italienischen Literatur nach 1945; sein Werk wurde mit zahlreichen Preisen ausgezeichnet und in alle Weltsprachen übersetzt. Er starb am 19. September 1985 in Siena.

Italo Calvino

Marcovaldo
oder
Die Jahreszeiten in der Stadt

Der Tag eines Wahlhelfers

Deutsch von Nino Erné, Heinz Riedt
und Caesar Rymarowicz

Deutscher Taschenbuch Verlag

Die einzelnen Geschichten wurden aus dem Italienischen übertragen von Nino Erné (N. E.), Heinz Riedt (H. R.) und Caesar Rymarowicz (C. R.).

Ungekürzte Ausgabe
August 1991
2. Auflage Mai 2000
Deutscher Taschenbuch Verlag GmbH & Co. KG,
München
www.dtv.de
© The Estate of Italo Calvino
Titel der italienischen Originalausgaben:
›Marcovaldo ovvero Le stagioni in città‹
(Giulio Einaudi editore S. p. A., Mailand 1963)
›La giornata d'uno scrutatore‹
(Giulio Einaudi editore S. p. A., Mailand 1963)
© 1988 der deutschsprachigen Ausgabe:
Carl Hanser Verlag, München · Wien
Die Übersetzungen wurden auf der Grundlage der 1983 bzw. 1982
erschienenen italienischen Neuausgaben durchgesehen
Umschlagkonzept: Balk & Brumshagen
Umschlagfoto: © The Image Bank
Gesamtherstellung: C. H. Beck'sche Buchdruckerei,
Nördlingen
Gedruckt auf säurefreiem, chlorfrei gebleichtem Papier
Printed in Germany · ISBN 3-423-12775-9

Inhalt

Marcovaldo oder Die Jahreszeiten in der Stadt

In der Stadt wachsen Pilze

Der Wind, der von weit her über die Stadt streicht, bringt ungewöhnliche Gaben mit, die nur wenige, empfindsame Seelen bemerken: Leute mit Heuschnupfen zum Beispiel, die den Pollenstaub der Blumen von fremder Erde aus ihrer Nase wieder hinausniesen.

Eines Tages sanken, wer weiß woher durch die Luft herangetragen, Sporen auf die Erdstreifen einer Allee in der Stadt nieder, und daraus wurden Pilze. Niemand bemerkte sie, außer dem Handlanger Marcovaldo, der gerade an dieser Stelle morgens in die Straßenbahn zu steigen pflegte.

Dieser Marcovaldo hatte keinen Blick für das Leben der Stadt: Schilder, Verkehrsampeln, Schaufenster, Leuchtreklamen, Plakate, waren sie auch noch so ausgeklügelt, um die Aufmerksamkeit auf sich zu lenken, das alles konnte seinen Blick nicht fesseln, der über den Sand einer Wüste zu schweifen schien. Was ihm hingegen nie entging, das war etwa ein Blatt, das an seinem Zweig gilbte, eine Feder, die an einem Dachziegel hängengeblieben war. Keine Bremse auf der Kruppe eines Pferdes, keine Rille, von einem Holzwurm in die Tischplatte gebohrt, keine zerquetschte Schale einer Feige auf dem Bürgersteig, die Marcovaldo nicht bemerkt, über die er nicht Erörterungen angestellt, die er nicht zum Anlaß genommen hätte, dem Wechsel der Jahreszeiten, den Sehnsüchten seiner Seele und der Trübseligkeit seiner Existenz nachzusinnen.

Als er nun so eines Morgens auf die Straßenbahn wartete, die ihn zu seinem Arbeitsplatz in einer Fabrik bringen sollte, entdeckte er etwas Ungewöhnliches in der Nähe der Haltestelle, auf dem Streifen unfruchtbaren, krustigen Bodens, der die Baumreihe begleitete; am Fuß der Baumstämme schienen sich an einigen Stellen Auswüchse gebildet zu haben, die hier und da sich öffneten und rundliche, unterirdische Körperchen hervorblühen ließen.

Er bückte sich, um seine Schnürsenkel fester zu knüp-
fen, und sah genauer hin: Es waren Pilze, echte Pilze, die
hier mitten im Herzen der Stadt sprossen. Marcovaldo
hatte die Empfindung, als ob die graue, elende Welt, die
ihn umgab, mit einemmal verborgenen Reichtum offenba-
re, als ob man vom Leben noch etwas erhoffen dürfe, was
über den Empfang der vertraglich geregelten Lohntüte,
die Sozialversicherung und das tägliche Brot hinausging.

Bei der Arbeit war er noch zerstreuter als sonst; er
bedachte, daß zur selben Zeit, da er hier Pakete und Kisten ablud, die schweigenden, gemächlichen Pilze, die
nur er kannte, im Dunkel der Erde aufwuchsen, unterirdische Säfte in sich sammelten, ihr poröses Fruchtfleisch
reifen ließen und mit dem Kopf durch die Erdkruste brachen.

Eine Nacht Regen würde genügen, sagte er zu sich,
dann könnte man sie schon herausholen. Eine einzige
Regennacht...

Und er bebte vor Ungeduld, seiner Frau und den Kindern von der Entdeckung zu erzählen.

»Ich will euch mal was sagen«, verkündete er dann
beim kärglichen Abendessen. »Noch ehe eine Woche
vorüber ist, gibt es Pilze. Und was für welche! Ihr werdet
staunen.«

Den kleinsten Kindern, die nicht wußten, was ein Pilz
ist, erklärte er mit Rührung in der Stimme die Schönheit
der verschiedenen Sorten, die Zartheit ihres Geschmacks,
und wie man sie zubereiten muß; damit gelang es ihm,
sogar seine Frau in das Gespräch zu verwickeln, die sich
bis zu diesem Augenblick eher ungläubig und gleichgültig gezeigt hatte.

»Wo sind denn diese Pilze?« fragten die Kinder. »Sag
doch, wo wachsen sie?«

Bei dieser Frage wurde Marcovaldos Begeisterung von
einer Regung des Mißtrauens gezügelt: Wenn ich ihnen
den Platz sage, dachte er, gehen sie mit irgendeiner dieser
Jungensbanden auf Pilzsuche, man erzählt sich davon im
ganzen Viertel, und die Pilze enden in den Kochtöpfen
anderer Leute. So stürzte ihn die Entdeckung, die noch
kurz zuvor sein Herz mit allumfassender Liebe erfüllt
hatte, in wilde Habsucht und eifersüchtige Furcht.

»Den Pilzplatz kenne ich, und das genügt«, sagte er zu den Kindern. »Wehe euch, wenn ihr euch auch nur ein Wort darüber entschlüpfen laßt!«

Am nächsten Morgen näherte er sich voller Besorgnis seiner Straßenbahnhaltestelle. Er beugte sich bei den Bäumen hinunter und sah erleichtert, daß die Pilze ein wenig gewachsen waren; nicht eben viel, sie staken noch fast ganz in der Erde.

In dieser Stellung bemerkte er, daß jemand hinter ihm stand. Mit einem Ruck sprang er auf die Füße und gab sich den Anschein, als wäre nicht das mindeste geschehen. Es war ein Straßenkehrer, der ihn, auf seinen Besen gestützt, betrachtete.

Der Straßenkehrer, in dessen Herrschaftsbereich die Pilze fielen, erwies sich als ein langaufgeschossener, bebrillter Jüngling. Er hieß Amadigi und war Marcovaldo, der selbst nicht recht wußte warum, schon seit langem höchst unsympathisch. Mag sein, daß ihn die Brillengläser ärgerten, die den Asphalt absuchten, um jedes Restchen Natur zu entfernen.

An diesem Tag, einem Sonnabend, verbrachte Marcovaldo seine Freizeit damit, um die Baumreihe der Allee herumzustreichen, wobei er in einem Auge den Straßenkehrer, im anderen die Pilze behielt und Berechnungen anstellte, wieviel Zeit sie brauchen würden, um reif zu werden.

Nachts regnete es, und wie die Bauern nach Monaten der Dürre beim Geräusch erster fallender Tropfen erwachen und vor Freude in die Luft springen, so setzte sich Marcovaldo, als einziger in der Stadt, plötzlich im Bett auf und rief die Familie zusammen.

»Der Regen! Der Regen!« Und er sog den Geruch durchnäßten Staubes und frischen Schimmels ein, der von draußen ins Zimmer drang.

Als der Morgen dämmerte, ein Sonntagmorgen, lief er mit den Kindern und einem vorsorglich entliehenen Korb an die Haltestelle. Da waren die Pilze, aufrecht auf ihren Beinchen, mit hoch aus dem von Wasser schwappenden Boden aufragenden Köpfen. Hurra! Und die Familie warf sich darüber, um die Ernte einzubringen.

»Papa, schau doch mal den Herrn da, wie viele der

gefunden hat!« sagte Michelino. Der Vater hob den Kopf und erblickte Amadigi, der dicht neben ihnen stand und ebenfalls einen Korb unter dem Arm trug – einen Korb voll von Pilzen.

»Aha, Sie sammeln auch welche?« fragte der Straßenkehrer. »Dann kann man sie also essen? Ich habe auch ein paar genommen, weiß aber nicht, ob ich ihnen trauen soll... Weiter hinten am Corso sind noch größere gewachsen... Na gut, jetzt, da ich weiß, was damit los ist, sage ich meinen Leuten Bescheid, die sind schon da und diskutieren, ob man soll oder nicht.«

Und mit langen Schritten ging er davon.

Marcovaldo blieb sprachlos zurück. Noch größere Pilze, und er hatte sie nicht bemerkt! Eine unverhoffte Ernte, und sie wurde ihm ohne weiteres vor der Nase weggeschnappt! Zorn, Wut versteinerten ihn fast, aber nur einen Augenblick lang, dann riß ihn – wie es zuweilen vorkommt – der jähe Sturz seiner persönlichen Leidenschaft in einen Aufschwung allgemeiner Großzügigkeit hinein: »Heda, hört mal alle zu! Wollt ihr heute abend Pilze in der Pfanne schmoren lassen?« So rief er den Menschen zu, die an der Haltestelle standen und warteten. »Am Corso sind Pilze aus dem Boden gewachsen! Kommt mit! Es sind genug da für uns alle...«

Und er heftete sich Amadigi an die Fersen, hinter sich einen Zug von Menschen, die ihren Regenschirm unter dem Arm trugen, denn das Wetter blieb feucht und ungewiß.

Sie fanden alle noch ihre Pilze, und da sie keine Körbe mitgebracht hatten, schütteten sie ihren Fund in die umgestülpten Schirme. Jemand erklärte: »Es wäre eigentlich hübsch, gemeinsam zu essen.«

Statt dessen ging jeder mit seinen Pilzen nach Hause.

Doch sie sahen sich bald wieder, am selben Abend noch, im selben Saal des Krankenhauses, nach der Magenspülung, die ihnen allen das Leben gerettet hatte; die Vergiftung war nicht allzusehr fortgeschritten, da bei der Pilzsuche letztlich für jeden nur eine kleine Portion abgefallen war.

Marcovaldo und Amadigi lagen nebeneinander, und wenn sie sich anblickten, bleckten sie die Zähne.

Sommerfrische auf der Bank

Wenn Marcovaldo morgens zur Arbeit ging, führte ihn sein Weg über einen von Bäumen bestandenen Platz, einen viereckigen Park sozusagen, der eingerahmt war von vier Straßen. Er schaute hinauf zum Laub der Roßkastanien, dort, wo es am dichtesten war und nur gelbe Strahlen in den wässerig durchsichtigen Schatten hindurchließ, und hörte sich den Lärm der ungebärdigen Spatzen an, die in den Zweigen saßen. Ihm kamen sie wie Nachtigallen vor, und er dachte: Oh, könnte ich nur einmal von dem Zwitschern der Vögel aufwachen und nicht durch das Schrillen des Weckers, das Greinen des Kleinsten und das Zetern der Frau! Oder: Oh, könnte ich hier schlafen, allein in dieser grünenden Frische, und nicht in meiner niedrigen, heißen Stube; hier, in dieser Stille, nicht beim Schnarchen und Phantasieren der ganzen Familie und dem Rasseln der Straßenbahn; hier, im natürlichen Dunkel der Nacht, nicht in jenem künstlichen der heruntergelassenen Jalousien, das der Widerschein der Laternen mit Zebrastreifen mustert, und könnte ich das Laub und den Himmel sehen, wenn ich die Augen aufmache! Mit solchen Gedanken begann Marcovaldo täglich den Achtstundentag eines unqualifizierten Handlangers – abgesehen natürlich von den Überstunden.

In einer Ecke des Platzes, unter einer Kuppel von Roßkastanien, stand halb verdeckt eine einsame Bank. Marcovaldo hatte sie für sich auserkoren. In den Sommernächten, da er in der Stube, in der sie zu fünft lagen, nicht einschlafen konnte, träumte er von der Bank, wie ein Obdachloser von dem Bett einer Königin träumen mag. Eines Nachts stand er leise auf, während seine Frau schnarchte und die Kinder im Schlaf mit den Beinen ausschlugen, kleidete sich an, rollte ein altes Hemd zusammen, um es als Kissen zu benutzen, und ging zum Platz.

Frieden war dort und frische Luft. Schon kostete er die

Berührung mit jenen Brettern aus, die – dessen war er sicher – weich und gastlich und in jeder Beziehung der durchgelegenen Matratze in seinem Bett vorzuziehen waren. Eine Minute lang würde er zu den Sternen aufblicken und dann die Augen schließen, um in einen Schlaf zu versinken, der ihn vor allen Anfeindungen des Tages schützen würde.

Die Frische und die friedliche Stille waren zwar da, doch die Bank war besetzt. Verliebte saßen darauf und schauten einander in die Augen. Marcovaldo zog sich diskret zurück. Es ist spät, dachte er, sie werden ja nicht die ganze Nacht im Freien zubringen. Sie sollen endlich aufhören zu turteln!

Aber die beiden turtelten keineswegs – sie zankten sich. Bei einem Streit zwischen Verliebten kann man nie sagen, wann er beendet sein wird.

Er sagte: »Aber du willst nicht zugeben, daß du wußtest, während du das sagtest, was du gesagt hast, daß du mir damit Ärger bereitetest und nicht Freude, wie du das zu glauben vorgabst.«

Marcovaldo begriff sofort, daß das lange dauern würde.

»Nein, das gebe ich nicht zu«, antwortete sie. Marcovaldo hatte es geahnt.

»Warum gibst du es nicht zu?«

»Ich werde es nie zugeben.«

Ha, dachte Marcovaldo. Er drückte sich das alte Hemd unter den Arm und machte einen Spaziergang. Er betrachtete den großen Vollmond über Bäumen und Dächern. Dann kehrte er zu der Bank zurück, blieb aber ein Stück davon entfernt stehen, um die beiden nicht zu stören; im Grunde aber hoffte er, ihnen lästig zu sein und sie dadurch zu bewegen, daß sie aufbrachen. Doch sie hatten sich zu sehr in ihren Streit verbissen und bemerkten ihn gar nicht.

»Du gibst es also zu?«

»Nein, nein, ich gebe es durchaus nicht zu!«

»Aber angenommen, du gäbest es zu?«

»Angenommen, ich gäbe es zu, dann würde ich nicht das zugeben, was du mich zuzugeben zwingen willst.«

Marcovaldo entfernte sich, um sich von neuem den Mond anzusehen und dann eine Verkehrsampel, die ein

Stückchen weiter hinten stand. Die Ampel zeigte Gelb, Gelb, Gelb in ständigem Aufleuchten und Verlöschen. Marcovaldo verglich den Mond mit der Verkehrsampel. Den Mond mit seiner geheimnisvollen Blässe, auch er gelb, aber im Grunde grün und sogar blau, und die Verkehrsampel mit diesem vulgären Gelb. Der Mond, der ganz ruhig war und sein Licht ohne Hast ausstrahlte, wurde hin und wieder von dünnen Wolkenresten geädert, die er sich majestätisch auf die Schultern fallen ließ; die Ampel indes leuchtete auf und erlosch, leuchtete auf und erlosch, keuchend, Lebhaftigkeit vortäuschend, abgehetzt, eine Sklavin.

Marcovaldo machte kehrt, um nachzusehen, ob das Mädchen inzwischen zugegeben hatte. Keineswegs, sie gab nichts zu, ja, nicht sie war es, die jetzt zuzugeben hatte, sondern er. Die Situation hatte sich völlig verändert, nun war sie es, die zu ihm sagte: »Na, gibst du es zu?« Er aber weigerte sich. So verstrich eine halbe Stunde. Schließlich hatte er es zugegeben, oder sie, jedenfalls sah Marcovaldo, daß sie aufstanden und Hand in Hand davongingen.

Er lief zu der Bank hin und warf sich darauf; aber nun, wohl infolge des langen Wartens, war er nicht mehr in der Stimmung, die Weichheit, die er dort zu finden gehofft hatte, vollends zu fühlen, und auch das Bett zu Hause kam ihm in der Erinnerung nicht mehr so hart vor. Aber das waren Feinheiten; sein Wille, die Nacht im Freien zu genießen, war unerschütterlich.

Er legte sich das alte Hemd unter die Wange und schickte sich an, in den Schlaf zu sinken, einen Schlaf, wie er ihn seit langem nicht mehr gewohnt war.

Gewiß, er hatte sich wirklich einen ausgezeichneten Platz ausgesucht. Er würde um nichts in der Welt auch nur einen Millimeter weiterrücken. Bedauerlich nur, daß er, wenn er so auf der Seite lag, nicht eine Perspektive aus Himmel und lauter Bäumen vor sich hatte, so daß der Schlaf ihm die Augen über einer Vision absoluter Heiterkeit der Natur schließen würde, sondern daß vor ihm in schräger Sicht ein Baum, dann der Säbel eines Generals auf einem hohen Denkmalssockel, noch ein Baum, eine Anschlagsäule, ein dritter Baum und, etwas weiter entfernt, jener falsche, flackernde Mond, die Verkehrsampel, die noch immer ihr Gelb, Gelb, Gelb spuckte, aufeinander folgten.

Es muß gesagt werden, daß Marcovaldos Nervensystem in der letzten Zeit in einer so schlechten Verfassung war, daß er, obschon todmüde, wegen einer Kleinigkeit nicht schlafen konnte. Es genügte zum Beispiel, daß er sich einbildete, ihn belästige etwas. Und jetzt belästigte ihn die Verkehrsampel, die immer wieder aufflammte und erlosch. Sie war dort hinten, ziemlich weit, ein blinzelndes gelbes Auge, allein für sich. Man brauchte eigentlich nicht viel Aufhebens davon zu machen. Aber Marcovaldo befand sich wohl tatsächlich in einem Erschöpfungszustand. Er fixierte dieses An und Aus und sagte sich ununterbrochen: Wie gut würde ich schlafen, wenn diese Geschichte nicht wäre! Wie gut könnte ich schlafen! Er schloß die Augen und glaubte, unter den Lidern das An und Aus dieses albernen Gelbs zu fühlen; dann kniff er die Augen zusammen und erblickte Dutzende von Ampeln; nun schlug er die Augen wieder auf, und es war immer dasselbe.

Schließlich stand er auf. Er mußte einen Schutzschirm zwischen sich und der Ampel anbringen. Er ging zu dem Denkmal des Generals und sah sich um. Vor dem Denkmal lag ein Lorbeerkranz, schön dick, aber schon vertrocknet und zur Hälfte entblättert, auf Ruten geflochten, umwunden von einem breiten, vergilbten Band. »Die Lanzenreiter des Fünfzehnten zum glorreichen Jahrestag.« Marcovaldo kletterte auf den Sockel, hob den Kranz hoch und steckte ihn auf den Säbel des Generals.

Der Wachmann Tornaquinci von der Wach- und Schließgesellschaft überquerte auf dem Fahrrad den Platz. Marcovaldo stellte sich hinter die Statue. Tornaquinci hatte bemerkt, daß sich der Schatten des Monuments auf dem Boden bewegte, und blieb argwöhnisch stehen. Er musterte den Kranz auf dem Säbel, begriff, daß etwas nicht in Ordnung war, wußte aber nicht so recht, was. Er richtete den Schein einer Taschenlampe auf den Kranz, las: »Die Lanzenreiter des Fünfzehnten zum glorreichen Jahrestag«, nickte beifällig und entfernte sich.

Marcovaldo kehrte zu der Bank zurück. Von weitem

verschwamm der Lorbeer mit dem Laub der Bäume und verdeckte die Ampel. Marcovaldo näherte sich rückwärts der Bank, ging in die Knie, um die Sicht unter verschiedenen Winkeln zu überprüfen, merkte aber nicht, daß die Bank besetzt war, und landete beinahe auf dem Schoß zweier Matronen. »Oh, Verzeihung!« sagte er, während er aufsprang, und erblickte zwei Gesichter mit Stirnkrausen und geschminkten, verzerrten Mündern. »Suchtest du uns, schöner Jüngling?« fragte eine der Megären.

»Laß ihn zufrieden, er ist ein Hungerleider. Siehst du das nicht?« sagte die andere. Sie begannen wieder, sich mit rauhen Stimmen zu unterhalten, und öffneten und schlossen ihre Handtaschen, aus denen sie Papiergeld und Zigarettenpackungen hervorholten. Dem Anschein nach waren sie nächtliche Verkäuferinnen von geschmuggelten Zigaretten, und sie stritten wegen einiger Packungen, die die eine für die andere verkaufen sollte. Dabei fuchtelten sie mit den Päckchen einander vor der Nase herum, als wollten sie handgemein werden, und stampften mit den Füßen auf, die in den engen Schuhen an den Knöcheln geschwollen waren.

Er stand da und betrachtete seine Bank. »Nun, was zahlst du?« fragte ihn die eine. Marcovaldo, der sich nicht in schlechte Gesellschaft begeben wollte, zog es vor, anderswo hinzugehen und zu warten, bis der Streit ausgefochten war. Er drehte wieder seine Runde um den Platz. In einer angrenzenden Straße war eine Schar Arbeiter dabei, eine Straßenbahnschiene auszuwechseln. Nachts, in den verlassenen Straßen, wirken diese Grüppchen von Männern, die im Schein ihrer Schweißapparate kauern, wirken ihre Stimmen, die plötzlich erklingen und gleich wieder verstummen, sehr geheimnisvoll, wie bei Leuten, die Dinge anstellen, von denen die Tagesmenschen nie etwas erfahren dürfen. Marcovaldo trat näher, betrachtete eine Weile die Flamme und die Handgriffe der Arbeiter mit einer etwas schüchternen Aufmerksamkeit, wie ein Junge, und mit Augen, die von der Müdigkeit immer kleiner wurden. Er zog eine Zigarette aus der Tasche, um sich wach zu halten, aber er hatte keine Streichhölzer. »Wer kann mir Feuer geben?« bat er die Arbeiter.

»Damit?« fragte der Mann mit der Sauerstoff-Flamme und ließ einen Funkenregen sprühen.

Ein anderer stand auf und reichte ihm seine brennende Zigarette. »Arbeiten Sie auch nachts?«

»Nein, am Tage«, antwortete Marcovaldo.

»Warum sind Sie noch auf um diese Zeit? Wir haben bald Schichtwechsel.«

»Kann man am Tage überhaupt schlafen?«

»Nun, man gewöhnt sich daran...«

»Wenn ich mich ins Bett lege, steht meine Frau auf«, sagte ein anderer, »wir treffen uns nie...«

»Sie hält dir das Bett warm...«, bemerkte sein Kumpel.

Vom Platz tönte ein lauter Wortwechsel herüber, aber es waren nicht nur die Stimmen der beiden Frauen, auch Männerstimmen hallten wider und das Brummen eines Motors.

»Was ist da los?«

»Der Wagen der Polizeistreife. Sicherlich haben sie die beiden aufgegriffen, die vorhin hier vorbeigekommen sind.«

»Weißt du, wie der Wagen genannt wird? ›Norge‹ – weil er wie ein Luftschiff aussieht.«

Endlich haben sie mir die Bank frei gemacht, dachte Marcovaldo da, und dann brach ihm der Angstschweiß aus bei dem Gedanken, daß er sich zum Glück von dort entfernt hatte; wäre er geblieben, dann hätte man auch ihn aufs Revier mitgenommen.

»Gute Nacht, Freunde!«

»Für uns guten Tag!«

Er kehrte zu der Bank zurück und streckte sich aus.

Vorher hatte er auf das Geräusch nicht geachtet. Jetzt lag ihm dieses Summen, ein dumpfes, keuchendes Blasen und zugleich unablässiges Kratzen und Zischen, ständig in den Ohren. Es gibt keinen quälenderen Laut als jenen, den ein Schweißer erzeugt: eine Art leises Brüllen. Marcovaldo, der reglos auf seiner Bank lag, das Gesicht auf dem zerknitterten Kopfkissen, konnte sich davor nicht retten, und das Geräusch ließ immer wieder die von der grauen, funkensprühenden Flamme illuminierte Szene vor seinen Augen neu erstehen, die Männer, die auf dem Boden kauerten, mit rußigen Schutzgläsern vor dem Gesicht, den Schweißapparat in der Hand, die von einem schnellen Zittern bewegt wurde, den Schatten rings um den Gerätewagen, um das hohe Gerüst, das bis an die Leitungen reichte. Er öffnete die Augen, drehte sich auf der Bank herum und betrachtete zwischen den Zweigen hindurch die Sterne. Die gefühllosen Spatzen schliefen weiter, droben zwischen den Blättern.

Einschlafen können wie ein Vogel, einen Flügel haben, unter den man den Kopf stecken kann, eine Welt aus Zweigen, die über der irdischen Welt baumeln, die man da unten weiß, friedfertig und entrückt. Wenn man erst angefangen hat, den eigenen augenblicklichen Zustand nicht zu akzeptieren, so weiß man nie, wo das enden wird. Marcovaldo brauchte, um schlafen zu können, jetzt etwas, was er selbst nicht genau beschreiben konnte. Eine echte Stille hätte ihm nicht mehr genügt, eher schon eine Geräuschkulisse, sanfter als die Stille, ein leichter Wind, der im Dickicht des Unterholzes raschelt, oder das Murmeln von Wasser, das über eine Wiese sprudelt und sich darin verliert.

Ihm kam ein Gedanke, und er stand auf. Es war kein eigentlicher Gedanke, denn da er vom Schlaf betäubt war, der ihm unter der Haut saß, konnte ja kein rechter Einfall in seinem Kopf entstehen; es war vielmehr eine Art Erinnerung, daß in der Nähe etwas sein müsse, was sich mit der Vorstellung von Wasser verknüpfte, mit seinem leisen, klagenden Rieseln.

In der Tat war ein Springbrunnen in der Nähe, ein berühmtes Werk der Bildhauerei und der Hydraulik, mit Nymphen, Faunen, Flußgöttern, die Wasserstrahlen ineinanderflochten, mit Kaskaden und Wasserspielen. Er war allerdings trockengelegt: Im Sommer wurde er nachts abgestellt, weil weniger Wasser zur Verfügung stand. Marcovaldo schweifte dort eine Weile wie ein Mondsüchtiger umher, und ihm war mehr instinktiv als durch Überlegung klar, daß ein solches Becken einen Wasserhahn haben muß. Und wie es einem ergeht, der Augen im Kopf hat, fand er ihn auch mit halbgeschlossenen Augen. Er drehte den Hahn auf. Aus den Muscheln, aus den Bärten, aus den Nüstern der Pferde stiegen hohe Strahlen auf, die vorgetäuschten Schluchten verschwanden hinter einem Schleier funkelnder Mäntel, und die Wassermenge brauste wie eine Orgel auf dem großen, leeren Platz, mit all dem Brodeln und Rauschen, das das Wasser zu erzeugen vermag. Der Wachmann Tornaquinci, ein dunkler Schatten, der wieder mit dem Rad vorbeifuhr, um Benachrichtigungen unter die Türen zu schieben, wäre beinahe vom Sattel gefallen, als vor seinen Augen der Springbrunnen plötzlich wie ein flüssiges Feuerwerk explodierte.

Marcovaldo, bemüht, sowenig wie möglich die Augen zu öffnen, um nicht den Faden Schlaf, den er bereits erhascht zu haben glaubte, entwischen zu lassen, lief zu der Bank, um sich wieder hinzulegen. So, nun war er gleichsam am Ufer eines Baches, und der Wald war über ihm, nun konnte er schlafen.

Ihm träumte von einem Mittagessen. Der Teller war zugedeckt, als sollte das Gericht nicht kalt werden. Er deckte ihn auf, und darin lag eine tote Maus, die stank. Er schaute auf den Teller seiner Frau: auch dort ein Mäusekadaver. Vor den Kindern lagen ebenfalls Mäuse, kleiner, aber halb angefault. Er deckte die Suppenterrine auf und erblickte eine Katze darin, mit dem Bauch nach oben, und ihr Gestank weckte ihn.

Ganz in seiner Nähe stand der Wagen der Straßenreinigung, der nachts die Gossen leert. Er erkannte im Halbschatten der Straßenlaternen den Kran, der dann und wann ächzte, sah die Silhouetten der Männer, die oben auf dem Berg von Unrat standen und mit ihren Händen den am Flaschenzug hängenden Behälter lenkten, ihn umkippten, mit Schaufeln abklopften und sich mit hohlen und abgehackten Lauten, ähnlich denen des Krans, verständigten: »Hoch ... loslassen ... Hol dich der Teufel ...« Und er vernahm gewisse metallische Stöße, düsteren Gongschlägen vergleichbar, dann das langsame Anfahren des Motors, ein Stückchen weiter wieder das Anhalten und die gleichen Manöver wie zuvor.

Aber Marcovaldos Schlaf war nun in einer Zone, in der ihn die Geräusche nicht mehr erreichten, und jene dort, wie unangenehm sie auch sein mochten, drangen zu ihm gleichsam eingehüllt in einen sanften, abdämpfenden Schleier, der sich vielleicht aus der Konsistenz des auf die

Wagen geladenen Unrats ergab. Jedoch der Gestank hielt ihn wach, ein Gestank, der verstärkt wurde durch eine unerträgliche Vorstellung von Gestank, durch die auch die Geräusche, jene abgeschwächten, fernen Geräusche, und das Bild des Lastwagens mit dem Kran das Bewußtsein nicht als Geräusch und visueller Eindruck erreichten, sondern nur als Gestank. Marcovaldo wurde rasend, vergebens suchte er mit der Phantasie seiner Nasenflügel den Wohlgeruch eines Rosengartens aufzuspüren.

Dem Wachmann Tornaquinci brach der Schweiß auf der Stirn aus, als er einen menschlichen Schatten auf allen vieren über ein Beet laufen, dort wütend Ranunkeln abreißen und dann verschwinden sah. Aber er überlegte, es müsse sich wohl um einen Hund gehandelt haben, und der fiel ja in die Kompetenz der Hundefänger, oder um eine Halluzination, die wieder zur Kompetenz eines Irrenarztes gehörte, oder aber um einen Werwolf – wer für diesen zuständig war, wußte er nicht, sicherlich aber nicht er, und er machte sich eilig davon.

Marcovaldo indes, der auf seine Lagerstatt zurückgekehrt war, hielt sich den zerdrückten Ranunkelstrauß an die Nase und versuchte, durch dessen Duft seinen Geruchssinn zu besänftigen; doch er vermochte aus den fast geruchlosen Blumen kaum etwas herauszupressen. Aber schon das Aroma von Tau, Erde und zertretenem Gras war ein guter Balsam. So verjagte Marcovaldo die quälende Vorstellung von Unrat und schlummerte ein. Der Morgen graute bereits.

Das Erwachen war wie ein plötzliches Aufbrechen des Himmels voller Sonne über ihm, einer Sonne, die das Laub gewissermaßen ausradiert hatte und es nur allmählich seinen geblendeten Blicken wiedergab. Aber Marcovaldo konnte sich keiner müßigen Beschaulichkeit hingeben, ein kalter Schauer hatte ihn nämlich aufgeschreckt: der Strahl eines Hydranten, mit dem die städtischen Gärtner die Beete besprengen, ergoß sich in eisigen Bächen über seine Kleidung. Und ringsum rasselten Straßenbahnen, ratterten Lastwagen, Lieferautos und Handwagen; Arbeiter fuhren auf Mopeds in die Fabriken, die Gitter vor den Läden glitten hinauf, die Fenster der Wohnungen rollten ihre Jalousien hoch, und die Scheiben funkelten. Arg mitgenommen, das Gesicht in Falten, mit einem pelzigen Geschmack im Mund und verklebten Augen, mit steifem Rücken und schmerzender Seite, eilte Marcovaldo zur Arbeit.

Die stadteigene Taube

Die Zugstraßen, die die Vögel auf ihrer Wanderung nach Süden oder Norden im Herbst oder im Frühjahr wählen, berühren nur selten die Stadt. Die Schwärme durchfurchen den Himmel hoch über den streifigen Kruppen der Felder, am Saum der Wälder entlang, und scheinen einmal dem gewundenen Lauf eines Flusses oder der Rinne eines Tals zu folgen, dann wieder den unsichtbaren Straßen des Windes. Doch sie schlagen einen weiten Bogen, sobald die Dachketten einer Stadt vor ihnen auftauchen.

Dennoch erschien einmal ein herbstlicher Schnepfenzug an dem Himmelsstreifen über einer Straße. Und nur Marcovaldo bemerkte ihn, der stets die Nase in der Luft hatte. Er saß auf einem Dreirad mit Anhänger, und als er die Vögel erblickte, trat er stärker auf die Pedale, als wollte er, vom Jagdfieber gepackt, die Tiere verfolgen, obwohl er nie ein anderes als das Gewehr des Soldaten in der Hand gehalten hatte.

So, den Blick auf die Vögel gerichtet, die sehr hoch flogen, gelangte er an einer Straßenkreuzung bei rotem Licht mitten zwischen die Autos und wäre um ein Haar überfahren worden. Während ein Verkehrspolizist mit blaurotem Gesicht Namen und Adresse notierte, suchten Marcovaldos Augen noch immer jene Schwingen am Himmel, aber sie waren schon verschwunden.

Die Geldstrafe brachte ihm schwere Vorwürfe ein.

»Nicht einmal die Lichtsignale kapierst du!« brüllte der Abteilungsleiter. »Wo hast du bloß deine Augen, du Hohlkopf?«

»Ich habe einen Schnepfenschwarm beobachtet...«, erwiderte er.

»Was?« Dem Abteilungsleiter, einem alten Jäger, leuchteten die Augen. Und Marcovaldo erzählte ihm alles.

»Sonnabend nehme ich meinen Hund und meine Flinte«, sagte der Abteilungsleiter munter und hatte seinen Zorn schon vergessen. »Der Vogelzug über den Höhen hat begonnen. Sicherlich war das ein Schwarm, den die Jäger da oben verscheucht hatten und der deshalb über die Stadt abgebogen war.«

Marcovaldos Hirn mahlte den lieben langen Tag, es mahlte wie eine Mühle. Wenn am Sonnabend, was sehr wahrscheinlich ist, die Hügel voller Jäger sind, dann werden gewiß viele Schnepfen über der Stadt niedergehen. Wenn ich mich umtue, kann ich am Sonntag gebratene Schnepfen essen.

Das Haus, in dem Marcovaldo wohnte, hatte ein Terrassendach, über das Drahtseile zum Wäschetrocknen gespannt waren. Marcovaldo ging mit zweien seiner Söhne dort hinauf, bewehrt mit einer Büchse Vogelleim, einem Pinsel und einem Beutel voll Mais. Während die Kinder die Maiskörner ausstreuten, bepinselte er die Brüstung, die Drahtseile und die Schornsteingesimse mit Leim. Er schmierte so viel darauf, daß Michelino beim Spielen beinahe klebengeblieben wäre.

Diese Nacht träumte Marcovaldo, das Dach sei mit festgeleimten, zuckenden Schnepfen bedeckt. Seine Frau, die gefräßiger und fauler war, träumte von Enten, die bereits gebraten auf den Schornsteinen lagen. Die schwärmerisch veranlagte Tochter träumte von Kolibris, mit denen sie sich den Hut schmücken konnte. Michelino träumte, daß er dort einen Storch fand.

Am nächsten Tag lief alle Augenblicke eins von den Kindern aufs Dach, um nachzuschauen; sie lugten aber nur durch den Lichtschacht, damit die Schnepfen nicht erschraken, falls sie gerade die Absicht hatten, sich niederzulassen. Dann kehrten sie zurück, um zu berichten. Die Berichte waren nie gut. Aber schließlich, es war schon gegen Mittag, lief Paolino herbei und schrie: »Sie sind da! Papa! Komm!«

Marcovaldo nahm einen Sack und stieg hinauf. Eine Taube hatte sich am Leim gefangen, eine von jenen grauen Stadttauben, die das Menschengewühl und den Lärm auf den Plätzen gewohnt sind. Andere Tauben umflatterten sie und beäugten sie traurig, während die Ärmste die

Flügel von dem Brei zu befreien suchte, auf den sie sich so unachtsam gesetzt hatte.

Marcovaldos Familie war gerade dabei, die Knochen dieser mageren, zähen Taube, die sie gebraten hatten, abzuknabbern, da klopfte es an der Tür.

Es war das Dienstmädchen der Hausbesitzerin. »Die Signora verlangt nach Ihnen! Kommen Sie sofort!«

Voller Besorgnis, denn er war seit sechs Monaten mit der Miete im Rückstand und befürchtete, hinausgeworfen zu werden, ging Marcovaldo in die Beletage, in die Wohnung der Signora. Kaum hatte er den Salon betreten, da sah er, daß bereits ein Besucher dort war: der Polizist mit dem blauroten Gesicht.

»Kommen Sie nur, Marcovaldo«, sagte die Signora. »Man hat mir berichtet, es gebe hier jemanden, der auf unserer Terrasse Jagd auf Stadttauben macht. Ist Ihnen etwas davon bekannt?«

Marcovaldo fühlte, wie er zu Eis erstarrte.

»Signora! Signora!« schrie in diesem Augenblick eine Frauenstimme.

»Was ist, Teresa?«

Die Waschfrau kam herein. »Ich habe auf der Terrasse Wäsche aufgehängt, und alles klebt fest. Ich habe daran gezogen, um die Wäsche abzunehmen, aber sie reißt nur! Die Sachen sind alle verdorben! Was soll jetzt werden?«

Marcovaldo legte sich eine Hand auf die Magengrube, als hätte er Verdauungsbeschwerden.

Die Stadt, die sich im Schnee verloren hatte

An diesem Morgen weckte ihn die Stille. Marcovaldo erhob sich von seinem Bett mit dem Gefühl, irgend etwas Sonderbares müsse in der Luft liegen. Er begriff nicht, was das sein könnte, das Licht zwischen den Streben und den Fensterläden schien anders als zu allen sonstigen Tages- und Nachtstunden. Er öffnete das Fenster: Die Stadt war nicht mehr da, an ihrer Stelle lag ein weißes Tuch. Bei genauerem Hinsehen unterschied er mitten in dem Weiß ein paar fast verwischte Linien, die denjenigen des gewohnten Anblicks entsprachen: die Fenster und Dächer und Laternen ringsum, doch alle verborgen unter dem Schnee, der über Nacht gefallen war.

»Schnee!« rief Marcovaldo seiner Frau zu, das heißt, er wollte es rufen, doch seine Stimme klang ganz gedämpft. Wie auf die Linien und Farben und die Aussicht hatte sich der Schnee auch auf alle Geräusche gelegt, ja sogar auf die Fähigkeit, Geräusche zu machen; die Töne vibrierten nicht im abgepolsterten Raum.

Er ging zu Fuß zur Arbeit; die Straßenbahnen fuhren nicht wegen des Schnees. Auf der Straße, wo er sich selbst einen Weg bahnen mußte, fühlte er sich so frei wie noch nie. In der Stadt war jeder Unterschied zwischen Fußweg und Fahrweg verschwunden, alle Verkehrsmittel waren im Schnee steckengeblieben, und Marcovaldo, wenn er auch bei jedem Schritt bis zum Knie einsank und spürte, wie der Schnee ihm in die Strümpfe rutschte, konnte endlich einmal mitten auf der Straße laufen oder die Beete zerstampfen oder sich außerhalb der Begrenzungslinien bewegen oder im Zickzack laufen. Straßen und Alleen öffneten sich unendlich weit wie blendend weiße Schluchten zwischen Bergfelsen. Wer weiß, ob die Stadt unter diesem Mantel überhaupt noch dieselbe war oder ob man sie nachts mit einer anderen vertauscht hatte. Wer weiß, ob unter diesen weißen Hügeln noch die Tankstellen, die Zeitungskioske, die Straßenbahnhaltestellen waren oder nur noch Säcke und Säcke voll Schnee. Wie Marcovaldo so dahinging, träumte ihm, er habe sich in einer anderen Stadt verirrt: Doch seine Schritte trugen ihn nirgend anderswo hin als zu seinem tagtäglichen Arbeitsplatz, zum vertrauten Lagerraum, und als der Hilfsarbeiter über die Schwelle trat, wunderte er sich sogar, in den stets gleichbleibenden Wänden zu stehen, als hätte die Veränderung, die die Außenwelt ausgelöscht hatte, einzig und allein seine Firma verschont.

Eine Schaufel wartete auf ihn, größer als er selbst. Herr Viligelmo, der Lagerverwalter, reichte sie ihm und sagte: »Schneeräumen vor dem Geschäft ist unsere Aufgabe, folglich die deine.« Marcovaldo ergriff die Schaufel und trollte sich hinaus.

Schneeschaufeln ist kein Kinderspiel, besonders nicht für einen, der kaum etwas im Magen hat, doch Marcovaldo empfand den Schnee als einen Freund, als ein Element, das den gemauerten Käfig zunichte machte, in dem er lebenslänglich eingesperrt war. Und mit viel Schwung machte er sich ans Werk, ließ große Schaufeln voller Schnee mitten auf die Fahrbahn fliegen.

Auch der Arbeitslose Sigismondo war dem Schnee dankbar, denn er hatte sich heute morgen zum Schneeräumen gemeldet und sah nun endlich ein paar Tage gesicherter Arbeit vor sich. Doch dieses Bewußtsein verleitete ihn nicht etwa zu Phantastereien wie Marcovaldo, sondern zu genauen Berechnungen, wieviel Kubikmeter Schnee er zu schaufeln habe, um soundso viele Quadratmeter zu räumen; er hatte es darauf abgesehen, sich beim Vorarbeiter in gutes Licht zu setzen und – geheimer Ehrgeiz – Karriere zu machen.

Sigismondo drehte sich um, und was mußte er sehen? Die soeben geräumte Strecke der Fahrbahn bedeckte sich von neuem mit Schnee unter den unordentlichen Schaufelwürfen eines Burschen, der sich auf dem Bürgersteig abplagte. Fast hätte ihn der Schlag getroffen. Er stürzte auf ihn zu, hielt ihm die Schneeschaufel vor die Brust: »He, du da! Bist du das, der den Schnee dahin geworfen hat?«

»Wie? Was?« Marcovaldo fuhr zusammen, aber er leugnete nicht. »Ja, schon möglich.«

»Also, entweder du holst ihn dir wieder zurück mit deiner Kinderschaufel, oder ich laß ihn dich fressen bis zur letzten Flocke!«

»Aber ich muß doch den Bürgersteig räumen!«

»Und ich die Straße. Also?«

»Wohin soll ich denn damit?«

»Gehörst du zur Stadtreinigung?«

»Nein. Zur Firma Sbav.«

Sigismondo zeigte ihm, wie man den Schnee auf dem Straßenrand anhäuft, und Marcovaldo machte seine Wegstrecke wieder frei. Zufrieden, die Schaufeln in den Schnee gesteckt, betrachteten sie das vollbrachte Werk.

»Hast du eine Kippe?« fragte Sigismondo.

Sie zündeten sich gerade jeder eine halbe Zigarette an, als ein Schneeräumwagen durch die Straße fuhr und große weiße Wellen aufwarf, die seitwärts herunter fielen. Jeder Laut war an diesem Morgen nur ein leises Geräusch: Als die beiden aufsahen, war die ganze Strecke, die sie geräumt hatten, wieder mit Schnee bedeckt. »Was ist denn los? Schneit es schon wieder?« Und sie sahen zum Himmel. Der Lkw mit seinen Rollbürsten bog schon um die Ecke.

Marcovaldo lernte den Schnee zu festen Mäuerchen aufschichten. Wenn er weiter solche Mäuerchen baute, könnte er Wege nur für sich machen, Wege, die an einen Ort führten, den er allein kannte, und in denen sich alle andern verirren würden. Die Stadt neu bauen, Berge aufschichten hoch wie Häuser, die kein Mensch von den richtigen Häusern unterscheiden könnte. Oder vielleicht waren jetzt alle Häuser aus Schnee, innen und außen; eine ganze Stadt aus Schnee, mit Denkmälern und Kirchtürmen und Bäumen, eine Stadt, die man mit der Schaufel abreißen und woanders wieder aufbauen könnte.

Am Rande des Bürgersteigs lag an einer Stelle ein tüchtiger Schneehaufen. Marcovaldo war schon dabei, ihn auf die Höhe seiner Mäuerchen einzuebnen, als er gewahr wurde, daß dies ein Auto war: das Luxusauto des Aufsichtsratsvorsitzenden Alboino, ganz von Schnee bedeckt. In Anbetracht der Tatsache, daß der Unterschied zwischen einem Auto und einem Schneehaufen so gering war, machte sich Marcovaldo daran, mit der Schaufel die

Umrisse eines Autos zu modellieren. Es gelang ihm prächtig: Man konnte nicht mehr unterscheiden, welches von beiden das echte war. Um seinem Werk den letzten Schliff zu geben, benutzte Marcovaldo ein paar Stücke Alteisen, die er gefunden hatte: Eine verrostete Büchse kam ihm gerade recht, um die Form eines Scheinwerfers zu modellieren; mit einem halben Wasserhahn bekam die Tür ihren Griff.

Großes Mützenziehen von Portiers, Bediensteten, Laufburschen, und Aufsichtsratsvorsitzender Alboino trat aus der Tür. Kurzsichtig und imposant schritt er entschlossen daher, um rasch seinen Wagen zu besteigen, legte die Hand an den hervorstehenden Wasserhahn, zog an, senkte den Kopf und kroch bis zum Hals in den Schneehaufen.

Marcovaldo war schon um die Ecke gebogen und schaufelte im Hof.

Die Jungen im Hof hatten einen Schneemann gebaut. »Dem fehlt ja noch die Nase!« sagte einer von ihnen. »Was nehmen wir bloß? Eine Mohrrübe!« Und jeder lief in seine Küche, um unter dem Gemüse zu kramen.

Marcovaldo betrachtete den Schneemann. »Ja, unterm Schnee kann man nicht unterscheiden, was Schnee ist und was nur vom Schnee zugedeckt ist. Mit einer Ausnahme: der Mensch, denn jedermann weiß ja, daß ich eben ich bin und nicht so einer da!«

Ganz in seine Überlegungen versunken, achtete er nicht darauf, wie zwei Männer vom Dach herunterriefen: »Hallo! Sie da unten! Gehen Sie mal ein bißchen zur Seite!« Das waren die Männer, die den Schnee von den Dachziegeln herunterschoben. Und plötzlich fiel eine drei Doppelzentner schwere Schneelast auf seinen Kopf.

Die Kinder kamen zurück mit ihrer Ausbeute an Mohrrüben. »He! Da hat jemand noch einen Schneemann gebaut!« Mitten im Hof standen zwei Schneemänner Seite an Seite, glichen einander wie ein Ei dem andern.

»Geben wir allen beiden eine Nase!« Und sie steckten zwei Mohrrüben in die Gesichter der zwei Schneemänner.

Marcovaldo, mehr tot als lebendig, merkte, wie auf ihn

durch die Hülle, in der er begraben und eingefroren war, Essen zukam. Und er kaute.

»Meine Güte! Die Mohrrübe ist verschwunden!« Die Kinder waren furchtbar erschrocken.

Der Verwegenste unter ihnen ließ sich nicht aus der Fassung bringen. Er hatte eine Ersatznase: eine Paprikaschote; und er heftete sie dem Schneemann an. Der Schneemann verspeiste auch diese.

Dann versuchten sie, ihm ein Stück Kohle als Nase einzusetzen, ein Stück Holzkohle. Marcovaldo spuckte sie mit voller Kraft aus. »Hilfe! Der ist lebendig! Der ist lebendig!« Die Jungen nahmen Reißaus.

In einer Ecke des Hofs war ein Gatter, aus dem eine Wolke von Wärme drang. Mit schwerem Schneemannschritt stapfte Marcovaldo dorthin. Der Schnee taute ab, lief ihm in Bächen über die Kleidung: Zum Vorschein kam ein Marcovaldo, ganz verschwollen und verschnupft vor Kälte.

Er packte den Spaten, hauptsächlich um sich zu wärmen, und machte sich im Hof an die Arbeit. In ihm steckte ein Nieser, der sich in der Nasenspitze festgesetzt hatte und dort hockte und sich nicht entschließen konnte, herauszukommen. Marcovaldo schaufelte mit halbgeschlossenen Augen, und der Nieser hockte unablässig in seiner Nasenspitze. Auf einmal: »Ha...«, das war fast wie ein Donner, und das: »... tschi!« tönte lauter als eine explodierende Mine. Durch den Luftdruck wurde Marcovaldo an die Wand geschleudert.

Von wegen Luftdruck: eine Windhose war's, die der Nieser ausgelöst hatte. Aller Schnee im Hof stieg in die Höhe, wirbelte wie im Sturm umher, wurde nach oben gezogen, zerstäubte am Himmel.

Als Marcovaldo aus seiner Betäubung erwachte und die Augen öffnete, war der Hof ganz leer gefegt, kein Flöckchen Schnee lag mehr da. Und vor Marcovaldos Augen zeigte sich der Hof von eh und je, die grauen Wände, die Lagerkisten, die unangenehmen, feindlichen Dinge des Alltags.

Die Wespenkur

Der Winter war vergangen und hatte rheumatische Beschwerden hinterlassen. Eine milde Mittagssonne erhellte die Tage, und Marcovaldo brachte manche Stunde damit zu, die sprießenden Blätter anzuschauen, während er auf einer Bank saß und darauf wartete, an seine Arbeit zurückzukehren. Neben ihn pflegte sich oft ein alter Mann zu setzen, eingemummelt in einen Mantel, der aus lauter Flicken bestand: ein gewisser Herr Rizieri, alleinstehender Rentner, auch er Stammgast auf sonnigen Parkbänken. Dieser Herr Rizieri zuckte hin und wieder zusammen, rief: »O weh!« und hüllte sich noch enger in seinen Mantel. Er litt unter Rheuma, Arthritis, Hexenschuß – Krankheiten, die er sich im feuchten, kalten Winter holte und die dann das ganze Jahr hindurch nicht von ihm abließen. Um ihn zu trösten, schilderte Marcovaldo ihm die verschiedenen Phasen seiner rheumatischen Beschwerden sowie die seiner Frau und seiner ältesten Tochter Isolina, die sich leider keiner ausgezeichneten Gesundheit erfreute.

Marcovaldo brachte jeden Tag sein zweites Frühstück mit, eingewickelt in ein Blatt Zeitungspapier; wenn er auf seiner Bank saß, packte er es aus und reichte das zerknüllte Stück Zeitung Herrn Rizieri, der schon ungeduldig die Hand ausstreckte und sprach: »Wir wollen doch mal sehen, was es Neues gibt.« Er las stets mit großem Interesse, selbst wenn die Zeitung zwei Jahre alt war.

So fand er denn eines Tages einen Artikel, in dem stand, daß man Rheumatismus mit Bienengift kurieren könne.

»Das wird wohl mit Honig sein«, meinte Marcovaldo, der immer zu Optimismus neigte.

»Keineswegs«, erwiderte Rizieri, »hier heißt es mit Gift, mit dem Gift aus dem Stachel.« Und er las ihm einige Stellen vor. Sie diskutierten lange über die Bienen, über ihre nützlichen Eigenschaften und darüber, wieviel wohl eine solche Kur kosten würde.

Von da an spitzte Marcovaldo, wenn er die Steige ent-langging, bei jedem Summen die Ohren und verfolgte jedes Insekt, das ihn umflog, mit den Blicken. So bemerk-te er, als er die Kreise einer Wespe mit dickem, schwarz und gelb gestreiftem Hinterleib beobachtete, daß sie sich in einem hohlen Baum verkroch und daß andere Wespen dort herauskamen. Ein Brummen herrschte, ein geschäf-tiges Hin und Her, das auf ein ganzes Wespennest in dem Baumstamm schließen ließ. Marcovaldo ging sofort auf Jagd. Er hatte ein Konservenglas bei sich, das noch ein bißchen Marmelade enthielt. Er stellte es offen in der Nähe des Baumes auf. Bald schon surrte eine Wespe um das Glas herum und schlüpfte, von dem süßen Geruch angelockt, hinein. Marcovaldo beeilte sich, das Glas mit einem Papierdeckel zu schließen.

Sobald er Herrn Rizieri erblickte, konnte er ihm ver-künden: »So, jetzt gebe ich Ihnen eine Injektion!« Und er zeigte ihm das Marmeladenglas, in dem die wütende Wespe gefangen war.

Der alte Mann zögerte, Marcovaldo jedoch wollte das Experiment um keinen Preis hinausschieben, er bestand darauf, es gleich dort, auf ihrer Bank, auszuführen; es sei nicht einmal nötig, daß sich der Patient entkleide. Ängst-lich und hoffnungsvoll zugleich hob Herr Rizieri einen Zipfel seines Mantels, seiner Jacke und seines Hemdes hoch, bahnte sich einen Weg durch die löcherige Unter-wäsche und entblößte ein Stück seiner Lende, in der er Schmerzen empfand. Marcovaldo setzte die Öffnung des Glases an und zog das Papier weg, das als Deckel gedient hatte. Zunächst geschah gar nichts, die Wespe verhielt sich ruhig. Sollte sie eingeschlafen sein? Um sie zu wek-ken, versetzte Marcovaldo dem Boden des Glases einen Schlag. Eben das war der Anstoß, der gefehlt hatte. Das Insekt sauste nach vorn und bohrte seinen Stachel in Herrn Rizieris Lende.

Der Greis stieß einen Schrei aus, sprang auf und begann wie ein Soldat im Paradeschritt zu marschieren, rieb sich dabei den gestochenen Körperteil und erging sich in einer Litanei von wirren Verwünschungen, die etwa klangen wie »Hölle und Schwefel ... Hölle und Schwefel ...«.

Marcovaldo war völlig zufrieden, denn der Greis hatte

noch nie eine so aufrechte und kriegerische Haltung demonstriert. Doch in der Nähe war ein Schupo stehengeblieben, der nun Stielaugen machte; Marcovaldo faßte daher Rizieri unter und entfernte sich pfeifend mit ihm.

Mit einer zweiten Wespe im Glas kam er nach Hause. Seine Frau zu überreden, daß sie sich stechen ließ, war keineswegs einfach, aber schließlich gelang es ihm doch. Und die Frau klagte tatsächlich eine Zeitlang nur über den Wespenstich.

Marcovaldo fing nun ständig Wespen. Er verabreichte seiner Tochter eine Injektion, eine zweite seiner Frau, denn nur eine systematische Kur konnte von Erfolg gekrönt sein. Dann beschloß er, sich selbst stechen zu lassen. Die Kinder – man weiß ja, wie Kinder sind – riefen zwar: »Ich auch, ich auch«, aber Marcovaldo zog es vor, sie mit Gläsern auszurüsten und auf Wespenfang zu schicken, um den täglichen Bedarf decken zu können.

Herr Rizieri suchte ihn zu Hause auf; er brachte einen anderen Greis mit, den Cavaliere Ulrico, der auf einem Bein lahmte und sofort mit der Kur beginnen wollte.

Die Kunde verbreitete sich. Marcovaldo leistete jetzt Serienarbeit. Er hatte stets ein halbes Dutzend Wespen in Reserve, jede in einem eigenen Konservenglas, die in einer Reihe auf der Konsole standen. Er applizierte das Glas auf die rückwärtigen Körperpartien der Patienten, als wäre es eine Spritze, zog den Papierdeckel weg, und wenn die Wespe gestochen hatte, rieb er mit einem Wolltuch nach, das mit Alkohol getränkt war; die Bewegungen seiner Hand wirkten dabei sicher und ungezwungen wie die eines erfahrenen Arztes. Seine Wohnung bestand aus einem einzigen Raum, in dem die ganze Familie schlief; jetzt war sie durch eine improvisierte spanische Wand in ein Wartezimmer und ein Sprechzimmer aufgeteilt. Marcovaldos Frau führte die Klienten ins Wartezimmer und kassierte die Honorare. Die Kinder nahmen die leeren Gläser und liefen in die Nähe des Wespennestes, um Nachschub zu holen. Manchmal stach eine Wespe sie, doch sie weinten fast nie, denn sie wußten, daß es gut für die Gesundheit war.

In jenem Jahr grassierte der Rheumatismus unter der Bevölkerung wie nie zuvor. Marcovaldos Kur wurde berühmt. An einem Sonnabendnachmittag sah er seine Stube gedrängt voll von schmerzgebeugten Männern und Frauen, die die Hände auf den Rücken oder die Seite preßten, einige zerlumpt wie Bettler, andere hingegen mit dem Äußeren wohlhabender Personen, die von der Neuartigkeit dieses Heilmittels angelockt worden waren.

»Los«, sagte Marcovaldo zu seinen drei Söhnen, »nehmt die Gläser und seht zu, daß ihr soviel Wespen fangt, wie ihr nur könnt.« Die Jungen eilten von dannen.

Es war ein sonniger Tag, und viele Wespen summten in der Allee. Die Jungen waren gewohnt, die Insekten ein Stück entfernt von dem Baum zu jagen, in dem das Wespennest war, und zwar jene, die einzeln flogen. An diesem Tage aber begann Michelino, um keine Zeit zu verlieren und möglichst viele zu bekommen, die Jagd dicht an der Öffnung des Wespennestes. »So macht man das!« rief er seinen Brüdern zu und suchte eine Wespe zu erhaschen, indem er das Glas über sie stülpte, sobald sie sich gesetzt hatte. Doch sie entwischte ihm jedesmal und ließ sich immer näher am Wespennest nieder. Nun war sie am Rande der Höhlung, und Michelino wollte gerade das Konservenglas über sie stellen, da merkte er, daß sich zwei große Wespen auf ihn stürzten, als wollten sie ihn am Kopf stechen. Er vollführte eine abwehrende Handbewegung, spürte aber schon, wie sich die Stachel in ihn hineinbohrten, und ließ, vor Schmerz aufschreiend, das Glas los. Sogleich löschte die Angst vor dem, was geschehen war, den Schmerz in ihm aus: Das Glas war in den Schlund des Wespennestes gefallen. Kein Summen war mehr zu hören, nicht eine einzige Wespe kam heraus. Michelino hatte nicht einmal mehr die Kraft zu schreien, er trat nur einen Schritt zurück, da quoll aus der Höhle mit betäubendem Brummen eine dichte schwarze Wolke hervor: Alle Wespen auf einmal rückten in wütendem Schwarm vor!

Die beiden Brüder hörten Michelino schreien und sahen ihn davonrennen, so schnell, wie er in seinem ganzen Leben nicht gelaufen war. Er schien wie mit Dampf angetrieben, glich doch jene Wolke, die er hinter sich herschleppte, dem Rauch aus einem Schornstein.

Wohin rennt ein Kind, das verfolgt wird? Es rennt nach

Hause! So auch Michelino. Die Leute hatten nicht einmal Zeit zu begreifen, was das für eine Erscheinung war – etwas wie eine Wolke und ein menschenähnliches Wesen –, die da mit einem Gebrüll, das von lautem Summen untermalt war, durch die Straßen hetzte.

Marcovaldo sagte gerade zu seinen Patienten: »Gedulden Sie sich ein Weilchen, gleich treffen die Wespen ein«, da öffnete sich schon die Tür, und der Schwarm drang in die Stube. Sie sahen nicht einmal Michelino, der den Kopf in ein Waschbecken tauchte, denn der Raum war voller Wespen, und die Patienten fuchtelten mit den Armen, in dem vergeblichen Bemühen, die Insekten zu verscheuchen. Dabei vollbrachten diese Rheumakranken wahre Wunder an Beweglichkeit, ihre gelähmten Glieder lokkerten sich in den wildesten Verrenkungen.

Die Feuerwehr traf ein und nach ihr das Rote Kreuz. Ausgestreckt auf einem Bett im Krankenhaus, bis zur Unkenntlichkeit angeschwollen, wagte Marcovaldo nicht, die Verwünschungen zu beantworten, die ihm seine Kundschaft in den anderen Betten des Saales an den Kopf warf.

Ein Samstag voll Sonne, Sand und Schlummer

»Für Ihr Rheuma«, hatte der Kassenarzt gesagt, »brauchen Sie diesen Sommer warme Sandpackungen.« Und an einem Samstagnachmittag ging Marcovaldo die Flußufer absuchen nach einem Platz mit trockenem, sonnenbeschienenem Sand. Doch wo es Sand hätte geben sollen, war der Fluß nichts als ein Knirschen rostiger Ketten; Bagger und Kräne waren am Werk: Maschinen, alt wie Dinosaurier, die im Fluß herumstocherten und Riesenlöffel voll Sand in die dort zwischen den Weiden stehenden Lkws der Baufirmen entluden. Die Eimerkette der Bagger rollte gerade herauf und fuhr umgekehrt wieder hinab, und die Kräne reckten auf ihrem langen Hals einen Pelikankopf, von dem der schwarze Schlamm des Grundes herabtropfte. Marcovaldo bückte sich, den Sand zu betasten, er zerdrückte ihn in der Hand; naß war er, breiig, schlammig: auch dort, wo die Sonne an der Oberfläche eine trockene, brüchige Kruste hatte entstehen lassen, war er einen Zentimeter tiefer noch naß.

Marcovaldos Sprößlinge, die der Vater in der Hoffnung mitgenommen hatte, sie für sich arbeiten, das heißt ihn mit Sand bedecken zu lassen, hielten es kaum mehr aus vor Verlangen, ins Wasser zu gehen. »Papa! Papa! Wir springen ins Wasser! Wir wollen schwimmen!«

»Ihr seid wohl verrückt. Da steht ein Schild: ›Baden äußerst gefährlich!‹ Man ertrinkt da, sackt ab wie ein Stein!« Und er erklärte ihnen, daß dort, wo die Bagger gewühlt hatten, leere Trichter bleiben und die Strömung Kreisel oder Strudel bildet.

»Den Kreisel! Laß uns doch den Kreisel sehen!« Für die Kinder war das ein lustiges Wort.

»Man sieht ihn nicht, aber während du schwimmst, packt er dich und zieht dich nach unten.«

»Und der, warum geht der nicht unter? Was ist das, ein Fisch?«

»Nein, das ist eine tote Katze«, erklärte Marcovaldo.
»Sie treibt oben, weil sie den Bauch voll Wasser hat.«

»Packt der Kreisel die Katze am Schwanz?« fragte Michelino.

Das grasbewachsene Ufer verbreiterte sich schließlich zu einer flachen Bucht, wo ein großes Sieb aufgestellt war. Zwei Arbeiter waren dabei, einen Haufen Sand mit Schaufelwürfen durchzusieben; und mit Schaufelwürfen luden sie ihn auch auf eine schwarze und niedrige Frachtbarke, eine Art Fähre, die dort auf dem Wasser lag, an einer Weide festgebunden. Die beiden bärtigen Männer arbeiteten in der Sonnenglut mit Hut und Jacke, aber es waren lauter zerlumpte, verschimmelte Sachen, und die Hosen endeten in Fetzen überm Knie und ließen Beine und Füße frei.

In diesem tagelang getrockneten, feingesiebten, von jeglicher Unsauberkeit befreiten Sand, hell wie am Meer, erkannte Marcovaldo genau das, was er brauchte. Doch er hatte ihn zu spät entdeckt: Schon häuften die Männer den Sand auf den Lastkahn, um ihn fortzuschaffen...

Nein, noch nicht: Nachdem die Arbeiter ihre Fracht hergerichtet hatten, ergriffen sie eine Weinflasche, tranken ein paarmal abwechselnd daraus und legten sich dann in den Schatten der Pappeln, um die heißeste Tagesstunde vorübergehen zu lassen.

Bis die dort ausgeschlafen haben, kann ich mich unter ihren Sand packen! dachte Marcovaldo und befahl den Kindern mit unterdrückter Stimme: »Rasch, rasch, helft mir!«

Er sprang auf den Lastkahn, zog sich Hemd, Hosen und Schuhe aus und schlüpfte unter den Sand. »Deckt mich zu! Mit der Schaufel!« sagte er zu den Kindern. »Nein, den Kopf nicht; den brauche ich zum Atmen, der muß draußen bleiben! Nur den Rest!«

Für die Kinder war's, als ob sie im Sand spielten. »Wollen wir jetzt Kuchenformen bauen? Nein, eine Burg, und mit Zinnen! Ach was, daraus können wir wunderbar eine Murmelbahn bauen!«

»Jetzt macht, daß ihr fortkommt!« prustete Marcovaldo aus seinem Sandsarkophag hervor. »Das heißt, vorher müßt ihr mir noch einen Papierhut über Stirn und Augen ziehen. Und dann springt ans Ufer und spiel irgendwo weiter weg, sonst wachen die Sandleute auf und jagen mich fort!«

»Wir können dich auch auf dem Fluß fahren lassen und den Kahn mit dem Strick vom Ufer aus ziehen«, schlug Filippetto vor, und schon hatte er die Trosse halb gelöst.

Marcovaldo, der sich nicht bewegen konnte, riß Mund und Augen auf, um zu schimpfen. »Wenn ihr euch nicht augenblicklich davonschert und mich zwingt, hier noch einmal hervorzukriechen, gibt's was mit der Schaufel!« Die Kinder nahmen Reißaus.

Die Sonne stach, der Sand brannte, Marcovaldo schwitzte unter seinem Papierhütchen, und während er darunter litt, so unbeweglich dazuliegen und zu schmoren, empfand er jene Genugtuung, die mühselige Kuren und bittere Arzneien gewähren, wenn man denkt: je ärger, desto nützlicher.

Er schlief ein, in Schlaf gewiegt von der leichten Strömung, die das Halteseil abwechselnd spannte und dann wieder lockerte. Unter dem fortwährenden Spannen und Nachlassen löste sich der Knoten, den Filippetto vorher schon halb aufgeknüpft hatte, plötzlich ganz. Und der sandbeladene Kahn schwamm frei den Fluß hinab.

Es war um die heißeste Mittagsstunde, alles schlief: der unter dem Sand begrabene Mann, die Pergolen an den Anlegestellen, die menschenleeren Brücken, die Häuser, die mit geschlossenen Fensterläden hinter den Mauern auftauchten. Der Fluß führte Niedrigwasser, doch der Kahn, von der Strömung getrieben, mied die schlammigen Flußbänke, die hie und da auftauchten, und ein kleiner Ruck von unten genügte, um ihn wieder in die tiefere Fahrrinne zu befördern.

Bei einem solchen Ruck öffnete Marcovaldo die Augen. Er sah den Himmel voller Sonne, und niedrige Sommerwolken zogen darüber hin. Wie schnell sie fliegen, dachte er. Dabei weht doch kein Lüftchen! Dann sah er elektrische Leitungsdrähte: Sie flogen wie die Wolken. Er wandte den Blick so weit zur Seite, wie der Doppelzentner Sand es zuließ, unter dem er lag. Das rechte Ufer war grün, weit weg und wanderte; das linke war grau, weit weg und ebenfalls auf der Flucht. Er begriff, daß er mitten auf dem Fluß dahintrieb; niemand antwortete; er war allein, begraben in einem treibenden Sandkahn ohne Ruder und Steuer. Er wußte, daß er hätte aufstehen müssen, versuchen müssen, anzulegen, um Hilfe hätte rufen müssen; doch der Gedanke, daß die Sandpackungen absolute Unbeweglichkeit verlangten, behielt die Oberhand und verpflichtete ihn, so lange wie möglich unbeweglich auszuharren, um nur ja nicht kostbare Minuten seiner Kur zu verlieren.

In diesem Moment sah er die Brücke; er erkannte sie an den Statuen und den Lampen, welche die Brüstung zierten, an der Weite der Bögen, die sich in den Himmel reckten: Er hätte nicht geglaubt, schon so weit flußabwärts gekommen zu sein. Und während er in den dunklen Schatten einfuhr, den die Bögen unter sich bildeten, fiel ihm die Stromschnelle ein. Etwa hundert Meter hinter der Brücke machte der Fluß einen Sprung; der Lastkahn würde die Stromschnellen hinunterstürzen und umkippen, und er selbst würde begraben sein unter Sand, Wasser und Kahn, ohne Hoffnung, lebend wieder herauszukommen. Doch auch in diesem Augenblick galt seine größte Sorge der wohltuenden Wirkung der Sandpackung, eine Wirkung, die sich im Nu verflüchtigen würde.

Er wartete auf den Sturz. Der kam auch: Doch es wurde ein Sturz nach oben. Am Rand der Stromschnelle, die in dieser Jahreszeit nur wenig Wasser führte, hatten sich Schlammbänke gebildet, einige begrünt von dünnen Rohrhalmen und Schilf. Der Kahn stemmte sich mit der ganzen Breite seines flachen Kiels da hinein und schleuderte die Sandlast und den darin begrabenen Mann in die Höhe. Marcovaldo wurde förmlich in die Luft katapultiert und sah einen Augenblick lang den Fluß unter sich. Vielmehr: er sah ihn nicht, er sah nur die vielen Menschen, von denen der Fluß wimmelte.

Samstagnachmittags war dieser Teil des Flusses, wo einem das niedrige Wasser nur bis zum Bauchnabel reichte, von einer Menge Badender überlaufen, und die Kinder planschten scharenweise im Wasser herum, und dicke Frauen und Männer markierten den toten Mann, und es gab Mädchen im Bikini und Halbstarke, die miteinander rauften, und Luftmatratzen und Bälle und Rettungsringe und Autoschläuche, Ruderboote, Paddelboote, Stake-boote, Faltboote, Motorboote, Rettungsboote, Kanus der Rudermannschaft, Fischer mit Standnetz, Fischer mit Angel, alte Frauen mit Schirm, junge Mädchen mit Stroh-hut und Hunde, Hunde, Hunde, vom Zwergpudel bis zum Bernhardiner, so daß man keinen Zentimeter Wasser im Fluß erkennen konnte. Und Marcovaldo war im Flie-gen nicht sicher, ob er auf einer Luftmatratze landen würde oder in den Armen einer junonischen Matrone, doch eines wußte er bestimmt: Kein Tropfen Wasser würde ihn berühren.

Das Eßgeschirr

Die Freude, die man über den runden, flachen Behälter, Eßgeschirr genannt, empfindet, besteht vor allem darin, daß er aufschraubbar ist. Allein das Abschrauben des Verschlusses läßt einem das Wasser im Munde zusammenlaufen, vor allem, wenn man noch nicht weiß, was das Geschirr enthält, wenn es beispielsweise die Frau jeden Morgen füllt. Ist der Deckel abgeschraubt, so sieht man das hineingepferchte Essen: Pökelfleisch und Linsen oder hartgekochte Eier und rote Rüben oder auch Polenta und Stockfisch, alles wohlgeordnet auf jener kreisförmigen Fläche wie die Kontinente und die Meere auf den Weltkarten, und selbst wenn es nur wenig ist, wirkt es doch, als wäre es etwas Gehaltvolles und Kompaktes. Abgeschraubt, dient der Deckel als Teller. So hat man zwei Behälter und kann beginnen, den Inhalt zu sortieren.

Der Handlanger Marcovaldo greift, nachdem er das Eßgeschirr aufgeschraubt und kurz daran geschnuppert hat, zu dem Besteck, das er stets, in einem Lappen eingewickelt, in der Tasche mit sich herumträgt, seit er mittags nicht mehr nach Hause geht, sondern aus dem Geschirr ißt. Die ersten Stöße mit der Gabel dienen dazu, die erstarrten Speisen ein wenig zu wecken, ihnen das Aussehen und den Reiz eines eben erst servierten Gerichts zu verleihen, da sie schon seit so vielen Stunden zusammengedrängt darin schlummern. Dann erst bemerkt er, daß es nur eine kleine Portion ist, und denkt: Das muß langsam gegessen werden. Doch schon sind die ersten Bissen hastig und gierig hinuntergeschlungen.

Zunächst ist man ein bißchen traurig, weil man kalt essen muß, aber gleich darauf stellt sich die Freude wieder ein, wenn man die Genüsse der Familientafel in ein ungewohntes Szenarium versetzt sieht. Marcovaldo hat nun langsam zu kauen begonnen; er sitzt auf der Bank einer Parkallee, in der Nähe seiner Arbeitsstelle. Da seine Wohnung weit entfernt liegt und es ihn sowohl Zeit als auch Löcher in der Straßenbahnfahrkarte kosten würde, wenn er mittags nach Hause führe, bringt er das Essen in einem Geschirr mit, das eigens hierfür gekauft worden ist, und ißt im Freien, wobei er die Passanten betrachten kann, und stillt dann seinen Durst an einem Springbrunnen. Wenn es Herbst ist und die Sonne scheint, sucht er sich ein Plätzchen, zu dem ihre Strahlen noch dringen. Die roten und leuchtend bunten Blätter, die von den Bäumen fallen, dienen ihm als Servietten. Die streunenden Hunde, die sich rasch mit ihm anfreunden, bekommen die Wurstpellen, und die Spatzen picken die Brotkrümel auf, sobald die Allee nur einen Augenblick frei von Passanten ist.

Während er ißt, überlegt er: Warum schmeckt mir das Essen, das meine Frau kocht, hier so gut, während ich ihm zu Hause, bei dem Gezänk, dem Geheul und den Schulden, die bei jeder Unterhaltung herauskommen, nichts abgewinnen kann? Und dann denkt er: Jetzt fällt mir ein, das sind die Reste von der gestrigen Mahlzeit. Und schon wird er unzufrieden, vielleicht, weil er die Reste essen muß, die kalt und wohl auch bereits ranzig geworden sind, vielleicht, weil das Aluminium des Eßgeschirrs den Speisen einen Metallgeschmack verleiht. Ein Gedanke aber spukt ihm vor allem im Kopf herum: Nun verdirbt mir die Erinnerung an meine Frau sogar hier den Appetit, wo ich doch weit weg bin von ihr.

Da merkt er, daß er fast aufgegessen hat, und plötzlich scheint ihm dieses Gericht wieder etwas sehr Leckeres und Seltenes zu sein, und er verspeist den auf dem Boden des Geschirrs verbliebenen Rest, der am meisten nach Metall schmeckt, begeistert und andachtsvoll. Als er dann den leeren, beschmierten Behälter betrachtet, wird er von neuem traurig.

Nun wickelt er alles ein, steckt es in die Tasche und steht auf, aber es ist noch zu früh, zur Arbeit zurückzukehren. In der großen Jackentasche trommelt das Besteck gegen das leere Eßgeschirr. Marcovaldo begibt sich in eine Weinstube und läßt sich ein Glas bis an den Rand füllen, oder er geht in ein Café und schlürft dort ein

Täßchen, dann sieht er sich die Kuchen in der Glasvitrine an, die Schachteln mit den Bonbons und dem Nougat, redet sich ein, es stimme gar nicht, daß ihn danach gelüste, ja, daß ihn überhaupt nach etwas gelüste, betrachtet einen Augenblick lang das Tischfußballspiel und gelangt zu der Überzeugung, daß er sich die Zeit und nicht den Appetit vertreiben möchte. Er kehrt auf die Straße zurück. Die Straßenbahnen sind von neuem überfüllt, die Stunde der Arbeitsaufnahme naht, und er macht sich auf den Weg.

Nun fügte es sich, daß Marcovaldos Frau aus Gründen, die ihr allein bekannt waren, eine große Menge Bratwurst kaufte. So bekam Marcovaldo drei Abende hintereinander Bratwurst vorgesetzt. Diese Bratwurst aber war wohl aus Hundefleisch; der Geruch allein genügte, ihm den Appetit zu nehmen. Was die Kohlrüben betraf, so war dieses bläßliche und leicht verderbliche Gemüse das einzige, das Marcovaldo nicht leiden konnte.

Mittags fand er die Kohlrüben und die Wurst kalt und fett im Eßgeschirr wieder. Vergeßlich, wie er nun einmal war, schraubte er jedesmal den Deckel neugierig und lüstern ab, ohne sich zu erinnern, was er am Abend zuvor gegessen hatte, und so gab es jeden Tag die gleiche Enttäuschung.

Am vierten Tag steckte er die Gabel hinein, schnupperte noch einmal daran, erhob sich von der Parkbank und schritt gedankenverloren mit dem offenen Eßgeschirr in der Hand durch die Allee. Die Leute erblickten also einen Mann, der mit der Gabel in der einen Hand und einem Behälter mit Wurst in der anderen spazierenging und den Eindruck erweckte, er könne sich nicht entscheiden, den ersten Bissen zum Munde zu führen.

Von einem Fenster aus rief ein Junge ihn an: »Heda, du Mann!«

Marcovaldo hob den Blick. Im Erdgeschoß einer Prunkvilla stand ein Junge mit aufgestützten Ellenbogen am Fenster, vor ihm ein Teller.

»He, du, Mann! Was ißt du?«

»Bratwurst mit Kohlrüben.«

»Du Glücklicher!« sagte der Junge.

»Ach...«, begann Marcovaldo zerstreut.

»Denk nur, ich muß gebratenen Bregen essen...«

Marcovaldo warf einen Blick zu dem Teller auf dem Fensterbrett. Leckerer gebratener Bregen lag darauf, kraus wie eine Wolkenbank. Marcovaldos Nasenflügel begannen zu beben.

»Was denn, der Bregen schmeckt dir nicht?« fragte er den Jungen.

»Nein, sie haben mich hier zur Strafe eingeschlossen, weil ich ihn nicht essen wollte. Aber ich werfe ihn aus dem Fenster.«

»Magst du Bratwurst?«

»O ja, sie sieht aus wie eine Schlange, nicht wahr? Bei uns kriege ich das nie...«

»Dann gib mir dein Essen, und ich gebe dir meins.«

»Hurra!« Der Junge strahlte vor Freude. Er reichte dem Mann seinen Majolikateller und eine verzierte silberne Gabel, und der Mann überließ ihm das Eßgeschirr mit der Zinngabel.

So fingen beide an zu essen: der Junge am Fensterbrett, Marcovaldo auf einer Bank davor. Beide leckten sich die Lippen, und beide sagten sich, daß sie noch nie ein so gutes Mahl verzehrt hätten.

Plötzlich tauchte hinter dem Jungen eine Gouvernante auf und stemmte die Arme in die Hüften.

»Junger Herr! Mein Gott! Was essen Sie?«

»Bratwurst«, erwiderte der Junge.

»Und wer hat sie Ihnen gegeben?«

»Der Mann dort.« Er deutete auf Marcovaldo, der nun sein langsames, bedächtiges Kauen unterbrach.

»Was höre ich da? Werfen Sie es weg!«

»Es schmeckt aber...«, widersprach der Junge.

»Und der Teller? Die Gabel?«

»Das hat der Mann.« Der Junge wies von neuem auf Marcovaldo, der gerade die Gabel mit einem aufgespießten Stück Bregen hochhielt.

Da schrie die Frau: »Ein Dieb! Ein Dieb! Das Besteck!«

Marcovaldo stand auf, warf noch einen Blick auf das zur Hälfte verspeiste Gericht, trat dann ans Fenster, setzte Teller und Gabel ab, sah die Gouvernante verächtlich an und zog sich zurück. Er hörte das Eßgeschirr über den

Gehsteig rollen, hörte den Jungen weinen, hörte, daß das Fenster zugeknallt wurde. Er bückte sich, um das Eßgeschirr und den Deckel aufzuheben. Sie hatten ein paar Schrammen abbekommen; der Deckel schloß nicht mehr gut. Er stopfte alles in die Tasche und ging an die Arbeit.

Der Wald an der Autobahn

Die Kälte hat tausend Formen und tausenderlei Methoden, sich in der Welt zu bewegen: Auf See stampft sie wie
eine Herde Wildpferde, sie bricht über das Land herein
wie ein Heuschreckenschwarm, in der Stadt schneidet sie
wie eine Messerklinge die Straßen und dringt durch die
Ritzen in die ungeheizten Wohnungen. In Marcovaldos
Stube waren an diesem Abend die letzten Holzscheite
verbraucht, und seine Familie, in Mäntel gehüllt, sah die
Glut im Ofen immer blasser werden, und aus den Mündern stiegen bei jedem Atemzug Wölkchen auf. Sie sagten
nichts mehr, die Wölkchen sprachen für sie: Die Frau
hauchte sie lang heraus wie Seufzer, die Kinder bliesen
sie selbstvergessen wie Seifenblasen, und Marcovaldo
schnaubte sie in Abständen in die Höhe wie Geistesblit-
ze, die sofort verlöschen.

Zu guter Letzt faßte Marcovaldo einen Entschluß: »Ich
werde Holz suchen, wer weiß, vielleicht finde ich welches.« Er steckte sich vier oder fünf Zeitungen zwischen
Hemd und Jacke, schob eine lange, gezahnte Säge unter
die Joppe, und so ging er in die Nacht hinaus, gefolgt von
den hoffnungsvollen Blicken seiner Angehörigen. Jeder
Schritt verursachte ein Rascheln, und dann und wann
schaute ihm die Säge über den Kragen heraus.

Holz suchen in einer Stadt, das ist leicht gesagt! Marcovaldo wandte sich sogleich einem kleinen öffentlichen
Park zu, der zwischen zwei Straßen lag. Alles war öd und
verlassen. Marcovaldo betrachtete die kahlen Pflanzen
und dachte an seine Familie, die zähneklappernd auf ihn
wartete...

Der kleine Michelino las, vor Kälte zitternd, ein Mär-
chenbuch, das er sich aus der Schulbibliothek geliehen
hatte. Das Buch handelte von einem kleinen Jungen, dem
Sohn eines Holzfällers, der mit der Axt in den Wald ging,
um Holz zu hacken. »Da muß man hin«, sagte Micheli-

no, »in den Wald nämlich! Da gibt es Holz!« In der Stadt geboren und aufgewachsen, kannte er einen Wald nicht einmal von fern.

Gesagt, getan. Er beratschlagte mit seinen beiden Brüdern, dann nahm der eine ein Beil, der andere einen Haken, der dritte ein Seil, sie verabschiedeten sich von der Mutter und begaben sich auf die Suche nach einem Wald.

Sie zogen durch die von Laternen erleuchtete Stadt und sahen nichts als Häuser, von einem Wald keine Spur. Sie begegneten zwar hin und wieder einem Passanten, wagten aber nicht, ihn zu fragen, wo es einen Wald gebe. So langten sie dort an, wo die Häuser der Stadt endeten und die Straße eine Autobahn wurde.

Beiderseits der Autobahn erblickten die Kinder den Wald: Eine dichte Pflanzung von sonderbaren Bäumen verdeckte die Sicht auf die Ebene ringsum. Sie hatten ganz, ganz dünne, aufrecht oder schräg stehende Stämme und flache, ausladende Kronen in den eigenwilligsten Formen und den seltsamsten Farben, die sichtbar wurden, wenn ein vorbeifahrendes Auto sie mit den Scheinwerfern anstrahlte. Äste in Gestalt von Zahnpastatuben, Gesichtern, Käse, Händen, Rasierapparaten, Flaschen, Kühen, Luftreifen, belaubt mit Blättern aus den Buchstaben des Alphabets.

»Hurra!« rief Michelino. »Das ist der Wald!«

Seine Brüder schauten verzückt zu, als der Mond zwischen diesen sonderbaren Schatten aufging. »Wie schön er ist...«

Michelino erinnerte sie sogleich an den Zweck ihres Hierseins: Holz. So fällten sie ein Bäumchen in Gestalt einer gelben Primel, hackten es in Stücke und trugen es nach Hause.

Marcovaldo kehrte mit seiner mageren Ausbeute an feuchten Ästen heim und fand einen brennenden Ofen vor. »Wo habt ihr das her?« fragte er und wies auf die Reste eines Reklameschildes aus Sperrholz, das rasch verbrannt war.

»Aus dem Wald«, antworteten die Kinder.

»Aus welchem Wald?«

»Aus dem an der Autobahn. Der ist voll davon!«

In Anbetracht dessen, daß das so einfach war und daß

man von neuem ohne Holz dastand, mußte Marcovaldo wohl oder übel dem Beispiel seiner Kinder folgen. Er verließ wieder mit seiner Säge das Haus und ging an die Autobahn.

Der Beamte Astolfo von der Straßenpolizei war ein wenig kurzsichtig, und des Nachts, wenn er mit dem Motorrad auf Streife fuhr, hätte er eigentlich eine Brille gebraucht; aber er sagte es nicht, aus Angst, seine Laufbahn dadurch zu gefährden.

An diesem Abend war gemeldet worden, daß eine Bande von Straßenjungen an der Autobahn Reklameschilder niederriß. Der Polizist Astolfo fuhr also auf Streife.

Beiderseits der Straße begleitet ein Wald mahnender und gestikulierender Gestalten Astolfo, der sie nacheinander mustert und dabei seine kurzsichtigen Augen verdreht. Plötzlich ertappt er mit dem Scheinwerfer seines Motorrads einen Spitzbuben, der sich an ein Schild klammert. Astolfo bremst. »He! Was machst du da? Spring sofort herunter!« Jener rührt sich nicht, sondern zeigt ihm nur die Zunge. Astolfo fährt näher heran und sieht, daß es die Reklame für einen Käse ist, mit einem pausbäckigen Kind, das sich die Lippen leckt. »Na ja«, murmelt Astolfo und braust mit Vollgas davon.

Ein wenig später fällt das Licht im Schatten eines großen Schildes auf ein erschrockenes, trauriges Gesicht. »Halt! Stehenbleiben!« Doch da versucht gar keiner zu fliehen – es ist ein schmerzverzerrtes Menschenantlitz, das mitten auf einen Fuß voller Hühneraugen aufgemalt ist: Reklame für Hühneraugenpflaster. »Oh, Verzeihung«, sagt Astolfo und fährt weiter.

Das Schild für eine Kompresse gegen Migräne zeigt den riesigen Kopf eines Mannes, der sich vor Schmerz die Hände auf die Augen drückt. Astolfo fährt langsam vorbei, der Scheinwerfer erhellt Marcovaldo, der hinaufgeklettert ist und versucht, ein Stück mit der Säge abzuschneiden. Vom Licht geblendet, macht Marcovaldo sich ganz klein und erstarrt in dieser Pose, an ein Ohr des Riesenkopfes geklammert, die Säge aber ist schon mitten auf der Stirn angelangt.

Astolfo betrachtet das Gebilde interessiert und sagt: »Ach ja, Stappa-Kompressen. Ein effektvolles Reklameschild! Gut ausgedacht! Der kleine Mann da oben mit der Säge verkörpert die Migräne, die den Kopf in zwei Teile schneidet. Ich habe das sofort begriffen!« Und zufrieden fährt er weiter.

Von neuem herrschen Stille und Eiseskälte. Marcovaldo stößt einen Seufzer der Erleichterung aus, setzt sich auf dem unbequemen Gestell zurecht und nimmt die Arbeit wieder auf. Unter dem mondhellen Himmel verbreitet sich das gedämpfte Krächzen der Säge im Holz.

Die gute Luft

»Diese Kinder«, sagte der Arzt von der Krankenversicherung, »müßten eine Zeitlang bessere Luft atmen, Luft in einer bestimmten Höhe, sie müßten auf Wiesen umhertollen...«

Er stand zwischen den Betten in der Kellerwohnung, in der die Familie hauste, und drückte das Stethoskop auf den Rücken der kleinen Teresa, zwischen die Schulterblätter, die so zart waren wie die Flügel eines ungefiederten Vögelchens. Zwei Betten waren es und vier Kinder, alle krank; mit brennenden Wangen und fiebrig glänzenden Augen lagen sie am Kopf- und am Fußende der Betten.

»Wiesen wie die Blumenbeete auf dem Platz?« fragte Michelino.

»Eine Höhe wie die auf dem Wolkenkratzer?« fragte Filippetto.

»Gute Luft zum Essen?« fragte Daniele.

Marcovaldo, lang und dünn, und seine kleine, untersetzte Frau standen zu beiden Seiten einer aus den Fugen geratenen Kommode, gestützt auf einen Ellenbogen. Ohne den Ellenbogen zu bewegen, hoben sie den anderen Arm, ließen ihn ohnmächtig auf die Hüfte sinken und entgegneten dem Arzt mißmutig: »Wie sollen wir das machen? Sechs Esser, bis über die Ohren verschuldet...«

»Der schönste Ort, an den wir sie schicken können«, fügte Marcovaldo hinzu, »ist die Straße.«

»Gute Luft werden wir schon atmen können«, ergänzte seine Frau, »nämlich dann, wenn wir aus der Wohnung geworfen werden und unter freiem Himmel schlafen müssen.«

An einem Sonnabendnachmittag nahm Marcovaldo seine Kinder, als sie wieder genesen waren, zu einem Spaziergang auf die Anhöhen mit. Sie wohnten in einem Stadtteil, der von den Hügeln am weitesten entfernt war.

Um auf diese Hänge zu gelangen, mußten sie mit der überfüllten Straßenbahn fahren, und die Kinder sahen vorerst nur die Beine der Passagiere rings um sich. Allmählich leerte sich die Straßenbahn, und vor den endlich frei gewordenen Fensterscheiben tauchte eine Allee auf, die aufwärts führte. Sie waren an der Endhaltestelle angekommen und gingen nun zu Fuß weiter.

Es war gerade Frühling geworden; die Bäume blühten im warmen Sonnenschein. Die Kinder schauten sich leicht befremdet um. Marcovaldo führte sie einen Treppenweg hinauf, der mitten ins Grüne klomm.

»Warum ist hier eine Treppe ohne ein Haus darüber?« fragte Michelino.

»Das ist keine Haustreppe, das ist so etwas wie eine Straße.«

»Eine Straße ... Und wie kommen die Autos über die Stufen?«

Beiderseits waren Gartenmauern, dahinter standen Bäume.

»Mauern ohne Dach ... Hat es hier einen Bombenangriff gegeben?«

»Das sind Gärten ... so ähnlich wie Höfe ...«, erläuterte der Vater. »Das Haus steht mittendrin, dort hinter den Bäumen.«

Michelino schüttelte den Kopf, er schien wenig überzeugt. »Aber die Höfe sind doch immer in den Häusern und nicht drum herum.«

Teresa fragte: »Wohnen in diesen Häusern die Bäume?«

Je höher Marcovaldo stieg, desto mehr glaubte er zu fühlen, daß er sich von dem Schimmelgeruch des Lagerhauses befreite, in dem er acht Stunden täglich Pakete stapeln mußte, und von den feuchten Flecken an den Wänden seiner Wohnung, von dem Staub, der goldglitzernd im Lichtkegel des kleinen Fensters niedersank, und von den Hustenanfällen in der Nacht. Die Kinder schienen ihm jetzt weniger gelblich und schmächtig, als wären sie bereits eins geworden mit dem vielen Licht und dem Grün.

»Gefällt es euch hier?«

»Ja.«

»Warum?«

»Hier gibt es keine Parkwächter. Man kann die Pflanzen herausreißen, und man kann mit Steinen werfen.«

»Atmen auch. Atmet ihr?«

»Nein.«

»Die Luft hier ist gut.«

Sie versuchten zu kauen. »I wo. Die schmeckt nach gar nichts.«

Sie hatten fast den Gipfel der Anhöhe erklommen. Bei einer Biegung tauchte weit unten die Stadt auf, grenzenlos breitete sie sich aus über das graue Spinnennetz der Straßen. Die Kinder wälzten sich auf der Wiese, als hätten sie ihr Leben lang nichts anderes getan. Ein leichter Wind hatte sich erhoben; es war bereits Abend. In der Stadt glommen die Lichter auf in wirrem Funkeln. Marcovaldo spürte, daß ihn das gleiche Gefühl überkam wie damals, als er, ein junger Mann noch, in die Stadt gelangte und von diesen Straßen, von diesen Lichtern so gepackt war, als erhoffte er sich von ihnen Gott weiß was. Die Schwalben hoch droben stürzten sich kopfüber auf die Stadt.

Da wurde er traurig, weil er wieder hinunter mußte, und er erspähte in der versteinerten Landschaft den Schatten seines Wohnviertels; es kam ihm vor wie eine bleierne Heide, erstarrt, bedeckt von den dichten Schuppen der Dächer und von Rauchfetzen, die über den Stöcken der Schornsteine flatterten. Es war kühl geworden, vielleicht sollte er die Kinder rufen? Als er sie jedoch friedlich an den unteren Ästen eines Baumes schaukeln sah, verscheuchte er diesen Gedanken. Michelino trat an ihn heran. »Papa, warum wohnen wir nicht hier?«

»Ach, du Dummer, hier gibt es doch keine Häuser, hier wohnt niemand«, erwiderte Marcovaldo ärgerlich, denn er hatte gerade selbst davon geträumt, hier leben zu können.

Michelino zweifelte. »Niemand? Und die Männer dort? Sieh nur!«

Die Luft wurde grau, und von den Wiesen herunter kam eine Schar Männer verschiedenen Alters, alle mit einem schweren, grauen Anzug bekleidet, der bis oben zugeknöpft war wie ein Pyjama, alle mit Mützen auf dem

Kopf und mit einem Stock in der Hand. Sie gingen in kleinen Gruppen, einige redeten laut oder lachten, stachen mit den Stöcken ins Gras oder schleiften sie, mit dem gebogenen Griff am Arm, hinter sich her.

»Was sind das für Männer? Wohin gehen sie?« fragte Michelino seinen Vater, doch Marcovaldo blickte jene nur stumm an.

Einer von ihnen näherte sich; es war ein dicker, etwa vierzigjähriger Mann.

»Guten Abend«, grüßte er. »Nun, was für Neuigkeiten bringen Sie uns aus der Stadt?«

»Guten Abend«, antwortete Marcovaldo. »Was für Neuigkeiten meinen Sie?«

»Ach, gar keine, ich habe das nur so gesagt«, erwiderte der Mann und blieb stehen. Er hatte ein langes, fahles Gesicht mit einem einzigen rosa oder roten Fleck, der wie ein Schatten auf den Wangen lag. »Ich sage das immer zu den Leuten, die aus der Stadt heraufkommen. Seit drei Monaten bin ich hier oben, Sie werden das verstehen.«

»Und Sie gehen nie hinunter?«

»Ja, wenn es den Ärzten einmal passen wird!« Er lachte kurz. »Und diesen hier.« Er tippte mit den Fingern gegen die Brust und stimmte noch einmal jenes kurze, etwas keuchende Lachen an. »Schon zweimal haben sie mich als geheilt entlassen, aber kaum war ich wieder in der Fabrik, zack, ging es von neuem los. Und sie schickten mich wieder hier herauf. Aber nicht den Mut verlieren, wie man so sagt.«

»Die dort auch?« fragte Marcovaldo, auf die anderen Männer deutend, die sich ringsum zerstreut hatten. Gleichzeitig suchte sein Blick Filippetto, Teresa und Daniele, die er aus den Augen verloren hatte.

»Alles Bekannte aus der Sommerfrische«, erklärte der Mann und zwinkerte, »jetzt ist die Zeit, da wir Ausgang haben, kurz vor dem Schlafen... Wir gehen früh zu Bett... Selbstverständlich dürfen wir nicht die Grenzen überschreiten...«

»Was für Grenzen?«

»Das hier gehört noch zum Gelände des Sanatoriums. Wußten Sie das nicht?«

Marcovaldo nahm Michelino an die Hand, der ein wenig verängstigt zugehört hatte. Der Abend kroch die Hänge herauf, das Stadtviertel dort unten war nicht mehr zu erkennen, und es schien, daß nicht der Schatten es verschluckt, sondern daß es seinen Schatten überallhin ausgebreitet hatte. Es war an der Zeit umzukehren.

»Teresa! Filippetto!« rief Marcovaldo und machte sich auf, sie zu suchen. »Entschuldigen Sie«, wandte er sich an den Mann, »aber ich sehe meine anderen Kinder nicht mehr.«

Der Mann trat an einen Grabenrand. »Da sind sie«, sagte er, »sie pflücken Kirschen.«

Marcovaldo erblickte in einem Graben einen Kirschbaum, bei dem die graugekleideten Männer standen. Sie zogen mit den krummen Stöcken die Zweige herunter und pflückten die Früchte. Teresa und die beiden Jungen waren bei ihnen; sie pflückten Kirschen, nahmen auch welche aus den Händen der Männer und lachten mit ihnen.

»Es ist spät«, sagte Marcovaldo. »Es wird kalt. Wir gehen nach Hause.«

Der dicke Mann wies mit dem Stock auf die Lichterzeichen, die dort unten flimmerten.

»Jeden Abend mache ich mit diesem Stock meinen Spaziergang durch die Stadt. Ich wähle mir eine Straße, eine Reihe Laternen, und folge ihr, schauen Sie her... Wenn Sie durch die Stadt gehen, dann denken Sie mal daran, daß ich Ihnen mit meinem Stock folge...«

Die Kinder kehrten, mit Laub bekränzt, zurück, von den Patienten an der Hand geführt.

»Wie schön es hier ist, Papa!« sagte Teresa. »Wir kommen wieder hierher, um zu spielen, nicht wahr?«

»Papa«, platzte Michelino heraus, »warum ziehen wir nicht her und wohnen zusammen mit diesen Männern?«

»Es ist spät. Verabschiedet euch von den Herren. Bedankt euch für die Kirschen. Los, wir wollen gehen!«

Sie brachen auf. Sie waren müde. Marcovaldo antwortete nicht auf die Fragen seiner Kinder. Filippetto wollte auf den Arm genommen werden, Daniele auf die Schultern, Teresa ließ sich an der Hand ziehen, nur Michelino, der größte, ging allein voran und stieß die Steine mit den Füßen beiseite.

Eine Reise mit den Kühen

Die Geräusche der Stadt, die in den Sommernächten durch die offenen Fenster in die Zimmer jener Menschen dringen, die vor Hitze nicht schlafen können – die echten Geräusche der nächtlichen Stadt werden erst dann vernehmbar, wenn zu einem bestimmten Zeitpunkt das anonyme Brummen der Motoren schwächer wird und schließlich verstummt und aus der Stille diskrete, klare, durch die Entfernung abstufbare Laute erschallen: die Schritte eines Nachtschwärmers, die rauschenden Fahrradreifen eines Nachtwächters, ein dumpfer Schrei in der Ferne und das Schnarchen in den Stockwerken über der eigenen Wohnung, das Stöhnen eines Kranken, das stündliche Schlagen einer alten Pendeluhr – bis schließlich im Morgengrauen das Orchester der Wecker in den Arbeiterwohnungen sein Konzert beginnt und die Straßenbahn wieder die Geleise entlangrasselt.

So lauschte eines Nachts Marcovaldo zwischen seiner Frau und seinen vier Kindern, die im Schlaf schwitzten, mit geschlossenen Augen allem, was aus diesem feinen Staub zarter Laute vom Pflaster des Bürgersteigs durch die niedrigen Fensterchen in den Schlund seiner Kellerwohnung herabfilterte. Er hörte den vergnügten und hastigen Absatz einer Frau, die sich verspätet hatte, hörte die brüchige Sohle des Kippensammlers, der hier und da stehenblieb, das Pfeifen eines, der sich allein fühlte, und hin und wieder ein paar Wortfetzen eines Gesprächs unter Freunden, soviel nur, daß man erraten konnte, ob sie über Sport oder über Frauen sprachen. Doch in der heißen Nacht büßten diese Geräusche ihre Schärfe ein, sie lösten sich auf, gleichsam beschwichtigt durch die Hitze, die die leeren Straßen füllte, und doch schienen sie sich aufzudrängen, schienen ihre eigene Herrschaft über dieses unbewohnte Königreich aufrichten zu wollen. In jedem dieser menschlichen Wesen erblickte Marcovaldo

traurig einen Bruder, der gleich ihm auch in der Urlaubs-
zeit an diesen glühenden, staubigen Zementofen gefesselt
war durch die Schulden, durch die Last der Familie,
durch den kärglichen Lohn.

Als hätte der Gedanke, daß für ihn ein Urlaub unmöglich war, ihm sogleich die Pforten eines Traumes geöffnet, glaubte er in der Ferne Glockenläuten zu vernehmen,
das Bellen eines Hundes und ein kurzes Brüllen. Aber er
hielt die Augen offen, träumte also nicht. So spitzte er die
Ohren und suchte einen weiteren Anhaltspunkt für die
undeutlichen Wahrnehmungen oder aber ihre Widerle-
gung, und tatsächlich drang zu ihm ein Geräusch wie von
Hunderten und aber Hunderten von Schritten, langsamen, ungleichmäßigen, dumpfen Schritten, das immer
näher kam und alle anderen Laute übertönte, nur das
rostige Läuten nicht.

Marcovaldo stand auf und zog Hemd und Hose an.
»Wohin gehst du?« fragte seine Frau, die nur mit einem
Auge schlief.

»Eine Kuhherde kommt hier vorbei. Ich will sie mir
ansehen.«

»Ich auch! Ich auch!« riefen die drei Jungen, die stets
im richtigen Augenblick aufzuwachen verstanden.

Es war eine von den Herden, die zu Sommeranfang auf
dem Wege zu ihren sommerlichen Bergweiden nachts
durch die Stadt ziehen. Die Jungen, die mit schlafverklei-
sterten Augen auf die Straße gelaufen waren, sahen den
Strom der grauen und gescheckten Kruppen, der sich auf
den Bürgersteig ergoß, und die mit Plakaten beklebten
Mauern, die heruntergelassenen Rolläden, die Pfähle der
Parkverbotsschilder und die Zapfsäulen der Tankstellen
streifte. Die Kühe, die an den Straßenkreuzungen vor-
sichtig auf den Fahrdamm hinuntertraten und die Mäuler
ohne eine Spur von Neugier an die Lenden der Vorange-
henden hefteten, schleppten den Geruch von Streu und
Feldblumen und Milch mit sich, aber auch das schwache
Glockenläuten, und die Stadt schien sie gar nicht zu berühren, so tief staken sie bereits in ihrer Welt aus feuchten Wiesen, Bergnebeln und Furten in den Sturzbächen.

Unruhig indes, gleichsam scheu geworden durch die
hoch aufragenden Mauern der Stadt, wirkten die Kuhhir-

ten, die sich in kurzen, nutzlosen Läufen die Reihe der Kühe entlang abhetzten, mit ihren Stöcken fuchtelten und heisere, brüchige Laute ausstießen. Die Hunde, denen nichts Menschliches fremd ist, taten ungezwungen, reckten die Schnauze schnurgerade nach vorn und gingen, mit ihren Glöckchen klingelnd, ihrer Arbeit nach; aber man merkte, daß auch sie nervös und verlegen waren, sonst hätten sie sich ablenken lassen und begonnen, an den Ecken, Laternen und Flecken auf dem Pflaster zu schnuppern, was ja der erste Gedanke eines Stadthundes ist.

»Papa«, sagten die Kinder, »sind Kühe so etwas wie eine Straßenbahn? Haben sie Haltestellen? Wo ist die Endstation der Kühe?«

»Sie haben überhaupt nichts mit der Straßenbahn zu tun«, erläuterte Marcovaldo. »Sie gehen in die Berge.«

»Legen sie Skier an?« fragte Carletto.

»Sie gehen auf die Weide, Gras fressen.«

»Und sie brauchen keine Strafe zu zahlen, wenn sie den Rasen zertrampeln?«

Michelino war der einzige, der keine Fragen stellte. Da er älter war als die anderen, hatte er seine eigenen Gedanken über die Kühe und brannte jetzt nur darauf, sie zu überprüfen, die sanften Hörner zu betrachten, die vierfachen Zitzen, die schmutzigen Schwänze, die Kruppen und die gefleckten Wammen. So folgte er der Herde, nebenhertrottend wie die Schäferhunde.

Als das letzte Tier vorbei war, nahm Marcovaldo die Kinder an die Hand, um wieder schlafen zu gehen, aber er sah Michelino nicht. Er stieg in die Stube hinunter und fragte seine Frau: »Ist Michelino schon da?«

»Michelino? War er nicht zusammen mit dir draußen?«

Er ist einfach mit der Herde mitgerannt, und wer weiß, wohin er geraten ist, dachte Marcovaldo und lief wieder auf die Straße hinaus. Die Herde hatte bereits den Platz überquert, und er mußte die Straße suchen, in die sie eingebogen war. Aber es hatte den Anschein, daß in jener Nacht mehrere Herden durch die Stadt zogen, jede durch andere Straßen, jede ihrem eigenen Tal zustrebend. Marcovaldo spürte eine Herde auf und holte sie ein, dann merkte er, daß es nicht die richtige war. An einer Kreuzung sah er vier Straßen weiter, parallel zu dieser, eine andere Herde ziehen, und er eilte dorthin; die Hirten erzählten ihm, daß sie einer anderen Herde begegnet waren, die die entgegengesetzte Richtung eingeschlagen hatte. So lief Marcovaldo vergebens hin und her, bis der letzte Glockenton im Morgengrauen verklungen war.

Der Polizeikommissar, an den sich Marcovaldo wandte, um das Verschwinden seines Sohnes zu melden, sagte: »Mit einer Viehherde? Er wird in die Berge gegangen sein, zur Sommerfrische, der Glückspilz. Sie werden sehen, er kommt dick und braungebrannt wieder.«

Ein paar Tage später bestätigte ein vom Urlaub zurückgekehrter Angestellter der Firma, bei der Marcovaldo arbeitete, die Vermutung des Kommissars. Er hatte den Jungen an einem Gebirgspaß getroffen. Michelino war bei der Herde, ließ den Vater grüßen und war wohlauf.

Marcovaldo schritt in der staubigen Hitze der Stadt dahin und dachte an seinen glücklichen Sohn, der jetzt gewiß, auf einem Grashalm pfeifend, die Stunden im Schatten einer Tanne zubrachte, den Kühen zuschaute, die langsam über die Wiese zogen, und im Schatten des Tals dem Raunen der Wasserrinnsale lauschte.

Die Mutter hingegen konnte es kaum erwarten, daß er wieder da war. »Kommt er mit der Bahn? Kommt er im Postauto? Es ist schon eine Woche her... Es ist schon einen Monat her... Er wird dort schlechtes Wetter haben...« Sie gab keine Ruhe, obwohl es immerhin eine Erleichterung bedeutete, einen Esser weniger am Tisch zu haben.

»Der Glückliche, er ist an der frischen Luft und stopft sich den Bauch mit Butter und Käse voll«, pflegte Marcovaldo zu sagen, und wenn im Hintergrund einer Straße die weißen und grauen Zacken der Berge, leicht verschleiert durch die Hitze, vor ihm auftauchten, dann fühlte er sich wie in einen Brunnen versenkt, in dessen Öffnung hoch droben er das Laub der Ahorne und Kastanien glänzen zu sehen und das Summen der wilden Bienen zu hören glaubte, und Michelino erschien ihm dort oben, träge und glücklich, inmitten von Milch und Honig und Brombeeren.

Aber auch er wartete ungeduldig von einem Abend

zum anderen auf die Rückkehr seines Sohnes, selbst wenn er nicht, wie die Mutter, an die Fahrpläne der Züge und der Postautos dachte. Er horchte nachts auf die Schritte auf der Straße, als wäre das Fensterchen der Stube die Öffnung einer Muschel, die die Geräusche der Berge widerhallen ließ, wenn man sie ans Ohr hielt.

Und nun, als er sich eines Nachts plötzlich in seinem Bett aufsetzte, war es keine Täuschung; er hörte, daß sich auf dem Pflaster jenes unverwechselbare Trappeln von Paarhufern näherte, vermischt mit dem Klingen der Kuhglocken.

Sie liefen auf die Straße hinaus, er und seine Familie. Die Herde kehrte zurück, langsam und schwerfällig. Und mitten in der Herde, auf dem Rücken einer Kuh, saß Michelino. Mit den Händen klammerte er sich an das Kumt, sein Kopf schaukelte im Takt der Schritte.

Sie zerrten ihn herunter, umarmten und küßten ihn. Er war noch ganz benommen.

»Wie geht es dir? War es schön?«

»O ja ...«

»Hast du dich nach Hause gesehnt?«

»Ja.«

»Sind die Berge schön?«

Er stand vor ihnen mit gerunzelter Stirn und hartem Blick.

»Ich habe wie ein Pferd geschuftet«, sagte er und spuckte vor sich aus. Sein Gesicht hatte männliche Züge bekommen. »Jeden Abend die Eimer für die Melker von einem Tier zum anderen schleppen, von einem Tier zum anderen, und sie dann in die Kannen leeren, schnell, immer in größter Eile, bis spät in die Nacht hinein. Und am frühen Morgen die Kannen an die Lastwagen rollen, die sie in die Stadt transportieren ... Und zählen, immer wieder zählen, die Tiere, die Kannen, und wehe, wenn man sich irrt ...«

»Aber auf den Wiesen bist du doch gewesen, wenn die Tiere geweidet haben?«

»Dazu war nie Zeit. Man hatte immer zu tun. Mit der Milch, mit der Streu, mit dem Mist. Und was habe ich dafür bekommen? Unter dem Vorwand, ich hätte keinen Arbeitsvertrag, haben sie mir einen Hungerlohn gezahlt.

Aber wenn ihr glaubt, daß ich euch jetzt das bißchen gebe, dann habt ihr euch geirrt. Los, gehen wir schlafen, ich bin todmüde.«

Er zuckte mit den Schultern, schneuzte sich und betrat das Haus.

Die Herde entfernte sich auf der Straße, und die trügerischen, matten Düfte schleppten sich hinter ihr her, ebenso wie das leise Läuten der Glocken.

Das giftige Kaninchen

Wenn der Tag gekommen ist, an dem man das Krankenhaus verlassen soll, dann weiß man dies seit dem frühen Morgen und fühlt sich schon frisch und munter. So schreitet man durch die Säle, fällt in seine gewohnte Gangart, pfeift, kehrt vor den anderen Patienten den Gesunden heraus, nicht, um sich beneiden zu lassen, sondern weil man Vergnügen daran findet, einen ermutigenden Ton zu gebrauchen. Man sieht hinter den Fenstern die Sonne oder den Nebel, falls es neblig ist, man hört die Geräusche der Stadt, und alles ist anders als zuvor, da man Licht und Laute jeden Morgen wie aus einer unerreichbaren Welt hereindringen spürte, wenn man zwischen den Gitterstäben des Krankenbettes aufwachte. Jetzt gehört die Welt da draußen von neuem dem Genesenen; sie erscheint ihm wieder natürlich und gewohnt, und mit einemmal wird er den Krankenhausgeruch gewahr.

So schnupperte eines Morgens der nun bereits genesene Marcovaldo umher, als er darauf wartete, daß man bestimmte Dinge in sein Krankenkassenbuch eintrug, damit er nach Hause gehen konnte. Der Arzt nahm die Papiere, sagte zu ihm: »Warten Sie hier« und ließ ihn allein in seinem Arbeitszimmer. Marcovaldo betrachtete die weißemaillierten Möbel, die er hassen gelernt hatte, die Reagenzgläser voll trüber Flüssigkeiten und suchte sich an dem Gedanken zu begeistern, daß er das alles nun verlassen würde; aber es gelang ihm nicht, die Freude darüber zu empfinden, die er erwartet hatte. Vielleicht war es das Bewußtsein, daß er wieder in die Firma zurückkehren mußte, um weiter Kisten zu entladen, oder der Gedanke an die Schäden, die seine Kinder sicherlich inzwischen angerichtet hatten, vor allem aber war es wohl der Nebel dort draußen, der die Vorstellung erweckte, er müsse ins Leere schreiten, müsse sich in einem feuchten Nichts auflösen. So ließ er die Blicke umherschweifen in dem dumpfen Drang, irgend etwas hier drinnen liebzugewinnen, doch alles, was er sah, weckte in ihm Erinnerungen an Qualen oder Unpäßlichkeiten.

Da entdeckte er ein Kaninchen in einem Käfig. Es war ein weißes Kaninchen, mit langhaarigem, flauschigem Fell, einem kleinen rosa Dreieck als Nase, mit roten, verängstigten Augen und nahezu unbehaarten, an den Rükken geschmiegten Ohrlöffeln. Groß war es nicht, jedoch in dem engen Käfig schwellte sein ovaler, kauernder Körper das Drahtnetz und ließ Haarbüschel hervorsprießen, die leicht zitterten. Auf dem Tisch vor dem Käfig lagen Grasreste und eine Karotte. Marcovaldo durchfuhr der Gedanke, wie unglücklich es sein müsse, daß es eingeschlossen war und jene Karotte vor Augen hatte, die es nicht fressen konnte. Und er öffnete ihm die Käfigtür. Das Kaninchen kam nicht heraus, es verhielt sich ruhig, nur die Schnauze bewegte sich ein wenig, als wollte das Tier ein Kauen vorschützen, um Haltung zu bewahren. Marcovaldo ergriff die Karotte, hielt sie ihm dicht vor die Nase und zog sie dann langsam zurück, um es herauszulocken. Das Kaninchen folgte ihm, packte die Karotte umsichtig mit den Zähnen und begann, aus Marcovaldos Hand eifrig daran zu nagen. Der Mann streichelte ihm den Rücken und betastete es, um festzustellen, ob es fett war. Es fühlte sich unter dem Fell ziemlich knochig an. Daraus und aus der Art, wie es an der Mohrrübe zog, war zu schließen, daß es knappgehalten wurde. Wäre es meins, dachte Marcovaldo, ich würde es mästen, bis es rund wäre wie ein Ball. Und er betrachtete es mit dem liebevollen Auge eines Züchters, der die Güte gegenüber dem Tier mit der Vorstellung des Bratens in ein und derselben Seelenregung zu vereinen imstande ist. Jetzt, nach so vielen Tagen bedrückenden Aufenthalts im Krankenhaus, entdeckte er, und zwar gerade zu dem Zeitpunkt, da er gehen sollte, ein befreundetes Wesen, das genügt hätte, ihm Stunden und Gedanken auszufüllen, und er mußte es verlassen, um in die neblige Stadt zurückzukehren, wo man keinem Kaninchen begegnet.

Die Karotte war nahezu aufgefressen. Marcovaldo nahm das Tier auf den Arm und bemühte sich, etwas zu finden, was er ihm noch geben könnte. Er hielt die

Schnauze des Tieres an eine Geranie in einem Blumentopf, der auf dem Schreibtisch des Arztes stand, aber sie schien dem Tier nicht zu schmecken. In diesem Augenblick vernahm Marcovaldo die Schritte des Arztes. Wie sollte er ihm erklären, weshalb er das Kaninchen in den Armen hielt? Er hatte seine Arbeitsjacke an, die in der Taille eng abschloß. Rasch steckte er das Kaninchen da hinein, knöpfte die Jacke zu, und damit der Arzt diese zuckende Schwellung in der Magengegend nicht sah, schob er es nach hinten, auf den Rücken. Vor Schreck verhielt sich das Kaninchen ganz still. Marcovaldo nahm seine Papiere in Empfang und schob das Kaninchen wieder auf die Brust, denn er mußte sich umdrehen und hinausgehen. So verließ er mit dem Kaninchen unter der Jacke das Krankenhaus und begab sich zu seiner Arbeitsstelle.

»Ach, bist du endlich gesund?« fragte Herr Viligelmo, der Abteilungsleiter, als er ihn kommen sah. »Was ist dir denn da gewachsen?« Er deutete auf die vorspringende Brust.

»Es ist ein warmes Pflaster gegen Krämpfe«, antwortete Marcovaldo.

In dem Moment zuckte das Kaninchen zusammen, und Marcovaldo sprang hoch wie ein Epileptiker.

»Was ist mit dir los?« fragte der Abteilungsleiter.

»Gar nichts, ich habe den Schluckauf«, erwiderte er und schob mit der Hand das Kaninchen auf den Rücken.

»Ich sehe, du bist noch ziemlich angegriffen«, versetzte der Abteilungsleiter.

Das Kaninchen versuchte, am Rücken hochzuklettern, und Marcovaldo zuckte mit den Schultern, um es abzuschütteln.

»Du hast Schüttelfrost. Geh noch für einen Tag nach Hause. Sieh zu, daß du morgen gesund bist.«

Wie ein vom Glück begünstigter Jäger kam Marcovaldo, das Kaninchen an den Ohren haltend, zu Hause an.

»Papa! Papa!« schrien die Kinder und liefen ihm entgegen. »Wo hast du es gefangen? Schenkst du es uns? Soll das ein Geschenk für uns sein?« Sie wollten es ihm auf der Stelle entreißen.

»Da bist du ja wieder«, sagte seine Frau, und aus dem

Blick, den sie ihm zuwarf, folgerte Marcovaldo, daß die Zeit seines Krankenhausaufenthalts offenbar nur dazu gedient hatte, neuen Groll gegen ihn aufzuspeichern. »Und was willst du mit diesem lebenden Tier anfangen? Es wird alles beschmutzen.«

Marcovaldo räumte den Tisch ab und setzte das Kaninchen darauf, das sich flach anschmiegte, als wollte es sich unsichtbar machen. »Wehe dem, der es anrührt!« sagte er. »Es ist unser Kaninchen, und bis Weihnachten wird es schön fett werden.«

»Kann es auf den Hinterbeinen stehen?« fragte Michelino und versuchte, es auf zwei Pfoten aufzurichten. Dann wollte er wissen: »Ist es denn ein Männchen oder ein Weibchen?«

Daran, daß es ein Weibchen sein könnte, hatte Marcovaldo noch gar nicht gedacht. Sofort hatte er einen neuen Plan: Wenn es ein Weibchen war, mußte man einen Bock ausfindig machen, damit es Junge bekam und man eine Zucht aufbauen konnte. Und schon verschwanden in seiner Phantasie die feuchten Mauern seiner Behausung, und er erblickte einen Bauernhof inmitten von grünen Feldern.

Aber es war ein Männchen. Der Gedanke an einen Zuchtbetrieb hatte sich indessen schon in Marcovaldos Kopf festgesetzt. Es war ein Bock, aber ein wunderbarer Bock, dem man nur eine Braut zu suchen brauchte, um sich dann die Jungen, die kommen würden, zu teilen.

»Und was geben wir ihm zu fressen, wenn nicht einmal für uns was da ist?« warf die Frau bissig ein.

»Laß das nur meine Sorge sein«, entgegnete Marcovaldo.

Am nächsten Tag, in der Firma, pflückte er von jeder einzelnen der Grünpflanzen in den Blumentöpfen, die er allmorgendlich aus den Büros der Direktion heraustragen, besprengen und wieder auf ihren Platz stellen mußte, ein Blatt ab. Es waren breite Blätter, glänzend auf einer Seite, dunkel auf der anderen. Er stopfte sie in die Jacke. Dann, als er eine Angestellte mit einem Blumenstrauß kommen sah, fragte er: »Haben Sie die von Ihrem Verlobten? Und mir schenken Sie keine?« So konnte er auch eine Blume in die Tasche stecken. Zu einem Jungen, der gerade eine Birne schälte, sagte er: »Gib mir die Schalen.« Auf diese Weise, hier ein Blatt, dort eine Schale, hier eine Blüte, hoffte er, den Hunger des Tieres stillen zu können.

Irgendwann ließ Herr Viligelmo ihn holen. Sollten sie bemerkt haben, daß an den Pflanzen Blätter fehlen? fragte sich Marcovaldo, der es gewohnt war, sich stets schuldig zu fühlen.

Beim Abteilungsleiter fand er den Arzt aus dem Krankenhaus vor, ferner zwei Helfer vom Roten Kreuz und einen Polizisten. »Hör mal«, sagte der Arzt, »aus meinem Arbeitszimmer ist ein Kaninchen verschwunden. Wenn du etwas darüber weißt, darfst du dich nicht dumm stellen. Wir haben ihm nämlich die Erreger einer schrecklichen Krankheit eingeimpft, die sich in der ganzen Stadt ausbreiten kann. Ich frage nicht, ob du es aufgegessen hast, denn dann wärest du jetzt nicht mehr unter den Lebenden.«

Draußen wartete ein Krankenwagen. Sie stiegen unverzüglich ein und fuhren unter unaufhörlichem Sirenengeheul durch Straßen und Alleen zum Hause Marcovaldos. Auf dem Weg aber blieb eine Spur von Blättern, Schalen und Blumen zurück, die Marcovaldo traurig aus dem Fenster warf.

An jenem Morgen wußte Marcovaldos Frau wirklich nicht mehr, was sie in den Topf tun sollte. Sie betrachtete das Kaninchen, das ihr Mann am Tag zuvor ins Haus gebracht hatte und das jetzt in einem improvisierten Käfig saß, der voll Papierschnipsel war. Es kommt uns wirklich gelegen, dachte sie. Geld ist nicht da, das Monatsgeld ist schon für die Extramedizin draufgegangen, die die Krankenkasse nicht bezahlt, und in den Läden gibt man uns keinen Kredit mehr. An eine Zucht oder einen Weihnachtsbraten ist gar nicht zu denken! Wir lassen Mahlzeiten ausfallen, und da sollen wir noch ein Kaninchen mästen!

»Isolina«, sagte sie zu ihrer Tochter, »du bist schon groß, du mußt lernen, wie man einen Kaninchenbraten zubereitet. Mach dich nur gleich daran, es zu schlachten und abzuziehen, dann werde ich dir erklären, was du weiter zu tun hast.«

Isolina las gerade ein Heft mit gefühlvollen Geschichten. »Nein«, maulte sie, »übernimm du das Schlachten und das Abziehen, und dann werde ich mir ansehen, wie du es zubereitest.«

»Großartig!« rief die Mutter aus. »Ich bringe es nicht über mich, das Tier zu schlachten. Aber ich weiß, daß das ganz einfach ist, man braucht es nur an den Ohren zu packen und ihm einen kräftigen Hieb ins Genick zu versetzen. Mit dem Abziehen werden wir dann schon sehen.«

»Schlag dir das aus dem Kopf«, entgegnete die Tochter, ohne auch nur von ihrem Heft aufzublicken, »lebenden Kaninchen gebe ich keine Hiebe ins Genick. Ich denke auch nicht daran, ihm das Fell abzuziehen.«

Die drei Jungen hatten diesem Gespräch mit großen Augen zugehört.

Die Mutter überlegte eine Weile, sah sie an und sagte: »Kinder...«

Wie auf ein Kommando wandten die Jungen ihr den Rücken zu und verließen die Stube.

»Kinder, wartet!« rief die Mutter. »Ich wollte euch nur fragen, ob es euch Spaß machen würde, mit dem Kaninchen auszugehen. Wir legen ihm ein schönes Band um den Hals, und dann geht ihr mit ihm ein wenig spazieren.«

Die Jungen blieben stehen und blickten einander an.

»Spazierengehen, wohin?« fragte Michelino.

»Nun, ihr könntet ein paar Schritte tun. Ihr könntet die Signora Diomira besuchen, ihr das Kaninchen hinbringen und sie fragen, ob sie es uns nicht bitte schlachten und abziehen könnte, da sie doch so tüchtig ist.«

Die Mutter hatte die richtige Saite angeschlagen: Man weiß, Kinder lassen sich von dem, was ihnen am meisten gefallen kann, beeindrucken, und an das andere denken sie lieber gar nicht. So fanden sie denn ein langes lila Band, knüpften es dem Tier um den Hals und benutzten es als Leine, die sie einander aus der Hand rissen, wobei sie das widerstrebende und halberwürgte Kaninchen hinter sich herzerrten.

»Sagt Signora Diomira«, rief die Mutter ihnen nach, »sie kann eine halbe Keule für sich behalten, wenn sie es uns schlachtet. Nein, sagt lieber: den Kopf. Na ja, sie soll selbst entscheiden.«

Die Kinder waren kaum draußen, als Marcovaldos Wohnung umstellt und von Krankenpflegern, Ärzten, Wärtern und Polizisten gestürmt wurde. Marcovaldo war bei ihnen, mehr tot als lebendig. »Ist hier das Kaninchen, das aus dem Krankenhaus weggeschafft wurde? Rasch, zeigt uns, wo es ist, aber faßt es nicht an! Es hat die Erreger einer fürchterlichen Krankheit im Leibe!« Marcovaldo führte sie zu dem Käfig, doch er war leer.

»Schon aufgegessen?«

»Nein, nein!«

»Wo ist es?«

»Bei Signora Diomira!«

Die Verfolger nahmen die Jagd wieder auf.

Sie klopften bei Signora Diomira an. »Ein Kaninchen? Was für ein Kaninchen? Seid ihr verrückt geworden?« Als die alte Frau sah, daß ihre Wohnung von Unbekannten in weißen Kitteln und Uniformen, die ein Kaninchen suchten, okkupiert wurde, bekam sie beinahe einen Schlaganfall. Von Marcovaldos Kaninchen wußte sie nichts.

In der Tat hatten die drei Kinder das Kaninchen vor dem Tode retten wollen; sie hatten vor, es an einen sicheren Ort zu bringen, ein Weilchen mit ihm zu spielen und es dann laufenzulassen. Statt also auf dem Treppenabsatz der Signora Diomira haltzumachen, beschlossen sie, bis auf die Dachterrasse zu steigen. Zu der Mutter wollten sie dann sagen, die Leine sei gerissen, und das Kaninchen sei entwischt. Aber kein Tier schien sich so wenig für eine Flucht zu eignen wie dieses Kaninchen. Es war schon ein Problem, mit ihm all die Treppen zu erklimmen, denn auf jeder Stufe kauerte es sich erschrocken hin. So nahmen sie es schließlich auf den Arm und trugen es wie einen toten Gegenstand.

Auf dem Dachgarten wollten sie es laufen lassen. Es lief nicht. Sie versuchten, es auf einen Sims zu setzen, um zu sehen, ob es wie eine Katze klettern konnte; doch es schien unter Schwindelanfällen zu leiden. Sie versuchten, es auf eine Fernsehantenne zu heben, um festzustellen, ob es balancieren konnte, aber es fiel herunter. Verärgert rissen die Jungen das Band entzwei und ließen das Tier frei, und zwar an einer Stelle, wo ihm die Straßen der Dächer offenstanden: ein abschüssiges und winkeliges Meer. Dann gingen sie fort.

Als das Kaninchen allein war, begann es, sich zu regen. Es probierte ein paar Schritte, blickte sich um, wechselte die Richtung, machte kehrt und hüpfte schließlich in kleinen Sprüngen über die Dächer davon. Es war in der Gefangenschaft geboren, daher hatte sein Freiheitsdrang keine weiten Horizonte, es kannte kein anderes Glück im Leben, als eine Zeitlang ohne Angst zu sein. Nun konnte es sich bewegen, ohne daß jemand in der Nähe war, der ihm Angst einjagte, so bewegen, wie vielleicht noch nie in seinem Leben. Der Ort war ungewohnt, aber eine klare Vorstellung von dem, was gewöhnlich und was ungewöhnlich war, hatte es sich ja ohnehin nie machen können. Und seit es in seinem Inneren ein unbestimmtes, geheimnisvolles Übel nagen fühlte, hatte es für die ganze Welt immer weniger übrig. So wanderte es über die Dächer, und die Katzen, die es hüpfen sahen, wußten nicht, was es war, und wichen ängstlich zurück.

Indes, der Reiseweg des Kaninchens war in den Dachstuben, an den Dachluken und auf den Altanen nicht unbemerkt geblieben. Manch einer stellte eine Salatschüssel aufs Fensterbrett und spähte durch die Vorhänge, manch anderer warf einen Birnenrest auf die Dachziegel und knüpfte ringsherum eine Bindfadenschlinge, wieder andere legten Mohrrübenstückchen aufs Gesims, eine lange Spur, die bis ans Dachfenster führte. Und durch alle Familien, die unter dem Dach wohnten, lief die Parole: »Heute gibt es geschmortes Kaninchen«, oder: »Kaninchenfrikassee«, oder: »Kaninchenbraten«.

Das Tier hatte diese Geschäftigkeit, die stillschweigenden Futterangebote bemerkt, und obwohl es Hunger hatte, war es mißtrauisch. Es wußte schon: Wenn die Menschen es dadurch locken wollten, daß sie ihm Futter anboten, dann geschah etwas Dunkles und Schmerzhaftes. Entweder bohrten sie ihm eine Spritze ins Fleisch oder ein Messer, oder sie steckten es gewaltsam in eine zugeknöpfte Jacke oder zerrten es an einem Band mit, das am Hals befestigt war... Die Erinnerung an dieses Ungemach vereinte sich mit dem Unbehagen, das es in sich spürte, mit der allmählichen organischen Veränderung, die es wahrnahm, mit dem Vorgefühl des Todes. Und mit dem Hunger. Aber es schien zu wissen, daß von allen diesen Beschwerden nur der Hunger gelindert werden konnte, und zu erkennen, daß ihm diese treulosen menschlichen Wesen außer grausamem Leid ein Gefühl der Geborgenheit, der Traulichkeit, deren es so sehr bedurfte, zu vermitteln imstande waren; deshalb war es nun entschlossen, sich zu ergeben und auf das Spiel der Menschen einzulassen, einerlei, was nachher kommen würde. So begann es, die Mohrrübenstückchen zu fressen, der Spur folgend, die es, wie es genau wußte, wieder zu einem Gefangenen und Märtyrer machen würde, aber es labte sich vielleicht zum letztenmal an dem irdischen Geschmack des Gemüses. Nun näherte es sich dem Fenster der Dachstube, gleich würde eine Hand vorschnellen, um es zu packen, doch da schloß sich auf einmal das Fenster, und es blieb draußen. Das war nun etwas, was seiner Erfahrung ganz und gar widersprach: eine Falle, die es verschmähte zuzuschnappen. Das Kaninchen drehte sich um und hielt nach anderen Zeichen eines Hinterhalts Ausschau, um einen zu wählen, in den zu laufen zweckmäßig wäre. Aber überall wurden die Salatblätter plötzlich zurückgezogen, die Schlingen beseitigt, die spähenden Gesichter wichen zurück, die Fenster und Dachluken wurden zugeschlagen, und die Terrassen entvölkerten sich.

Was war geschehen? Ein Polizeiwagen war durch die Straßen gefahren und hatte durch Lautsprecher verkündet: »Achtung, Achtung! Ein langhaariges weißes Kaninchen, das von einer schweren ansteckenden Krankheit befallen ist, ist entlaufen. Wer es findet, soll wissen, daß das Fleisch dieses Kaninchens vergiftet ist und daß allein eine Berührung Krankheitserreger übertragen kann. Jeder, der es sieht, hat dies dem nächsten Polizeirevier, Krankenhaus oder der Feuerwehr zu melden!«

Entsetzen breitete sich auf den Dächern aus. Jeder paßte auf, und wenn er das Kaninchen erblickte, das mit einem sanften Sprung von einem Dach zum anderen hinüberwechselte, gab er Alarm, und alle verschwanden, wie beim Nahen eines Heuschreckenschwarms. Das Kaninchen balancierte über die Gesimse. Das Gefühl der Einsamkeit gerade in einem Augenblick, in dem es sich der Notwendigkeit der menschlichen Nähe bewußt geworden war, schien ihm noch drohender, noch unerträglicher.

Inzwischen hatte der Cavaliere Ulrico, ein alter Jäger, seine Flinte mit Hasenschrot geladen und auf einer Terrasse hinter einem Schornstein Posten bezogen. Als er in dem Nebel den weißen Schatten des Kaninchens auftauchen sah, schoß er; aber seine Erregung, durch den Gedanken an die Missetaten des Tieres verursacht, war so groß, daß der Schrothagel etwas seitlich auf die Dachziegel prasselte. Das Kaninchen hörte die ganze Ladung abprallen, und ein Kügelchen durchbohrte ihm einen Ohrlöffel. Es begriff: Das war eine Kriegserklärung. Von nun an waren jegliche Beziehungen zu den Menschen abgebrochen. Aus Verachtung ihnen gegenüber, gegenüber dem, was es auf seine Weise als schnöden Undank empfand, entschloß es sich, seinem Leben ein Ende zu machen.

Ein Blechdach fiel schräg ab ins Leere, in das undurchsichtige Nichts des Nebels. Das Kaninchen setzte sich mit allen vier Pfoten darauf, anfangs zögernd, aber dann überließ es sich seinem Schicksal. Und so, vom Übel umringt und verschlungen, rutschte es dem Tod entgegen. Am Rand wurde es eine Sekunde lang von der Regenrinne aufgehalten, dann kippte es abwärts... und landete in den behandschuhten Armen eines Feuerwehrmannes, der oben auf einer Leiter stand. An der Vollendung dieser verzweifelten Geste animalischer Würde gehindert, wurde das Kaninchen in den Krankenwagen gesetzt, der mit hoher Geschwindigkeit ins Krankenhaus fuhr. Auch Marcovaldo saß darin, nebst seiner Frau und seinen Kindern, die sich zur Beobachtung und für eine Reihe von Impfversuchen dorthin begeben mußten.

Die falsche Haltestelle

Für einen, der seine ungastliche Wohnung leid ist,
bleibt an kalten Abenden das Kino immer noch der
liebste Zufluchtsort. Marcovaldos Leidenschaft waren
Farbfilme auf Breitwand, die weiteste Horizonte zu
umfassen imstande ist: Prärien, Felsengebirge, Urwäl-
der, Inseln, auf denen blumenbekränzte Menschen leben. Er pflegte sich jeden Film zweimal anzusehen und
ging erst fort, wenn das Kino geschlossen wurde; und
in Gedanken lebte er dann weiter in den Landschaften,
die er gesehen, atmete ihre Farben ein. Doch der
Heimweg am regnerischen Abend, das Warten an der
Straßenbahnhaltestelle der Nummer 30, die Feststel-
lung, daß sein Leben nie eine andere Aussicht bieten
würde als Straßenbahnen, Verkehrsampeln, Kellerwoh-
nungen, Gasherde, aufgehängte Wäsche, Lagerräume
und Packereien, lösten den Glanz des Filmes in farblo-
se, graue Traurigkeit auf.

Der Film, den er an diesem Abend gesehen hatte,
spielte in den Urwäldern Indiens: Aus sumpfigem Dik-
kicht stiegen Dunstschwaden, und Schlangen wanden
sich an Lianen empor und glitten auf die Statuen ural-
ter, vom Dschungel überwucherter Tempel.

Am Kinoausgang starrte er mit weit offenen Augen
auf die Straße, schloß die Augen, öffnete sie von neuem: Er sah nichts. Rein gar nichts. Nicht mal eine
Handbreit vor seiner Nase. In den Stunden, die er da
drinnen zugebracht, hatte sich Nebel auf die Stadt gesenkt, dicker, bleicher Nebel, der Dinge und Geräusche
einhüllte, Entfernungen in einen Raum ohne Maße ver-
drängte, die Lichter in der Dunkelheit vermischte und
in ein Aufleuchten ohne Gestalt und Ort verwandelte.

Marcovaldo ging mechanisch zur Haltestelle der 30
und stieß mit der Nase an den Hochleitungsmast. In
diesem Augenblick merkte er, daß er glücklich war:

Der Nebel, der die Welt ringsum auslöschte, gestattete ihm, die Bilder vom Breitwandkino in seinen Augen festzuhalten. Auch die Kälte hatte nachgelassen, fast als habe die Stadt sich eine Wolke als Decke übergezogen. Marcovaldo, in seinen Mantel vermummt, fühlte sich geschützt vor jeder äußeren Einwirkung, wie wenn er in einem leeren Raum stünde, und diesen leeren Raum konnte er ausfüllen mit den Bildern von Indien, vom Ganges, vom Dschungel, von Kalkutta.

Die Straßenbahn kam angefahren, mit verschwommenen Konturen wie ein Gespenst, langsam klingelnd; die Dinge existierten gerade soweit wie nötig; für Marcovaldo war es an diesem Abend der ideale Zustand, hinten in der Straßenbahn zu stehen, mit dem Rücken zu den andern Fahrgästen, und durch die Scheiben in die leere Nacht hinauszusehen, die nur hier und da vom ungewissen Lichtschein unterbrochen wurde und von Schatten, die noch schwärzer waren als das Dunkel; so konnte er offenen Auges träumen und, wohin er auch fuhr, einen ununterbrochenen Filmstreifen auf unendlicher Bildfläche vor sich abrollen lassen.

Unter solchen Träumereien war er mit den Haltestellen durcheinandergekommen; plötzlich fragte er sich, wo er denn eigentlich sei; er bemerkte, daß die Straßenbahn beinahe leer war; angestrengt starrte er durch die Scheiben, suchte die auftauchenden Lichter zu deuten, kam zu dem Schluß, daß seine Haltestelle die nächste sein müsse, erreichte die Ausgangstür gerade noch rechtzeitig und stieg aus. Er sah sich nach einem Orientierungspunkt um. Doch die wenigen Schatten und Lichter, die seine Augen auffingen, fügten sich zu keinem bekannten Bild zusammen. Er hatte sich in der Haltestelle geirrt und wußte nicht, wo er war.

Wäre er einem Passanten begegnet, so hätte er sich ohne weiteres die Straße zeigen lassen können; aber ob nun die einsame Gegend, die späte Stunde oder das mißliche Wetter daran schuld war, er sah nicht die Spur einer Menschenseele. Endlich gewahrte er einen Schatten und wartete, daß er näher käme. Nein: Der Schatten entfernte sich, vielleicht überquerte er die Straße, vielleicht ging er mitten auf der Straße, es konnte auch kein Fußgänger sein, sondern ein Radfahrer auf einem Fahrrad ohne Licht.

Marcovaldo rief: »Bitte! Bitte schön, mein Herr! Wissen Sie, wie ich hier zur Via Pancrazio Pancrazietti komme?«

Die Gestalt bewegte sich immer weiter fort, fast sah man sie nicht mehr. Und sagte: »Dorthin...« Aber es war nicht zu erkunden, in welche Richtung sie deutete.

»Rechts oder links?« rief Marcovaldo, doch wußte er nicht, ob er ins Leere sprach.

Eine Antwort kam, oder der Fetzen einer Antwort: ein »...echts!«, das aber genausogut ein »...inks!« sein konnte. Einem, der nicht sah, in welcher Richtung der andere sich bewegte, war rechts oder links gleichermaßen nichtssagend. Marcovaldo lief nun einer Helligkeit entgegen, die vom andern Bürgersteig herzukommen schien oder von ein bißchen weiter weg. In Wirklichkeit war es viel weiter weg: Er mußte eine Art Platz überqueren, in dessen Mitte sich eine grasbewachsene Fläche befand, und dann waren da auch Richtungsweiser (das einzige klar Erkennbare) für den Kreisverkehr der Autos. Es war schon spät, aber gewiß hatte noch irgendein Café offen oder eine Wirtschaft; die Leuchtschrift wurde deutlicher und lautete: Bar... Dann verlosch sie; über das, was wohl ein beleuchtetes Fenster sein mochte, senkte sich etwas Dunkles wie ein Rolladen. Die Kaffeebar wurde geschlossen und war – wie er in diesem Augenblick zu erkennen meinte – noch sehr weit weg.

Da war es schon besser, sich an ein anderes Licht zu halten: Und während Marcovaldo so dahinschritt, wußte er nicht, ob er geradeaus ging und der Lichtpunkt, dem er entgegenstrebte, immer derselbe war oder sich verdoppelte, verdreifachte oder von der Stelle bewegte. Der etwas milchige, schwarze Sprühstaub um ihn war so fein, daß er spürte, wie er durch den Mantel drang und durch die Fäden des Gewebes, wie durch ein Sieb, und wie die Feuchtigkeit ihn wie einen Schwamm durchtränkte.

Das Licht, das er schließlich erreichte, war der verräucherte Eingang einer Osteria. Drinnen saßen Leute oder standen an der Theke, aber wegen der schlechten Beleuchtung oder auf Grund des Nebels, der überall Eingang gefunden hatte, waren auch diese Gestalten verschwommen wie in Wirtshäusern aus alten Zeiten oder in entfernten Ländern, die man im Kino zu sehen bekommt.

»Ich suche... vielleicht könnten Sie mir Auskunft geben... die Via Pancrazietti...«, hub er an, aber in der Osteria war es laut, Betrunkene, die lachten und ihn gleichfalls für einen Betrunkenen hielten, und die Fragen, die er stellte, und die Erklärungen, die er bekam, waren auch nebelhaft und verschwommen. Dies um so mehr, als er, um sich zu wärmen, zunächst ein Viertel Wein bestellte, dann noch eins – oder richtiger, sich von denen, die an der Theke standen, dazu überreden ließ – und schließlich noch ein paar Gläser, die ihm, mit viel Schulterklopfen, von den andern spendiert wurden. Kurz und gut, als er aus der Osteria kam, war seine Vorstellung über den Heimweg auch nicht klarer als zuvor, doch zum Ausgleich dafür barg der Nebel jetzt mehr denn je alle Kontinente und Farben in sich.

Mit dem wärmenden Wein im Leib lief Marcovaldo eine gute Viertelstunde lang mit Schritten, die stets danach trachteten, nach links und nach rechts auszuweichen, um die ganze Breite des Bürgersteigs zu erkunden (falls er noch auf dem Bürgersteig ging), und mit Händen, die das Bedürfnis empfanden, dauernd die Wände abzutasten (falls er noch an einer Wand entlangging). Der Nebel in seinem Kopf verzog sich beim Laufen; doch der Nebel draußen blieb unvermindert dicht. Er erinnerte sich, daß man ihm in der Osteria geraten hatte, einem Straßenzug hundert Meter weit zu folgen und dann noch einmal zu fragen. Aber jetzt wußte er nicht mehr, wie weit er sich von der Osteria entfernt hatte oder ob er nicht vielleicht im Kreis um die Häusergruppe herumgelaufen war.

Die Gegend zwischen den Backsteinmauern, die wie Fabrikmauern aussahen, schien unbewohnt. An der Ecke mußte sich doch ein Straßenschild befinden, aber der Lichtschein der Lampe, die mitten über der Fahrbahn hing, reichte nicht bis dort hinauf. Um die Beschriftung näher betrachten zu können, kletterte Marcovaldo an der Stange eines Halteschilds hinauf. Er kletterte so weit, daß er mit der Nase ans Schild stieß, doch die Schrift war verblichen, und er hatte keine Streichhölzer, sie zu beleuchten. Oberhalb des Straßenschilds war der Mauerrand flach und breit. Marcovaldo beugte sich von der Stange des Halteverbots hinüber und konnte sich so auf die Mauer hochziehen. Über dem Mauerrand hatte er ein großes, helles Schild gesehen. Er lief ein paar Schritte auf der Mauer entlang, bis zum Schild; hier ließ die Lampe die schwarzen Buchstaben auf weißem Grund klar erkennen, doch die Aufschrift »Unbefugten ist der Zutritt strengstens verboten« konnte ihm keinerlei Aufklärung geben.

Der Mauerrand war breit genug, um sich im Gleichgewicht halten und auch weitergehen zu können; wenn er es recht bedachte, war dies sogar besser als auf dem Bürgersteig, denn die Lampen hingen gerade in der richtigen Höhe, um die Schritte zu beleuchten, sie zeichneten einen hellen Streifen mitten in die Dunkelheit. Schließlich war die Mauer zu Ende, und Marcovaldo stand vor der Spitze eines Pfostens; nein, sie beschrieb einen rechten Winkel und ging doch weiter... Und so beschrieb Marcovaldos Weg mit Einbuchtungen, Gabelungen und Pfosten eine unregelmäßige Bahn; mehrmals glaubte er, die Mauer müsse nun aufhören, aber dann entdeckte er, daß sie in einer anderen Richtung weiterging; bei all den vielen Biegungen wußte er nicht mehr, in welcher Richtung er abgebogen war, auf welche Seite er also hinunterspringen mußte, wenn er wieder auf die Straße wollte. Springen... Und wenn der Höhenunterschied sich vergrößert hatte? Er hockte sich auf einen Pfosten und versuchte zu erkennen, was unten war, auf der einen wie auf der anderen Seite, doch kein Lichtstrahl drang bis auf den Grund: Es konnte also ein Sprung von zwei Metern sein oder auch ein Abgrund. Ihm blieb nichts übrig, als oben weiterzulaufen.

Die Rettung zeigte sich alsbald. Eine ebene weiße Fläche, die an die Mauer grenzte: das Zementdach eines Gebäudes – wie Marcovaldo bemerkte, als er darüberlief –, das sich ins Dunkel erstreckte. Er bereute sofort, sich hinaufgewagt zu haben: Jetzt hatte er jeden Anhaltspunkt verloren, er hatte sich von der Reihe der Straßenlaternen entfernt, und jeder Schritt, den er weiterging, konnte ihn an den Rand des Daches bringen und, darüber hinaus, ins Leere.

Das Leere war wirklich wie ein Sarg. Von unten schienen kleine Lichter herauf, wie aus großer Entfernung, und wenn sich die Laternen schon dort unten befanden, mußte der Boden ja noch tiefer liegen. Marcovaldo war so hoch droben, wie man es sich gar nicht vorstellen kann: Ab und an leuchteten in der Höhe grüne und rote Lichter auf, in unregelmäßigen Figuren, wie Sternbilder. Gerade als er sich diese Lichter mit emporgereckter Nase betrachtete, geschah es, daß er einen Schritt ins Leere tat und abstürzte.

Jetzt bin ich tot, dachte er, aber im selben Augenblick wurde er gewahr, daß er auf weichem Boden saß; seine Hände berührten Gras; er war mitten auf eine Wiese gefallen und ganz unversehrt. Die tiefen Lichter, die ihm so weit weg erschienen waren, waren in Wirklichkeit eine Reihe Lämpchen direkt auf dem Boden.

Ein ungewöhnlicher Ort, Lichter aufzustellen, doch hatten sie ihren Nutzen, denn sie wiesen ihm einen Weg. Seine Füße gingen jetzt nicht mehr übers Gras, sondern über Asphalt: Mitten durch die Wiesen führte eine große asphaltierte Straße, die von dem Schein dieser Bodenlichter beleuchtet wurde. Ringsum nichts: nur noch droben dies farbige Aufleuchten, das blinkte und wieder verschwand.

Eine Asphaltstraße wird schon irgendwohin führen, dachte Marcovaldo und folgte ihr. Er kam zu einer Abzweigung, sogar zu einer Straßenkreuzung, und jeder Straßenteil war von diesen kleinen, niedrigen Lampen flankiert, und riesige weiße Ziffern waren darauf gemalt.

Er wurde mutlos. Was hatte es schon für einen Zweck, sich für irgendeine Richtung zu entscheiden, wenn ringsum doch nichts war als Rasenfläche und leerer Nebel? Da bemerkte er in Menschenhöhe eine Bewegung von Blinklichtern. Ein Mann, tatsächlich ein Mann, die Arme weit geöffnet und – wie es schien – in einem gelben Arbeitsanzug, bewegte zwei leuchtende Schildchen, wie sie die Bahnhofsvorsteher haben. Marcovaldo lief auf den Mann zu, und noch ehe er ihn erreicht hatte, keuchte er atemlos: »He! Sie! Sagen Sie, hier mitten im Nebel, was soll ich denn, so hören Sie doch zu...«

»Seien Sie unbesorgt«, antwortete der Mann in Gelb ruhig und höflich, »über tausend Meter hoch ist kein Nebel, Sie können sich darauf verlassen, dort vorn ist der Einstieg, die andern sind schon hinaufgegangen.«

Das war eine dunkle, doch ermutigende Rede: Marcovaldo freute sich vor allem, zu hören, daß noch andere Menschen in der Nähe waren; er ging weiter, um zu ihnen zu kommen, und stellte keine Fragen mehr.

Der so geheimnisvoll angekündigte Einstieg war eine kleine Treppe mit bequemen Stufen und einem Geländer an den Seiten, das im Dunkel weiß aufleuchtete. Marcovaldo stieg hinauf. An der Schwelle einer schmalen Tür begrüßte ihn ein Mädchen so liebenswürdig, daß sie, wie er glaubte, unmöglich ihn gemeint haben konnte.

Marcovaldo erging sich in Höflichkeitsfloskeln: »Meine Hochachtung, Signorina! Und alle guten Wünsche!« Ganz durchfroren vor Kälte und Feuchtigkeit, schien es ihm wie ein Märchen, doch noch Zuflucht unter einem Dach gefunden zu haben...

Er trat ein und mußte blinzeln, vom Licht geblendet. Dies war kein Haus. Wo war er dann? In einem Autobus, wie ihm schien, in einem langen Autobus mit vielen leeren Plätzen. Er setzte sich; zur Heimfahrt benutzte er für gewöhnlich nicht den Bus, sondern die Straßenbahn, weil die Fahrkarte etwas billiger war, diesmal aber hatte er sich in einen so entlegenen Stadtteil verirrt, daß von dort aus wohl nur Autobusse verkehrten. Welches Glück, daß er zu dieser gewiß letzten Fahrt noch rechtzeitig gekommen war! Und was für weiche, einladende Polstersessel! Jetzt, da er dies wußte, würde Marcovaldo nur noch Autobus fahren, auch wenn die Fahrgäste einigen Verpflichtungen unterworfen waren (»... Sie werden gebeten«, ertönte es vom Lautsprecher, »nicht zu rauchen und die Gurte anzulegen...«), auch wenn das Motorengeräusch bei der Abfahrt ungewöhnlich laut war.

Ein uniformierter Mann ging zwischen den Sitzen hindurch. »Verzeihung, Herr Schaffner«, sagte Marcovaldo, »können Sie mir sagen, wo es eine Haltestelle in der Nähe der Via Pancrazio Pancrazietti gibt?«

»Wie meinen Sie, mein Herr? Die erste Landung ist in Bombay, dann kommt Kalkutta und dann Singapur.«

Marcovaldo sah sich um. Auf den anderen Plätzen saßen unbewegte Inder mit Bart und Turban. Auch Frauen waren da, eingehüllt in bestickte Saris und mit Schönheitspflästerchen auf der Stirn. Die Nacht vor den kleinen Fenstern war voller Sterne, jetzt, da das Flugzeug die dichte Nebeldecke durchstoßen hatte und in großer Höhe durch den klaren Himmel flog.

Wo der Fluß am blauesten ist

Es gab eine Zeit, in der die einfachsten Lebensmittel Bedrohungen, Heimtücke, Betrug in sich bargen. Kein Tag verging, an dem nicht irgendeine Zeitung von schrecklichen Enthüllungen beim Einkauf auf dem Markt berichtete: Der Käse war aus Kunststoff bereitet, die Butter aus Stearinkerzen hergestellt, in Obst und Gemüse war das Arsen der Insektenvertilgungsmittel prozentual höher vertreten als die Vitamine, die Hühner wurden mit synthetischen Pillen gemästet, die denjenigen, der eine Keule davon aß, in ein Huhn verwandeln konnten. Der Frischfisch war vergangenes Jahr in Island an Land gezogen worden, und man manipulierte ihm die Augen, damit er wie gestern gefangen wirkte. Aus Milchflaschen waren Mäuse gesprungen, man wußte nicht recht, ob tot oder lebendig. Aus den Ölkanistern rann nicht der goldene Olivensaft, sondern das mit raffinierten Methoden destillierte Fett alter Maulesel.

Bei der Arbeit oder im Café hörte Marcovaldo von derlei Dingen, und jedesmal glaubte er den Fußtritt eines Maulesels im Magen oder das Trippeln einer Maus durch die Speiseröhre zu verspüren. Wenn seine Frau Domitilla vom Einkaufen nach Hause kam, versetzte ihn der Anblick der Einkaufstasche, die ihm sonst so viel Freude gemacht hatte, gefüllt wie sie war mit Sellerie, Auberginen und dem rauhen, porösen Einwickelpapier des Kolonialwarenhändlers und des Wurstladens, nunmehr in Angst, daß irgendwelche Schädlinge sich in seinen vier Wänden einnisten könnten.

All meine Kraft muß jetzt darauf gerichtet sein, die Familie mit Lebensmitteln zu versorgen, die nicht durch die betrügerischen Hände der Spekulanten gegangen sind, nahm er sich vor. Wenn er morgens zur Arbeit ging, begegnete er zuweilen Männern mit Angelruten und Gummistiefeln, die zu den Mauern am Flußdamm wollten. Das ist der richtige Weg, sagte sich Marcovaldo. Doch der Fluß in der Stadt, der alle Abfälle, Abwässer und die ganze Kanalisation aufnahm, erfüllte ihn mit tiefstem Ekel. Ich muß eine Stelle ausfindig machen, dachte er, wo das Wasser noch Wasser ist und die Fische noch Fische sind. Dort werde ich meine Angelrute auswerfen.

Die Tage wurden länger, und mit seinem Moped machte Marcovaldo sich an die Erkundung des Flusses oberhalb der Stadt und seiner Zuflüsse. Besonders interessierten ihn die Wasserläufe, die möglichst weit von der Asphaltstraße entfernt waren. Mit seinem Moped fuhr er, so weit er konnte, über kleine Waldwege und durch Weidengestrüpp, dann verbarg er es in einem Busch und ging zu Fuß weiter, bis er zum Wasser kam. Eines Tages verirrte er sich: Er stieg ohne Weg und Steg über sträucherbestandene, abschüssige Böschungen, bis er schließlich nicht mehr wußte, auf welcher Seite der Fluß sich befand, da plötzlich, als er die Zweige auseinanderbog, sah er, wenige Armlängen entfernt, ein stilles Gewässer – eine Ausbuchtung des Flusses wie ein kleines, ruhiges Wasserbecken –, so blau, daß es wie ein kleiner Gebirgssee aussah.

Seine Überraschung hinderte ihn nicht, die leichten Kräuselwellen der Strömung genauestens in Augenschein zu nehmen. Da, seine Ausdauer wurde belohnt! Ein Schlag, das unverwechselbare Schnellen einer Flosse an der Wasseroberfläche, dann noch einer und wieder einer, so ein Glück, er traute seinen Augen kaum: Das war das Sammelbecken sämtlicher Fische des Flusses, ein Anglerparadies, von dem außer ihm vielleicht noch kein anderer Mensch etwas wußte. Auf dem Rückweg (es dunkelte bereits) hielt er sich damit auf, Wegzeichen in die Rinden der Ulmen zu schneiden und an bestimmten Stellen Steine anzuhäufen, um die Route wiederzufinden.

Jetzt galt es nur noch, sich die Ausrüstung zu beschaffen. Eigentlich hatte er schon vorgesorgt: Unter den Hausnachbarn und dem Personal·seiner Firma hatte er etwa ein Dutzend Angler aufgespürt. Mit halben

Worten und Andeutungen und dem Versprechen, ihnen eine Stelle voller Schleien zu verraten, die er allein kannte, sobald er sich ganz sicher sei, pumpte er sich von dem einen und dem andern ein ganzes Anglerarsenal zusammen, das vollständigste, das man je zu Gesicht bekommen hatte.

Nichts fehlte mehr: Angelrute, Schnur, Haken, Kescher, Wasserstiefel, ein schöner Morgen, zwei Stunden Zeit – von sechs bis acht –, ehe es zur Arbeit ging, der Fluß mit den Schleien... Wie sollte er da ohne Beute heimkehren? In der Tat: Er brauchte die Angel nur auszuwerfen, und schon hatte er einen Fisch an der Leine; die Schleien bissen ohne jedes Mißtrauen an. Da es mit der Angel so einfach ging, versuchte er's mit dem Kescher: Die Schleien waren so entgegenkommend, daß sie sich Hals über Kopf auch in den Kescher stürzten.

Als es Zeit war zu gehen, war seine Tragtasche voll. Er suchte sich flußabwärts einen Weg.

»He! Sie da!« An einer Flußbiegung, zwischen den Pappeln, erhob sich kerzengerade ein Kerl mit einer Aufsehermütze, der ihn finster musterte.

»Meinen Sie mich? Was wollen Sie denn?« erwiderte Marcovaldo, und ihm dämmerte, daß seine Schleien irgendwie bedroht waren.

»Wo haben Sie die Fische her?« fragte der Aufseher.

»Wie? Warum?« Marcovaldos Herz klopfte ihm bis zum Halse.

»Falls Sie dort unten gefischt haben, müssen Sie sie augenblicklich wegwerfen. Haben Sie die Fabrik flußaufwärts nicht gesehen?« Und er deutete auf ein langgestrecktes, niedriges Gebäude, das jetzt, nach der Flußbiegung, hinter den Weiden sichtbar wurde und seinen Rauch in die Luft und dicke Wolken von unbestimmbarer Farbe, halb türkis, halb violett, ins Wasser schleuderte. »Sie werden doch wohl bemerkt haben, was für eine Farbe das Wasser hat! Das ist eine Farbenfabrik: Der Fluß ist vergiftet von diesem Blau, die Fische ebenfalls. Werfen Sie sie augenblicklich weg, sonst muß ich sie beschlagnahmen!«

Marcovaldo hätte sie nun schnellstens weit wegwer-

fen mögen, um sie sich vom Hals zu schaffen, als ob
der Geruch allein genügt hätte, ihn zu vergiften. Aber
er wollte sich vor dem Aufseher keine Blöße geben.
»Und wenn ich sie weiter oben gefangen hätte?«

»Das wäre etwas anderes. Dann muß ich die Fische
beschlagnahmen, und Sie müssen Strafe zahlen. Oberhalb der Fabrik ist ein Fischreservat. Sehen Sie das
Schild dort?«

»Ja, eigentlich«, sagte Marcovaldo rasch, »trage ich
die Angelrute nur so mit mir herum, um meinen
Freunden einen Bären aufzubinden, in Wirklichkeit habe ich die Fische dort im Dorf beim Fischhändler gekauft.«

»Dagegen wäre nichts einzuwenden. Dann brauchen
Sie nur den Stadtzoll zu zahlen, um sie in die Stadt ein-
führen zu dürfen: Hier sind wir ja schon außerhalb des
Stadtgebiets.«

Marcovaldo hatte die Tragtasche bereits geöffnet und
schüttete sie in den Fluß aus. Ein paar Schleien mußten
noch lebendig sein, denn sie flitzten mit freudigem
Schwung auf und davon.

Mond und Gnac

Zwanzig Sekunden dauerte die Nacht und zwanzig Sekunden das GNAC. Zwanzig Sekunden lang sah man
den blauen, von schwarzen Wolken durchbrochenen
Himmel, die goldene Sichel des zunehmenden Mondes,
darunter, kaum zu spüren, seinen Hof und dann Sterne, deren bohrende Winzigkeit immer eindringlicher
wurde, je länger man sie anstarrte, bis hin zum Gewimmel der Milchstraße, und all dies mußte man sehr eilig
in sich aufnehmen, jede Einzelheit war ein Teil des
schwindenden Ganzen; schwindend, weil die zwanzig
Sekunden rasch vorüber waren, und dann begann das
GNAC.

Das GNAC war ein Stück der Reklameschrift auf
dem Dach des gegenüberliegenden Hauses: SPAAK-
COGNAC. Zwanzig Sekunden leuchtete die Schrift,
und zwanzig Sekunden war sie erloschen, und wenn sie
aufflammte, sah man nichts anderes mehr. Unverzüglich verblich der Mond, der Himmel wurde einförmig
schwarz und flach, die Sterne verloren ihren Schimmer,
und Katzen und Kater, die seit zehn Sekunden ihr Lie-
besgeheul zum Himmel sandten, wobei sie sich sehn-
süchtig die Schornsteine und Regenrinnen entlang aufeinander zubewegten, drückten sich beim GNAC mit
gesträubtem Fell im phosphoreszierenden Neonlicht
auf die Dachziegel nieder.

Die Familie Marcovaldo wurde am Fenster der Mansarde, in der sie hauste, von widerstreitenden Gedanken
heimgesucht. Herrschte Nacht, dann fühlte sich Isolina,
die inzwischen schon ein großes Mädchen war, vom
Mondschein davongetragen, ihr Herz zog sich zusammen, und noch das leiseste Krächzen eines Radios aus
den unteren Stockwerken drang zu ihr, als wären es die
Takte einer Serenade; herrschte das GNAC, nahm jenes Radio sofort einen anderen Rhythmus an, einen

Jazzrhythmus, und Isolina streckte sich in ihrem engen Pulli und dachte an die Dancings mit ihren vielen Lichtern, und sie, die Arme, war hier oben allein. Daniele und Michelino, acht und sechs Jahre alt, spähten mit weit aufgerissenen Augen in die Nacht und ließen sich von einem heißen, aber angenehmen Gruseln durchrinnen bei der Vorstellung, sie seien in einem dichten Wald voller Räuber. Dann plötzlich GNAC! Und mit gehobenem Daumen und ausgestrecktem Zeigefinger fuhren sie aufeinander los: »Hände hoch! Ich bin Supermann!«

Wenn die Nacht die Lichter löschte, dann dachte Domitilla, die Mutter, jedesmal: Jetzt muß man die Kinder aber wirklich zurückholen, die Luft kann ihnen schaden. Und Isolina um diese Zeit am Fenster, das schickt sich doch nicht! Doch dann wurde es wieder hell, schön elektrisch, draußen wie drinnen, und Domitilla fühlte sich wie zu Besuch in einem ehrbaren Haus.

Fiordaligi wiederum, ein früh entwickelter Fünfzehnjähriger, sah jedesmal beim Erlöschen des GNAC im Rund des G das spärlich erleuchtete Fensterchen einer Dachkammer und hinter der Scheibe das mondfarbene Antlitz eines Mädchens, das neonlichtige, das nachtlichtige Gesicht eines Mädchens, einen noch fast kindlichen Mund, der sich unmerklich schloß, wenn Fiordaligi ihm zulächelte, und sich gleich darauf wieder zu einem Lächeln zu öffnen schien – und da, schon schoß aus dem Dunkeln dieses erbarmungslose G des GNAC hervor, das Gesicht verlor seine Umrisse, wurde ein schwacher Schatten, und von dem Mädchenmund wußte man nicht, ob er das Lächeln beantwortet hatte.

Inmitten dieser Gefühlsstürme versuchte Marcovaldo, seinen Kindern die Stellung der Himmelskörper beizubringen.

»Das ist der Große Wagen, eins, zwei, drei, vier, und das dort die Deichsel; hier der Kleine Wagen, und der Polarstern zeigt euch, wo Norden ist.«

»Und der andere Stern da, was bedeutet der?«

»Der bedeutet C. Aber er hat mit den Sternen nichts zu tun. Es ist der letzte Buchstabe des Wortes Cognac. Die Sterne hingegen bezeichnen die Himmelsrichtungen: Norden, Süden, Osten, Westen. Der Mond sieht aus wie ein angefangenes rundes Z. Darum nimmt er zu. Sieht er aus wie ein angefangenes A, nimmt er ab.«

»Papa, dann nimmt der Cognac ab? Das C fängt auch an wie ein A.«

»Der hat nichts mit Abnehmen oder Zunehmen zu tun. Das ist eine Leuchtschrift, die hat die Firma Spaak dort anbringen lassen.«

»Und welche Firma hat den Mond anbringen lassen?«

»Gar keine. Der Mond ist ein Satellit, und der ist immer da.«

»Wenn er immer da ist, warum dreht er sich dann einmal nach links und einmal nach rechts?«

»Das sind die Viertel. Man sieht dann eben nur ein Stück von ihm.«

»Vom COGNAC sieht man auch nur ein Stück.«

»Weil das Dach vom Palazzo Pierbernardi sich davorschiebt. Das ist höher.«

»Höher als der Mond?«

Auf diese Weise vermengten sich Marcovaldos Sterne bei jedem Aufglühen des GNAC mit irdischen Dingen, und Isolinas letzter Seufzer ging über in das Keuchen eines gesungenen Mambos, und das Mädchen in der Dachkammer verschwand in jenem gähnenden, kalten Schlund, und mit ihr die Antwort auf den Kuß, den Fiordaligi ihr mit den Fingerspitzen zuzuwerfen endlich gewagt hatte: Und Daniele und Michelino, die Fäuste vor die Gesichter gehoben, feuerten vom Flugzeug aus, was ihr Maschinengewehr hergeben wollte – ta-ta-ta-ta –, auf die Leuchtbuchstaben, die denn auch wirklich nach zwanzig Sekunden erloschen.

»Ta-ta-ta ... Hast du gesehen, Papa, ich hab sie mit einer einzigen Garbe runtergeholt!« sagte Daniele; doch kaum war er dem Neonlicht entronnen, erlosch auch seine kriegerische Begeisterung, und seine Augen füllten sich mit Schlaf.

»Wäre nicht schlecht! Wenn's nur in Stücke ginge!« entschlüpfte es dem Vater. »Dann würde ich euch den Löwen zeigen, die Zwillinge ...«

»Den Löwen!« Michelino packte wildes Entzücken.

»Warte mal!« Ihm war ein Gedanke gekommen. Er holte seine Schleuder hervor, lud sie mit Kieselsteinen, von denen er immer eine Reserve in der Tasche mit sich herumtrug, und schoß eine fächerartige Garbe mit aller Kraft auf das GNAC.

Man hörte den Hagel verstreut auf die Ziegel des gegenüberliegenden Daches und auf das gebogene Eisenblech der Regenrinne prasseln, das Scheibenklirren eines getroffenen Fensters, das »Gong« eines Kiesels, der weiter unten auf den Schirm einer Laterne schlug, eine Stimme von der Straße herauf: »Es regnet Steine! He, da oben, seid ihr verrückt geworden?«

Doch die Leuchtschrift war genau im Augenblick des Schusses ausgegangen, da wieder zwanzig Sekunden verstrichen waren. Und im stillen begannen alle dort in der Mansarde mitzuzählen: eins, zwei, drei, elf, zwölf, bis zwanzig. Bei neunzehn holten sie Atem, dann zählten sie zwanzig, zählten einundzwanzig und zweiundzwanzig, in der Befürchtung, sie hätten zu rasch gezählt, aber nichts da, das GNAC flammte nicht wieder auf, nur ein dunkles, schwer zu entzifferndes Geschnörkel blieb übrig, verknüpft mit seinem Haltegestänge wie Reben am Weinstock.

»Ahhhh!« riefen sie alle, und die Wölbung des Himmels war über ihnen, gestirnt bis in die Unendlichkeit.

Marcovaldos Hand, zur Ohrfeige erhoben, blieb in der Luft hängen; er fühlte sich wie in den Weltraum geschleudert. Das Dunkel, das jetzt auf der Höhe der Dächer herrschte, war eine schwarze Barriere und schloß sie von der Welt dort unten ab; von jener Welt, wo gelbe, grüne und rote Hieroglyphen, blinzelnde Verkehrsampeln, fortfuhren zu kreisen, wo elektrisch durchglühte leere Straßenbahnen und unsichtbare Automobile vorüberzogen, die den Strahl ihrer Scheinwerfer vor sich ins Dunkel stießen. Nur ein diffuses Phosphoreszieren, ein undeutliches Gestäube drang von alldem bis hier herauf. Und vor dem nicht mehr geblendeten Auge öffneten sich Durchblicke in den Weltraum, Konstellationen erstreckten sich in unermeßliche Tiefen, das Firmament kreiste, Sphären, die alles umschlossen und selbst unbegrenzt waren, und nur zur Venus hin öffnete sich ein Durchgang, eine Bresche, auf daß sie allein über dem Rund der Erde stehe, mit dem steten, stechenden Funkeln eines Lichtes, das in einem Punkt sich zusammenzog und zugleich explodierte.

Und in diesem Himmel enthüllte der neue Mond, anstatt seine abstrakte Sichelform zu betonen, seine eigentliche Natur: eine opake Sphäre, von den schrägen Strahlen einer der Erde verlorengegangenen Sonne umspielt, die doch – was man nur in manchen Vorfrühlingsnächten erkennen kann – ihre warme Glut bewahrte. Indem Marcovaldo jenen schmalen, gebogenen Streifen des zwischen Dunkel und Licht geteilten Mondes betrachtete, empfand er eine merkwürdige Sehnsucht, wie nach einem Strand, der wunderbarerweise nachts in der Sonne lag. So standen sie alle am Fenster der Mansarde, die zwei Knaben noch ganz erschrocken von den Folgen ihrer Tat, Isolina in Verzauberung entrückt. Fiordaligi als einziger bemerkte das undeutlich schimmernde Dachfenster und endlich auch das mondhafte Lächeln des Mädchens. Die Mutter gab sich einen Ruck. »Schluß jetzt, es ist Nacht, was steht ihr immer noch am Fenster herum? Ihr werdet schlechte Träume haben von all dem Mondschein.«

Michelino hob die Schleuder und brüllte: »Dann lösche ich eben den Mond aus!« Er erhielt einen Katzenkopf und wurde ins Bett gesteckt.

So kam es, daß für den Rest dieser Nacht und auch in der folgenden die Leuchtschrift auf dem gegenüberliegenden Dach nur SPAAK-CO verkündete und man von Marcovaldos Fenster aus das Firmament betrachten konnte. Fiordaligi und das Mondmädchen warfen einander Kußhände zu, und vielleicht gelang es ihnen sogar in stummer Zwiesprache, auch ein Rendezvous zu verabreden.

Doch am Morgen des übernächsten Tages hoben sich dünn und vereinzelt zwischen dem Gestänge der Leuchtschrift vom Himmel die Gestalten zweier Elektriker ab, die an den Drähten und Röhren herumwerkten. Mit der Miene eines erfahrenen Alten, der voraussieht, was für ein Wetter es geben wird, steckte Marcovaldo die Nase aus dem Fenster und verkündete: »Heute gibt es wieder eine Nacht mit GNAC.«

Da klopfte jemand an die Tür der Mansarde. Sie öffneten. Es war ein Herr mit Brille.

»Verzeihen Sie die Störung«, sagte er, »dürfte ich wohl eventuell einen kleinen Blick aus Ihrem Fenster werfen? Vielen Dank!«

Und mit einer kleinen Verbeugung: »Dr. Godifredo, Agentur für Leuchtreklame.«

Wir sind ruiniert, dachte Marcovaldo, man macht uns jetzt bestimmt für den Schaden verantwortlich. Und er verschlang seine Söhne mit wütenden Blicken, ohne einen Gedanken an seine astronomische Verzückung. Jetzt sieht er sich die Lage an und begreift natürlich, daß die Steine nur von hier aus geschleudert werden konnten. Schon hob er beschwörend die Hände und setzte zu einer Rede an: »Sie wissen doch, wie Kinder sind, sie schießen auf Spatzen, nur mit Kieselsteinchen, ich verstehe selbst nicht, wie das passieren konnte, mit der Schrift von Spaak dort. Aber ich habe sie bestraft, und ob ich sie bestraft habe! Sie dürfen versichert sein, daß so etwas nicht wieder vorkommt.«

Dr. Godifredo hörte aufmerksam zu. Dann erklärte er: »Um die Wahrheit zu sagen, ich arbeite für ›Cognac Tomawak‹, nicht für die Firma Spaak. Ich war nur gekommen, um die Möglichkeiten einer Leuchtreklame auf diesem Dach hier zu prüfen. Aber sprechen Sie ruhig weiter, das interessiert mich trotzdem, was Sie da sagen, interessiert mich durchaus.«

Eine halbe Stunde später schloß Marcovaldo mit der Firma »Cognac Tomawak«, dem einzigen bedeutenden Konkurrenten der Firma Spaak, einen Vertrag: Jedesmal, wenn die Leuchtschrift drüben wieder instand gesetzt war, würden seine Kinder mit der Schleuder auf das GNAC schießen.

»Dies ist der Tropfen, der das Faß zum Überlaufen bringt«, bedeutete ihnen Dr. Godifredo. Und er irrte sich nicht. Die Firma Spaak, auf Grund übermäßiger Reklameinvestitionen ohnehin dicht vor dem Bankrott, sah die fortdauernden Schäden, die ihrer schönsten Leuchtreklame angetan wurden, als schlimmes Vorzeichen an. Die Schrift, die heute COGAC, morgen CONAC oder auch einfach nur CONC lautete, ließ unter den Gläubigern den Gedanken an eine Zerrüttung der Finanzlage bei der Firma aufkommen. Ein Punkt wurde erreicht, da die Reklameagentur sich weigerte, weitere Reparaturen vorzunehmen, wenn die Rückstände nicht bezahlt würden. Die erloschene Schrift alarmierte die Gläubiger erst recht. Die Firma Spaak ging in Konkurs.

An Marcovaldos Himmel strahlte der volle Mond in seiner rundesten Fülle. Und er hatte sein letztes Viertel erreicht, als wieder die Elektriker auf dem Dach gegenüber herumkletterten. In dieser Nacht formten die flammenden Lettern, doppelt so hoch und kräftig wie zuvor, die Wörter COGNAC TOMAWAK, und da war weder Mond noch Firmament, noch Himmel und Nacht, nur immer COGNAC TOMAWAK, COGNAC TOMAWAK, COGNAC TOMAWAK, alle zwei Sekunden aufflammend und erlöschend, aufflammend und erlöschend.

Fiordaligi traf es am schwersten: Das Dachfenster des Mondmädchens war hinter einem riesigen, undurchdringlichen W verschwunden.

Der Regen und die Blätter

Im Betrieb hatte Marcovaldo, neben allen anderen Pflichten, jeden Morgen die Topfpflanze im Eingang zu gießen. Es war eine jener grünen Pflanzen, die man sich zu Hause hält, mit einem geraden, dünnen Stamm, von dem zu beiden Seiten auf langen Stielen breite und glänzende Blätter abzweigen: eine jener Blattpflanzen also, die nicht echt zu sein scheinen. Und doch war es eine richtige Pflanze, und als solche litt sie auch, denn dort, zwischen Vorhang und Schirmständer, fehlte es ihr an Licht, Luft und Tau. Jeden Morgen entdeckte Marcovaldo irgendein böses Zeichen: Bei einem Blatt bog sich der Stiel, als könne er das Gewicht nicht mehr tragen, ein anderes Blatt überzog sich mit Flecken wie das Bäckchen eines masernkranken Kindes, bei einem dritten wurde die Spitze gelb; bis schließlich das eine oder das andere, plumps!, auf dem Boden lag. Unterdessen (was einem das Herz am meisten zusammenzog) wurde der Stamm der Pflanze lang und immer länger, war gar nicht mehr richtig belaubt, sondern kahl wie ein Stock, mit einem Schopf obenauf, der ihm das Aussehen eines Palmwedels gab.

Marcovaldo kehrte die abgefallenen Blätter vom Fußboden auf, entstaubte die gesunden, goß (langsam, damit das Wasser nicht überlief und die Kacheln beschmutzte) auf den Fuß der Pflanze eine halbe Gießkanne voll Wasser, das augenblicklich von der Erde aufgesogen wurde. Und diese einfachen Handreichungen tat er mit einer Aufmerksamkeit wie bei keiner anderen Arbeit sonst, fast wie aus Mitleid mit dem Unglück eines Familienangehörigen. Und dabei seufzte er, man weiß nicht recht, ob über die Pflanze oder über sich selbst: Denn in jenem Gewächs, das hoch aufgeschossen zwischen den Wänden der Firma vergilbte, erkannte er einen Unglücksgefährten.

Die Pflanze (nie wurde sie anders genannt, als sei jede

genauere Bezeichnung sinnlos in einer Umgebung, in der sie allein das Pflanzenreich zu vertreten hatte) war so sehr zum Bestandteil von Marcovaldos Leben geworden, daß sie all seine Gedanken zu jeder Stunde des Tages und der Nacht in Anspruch nahm. Der Blick, mit dem er nunmehr zum Himmel sah, war nicht mehr der Blick des Städters, der sich fragt, ob er den Schirm nehmen soll oder nicht, sondern der des Bauern, der von Tag zu Tag das Ende der Trockenheit herbeisehnt. Und sobald er, von seiner Arbeit aufsehend, vor dem kleinen Lagerfenster draußen im Gegenlicht den Regenschleier erkannte, der dicht und geräuschlos niederfiel, ließ er alles stehn und liegen, lief zu seiner Pflanze, nahm den Topf auf den Arm und stellte ihn in den Hof hinaus.

Kaum daß die Pflanze spürte, wie das Regenwasser über ihre Blätter rann, schien sie sich zu recken, um den Tropfen möglichst viel Fläche zu bieten, und vor Freude färbte sie sich mit ihrem schönsten Grün: So glaubte Marcovaldo wenigstens, der stehengeblieben war, um sie zu betrachten, und dabei ganz vergessen hatte, sich vor dem Regen unterzustellen.

So standen sie da draußen im Hof, der Mensch und die Pflanze, der eine vor der anderen, der Mensch beinahe die Empfindung einer Pflanze unter dem Regen nachfühlend, die Pflanze – an frische Luft und Natur nicht gewöhnt – verblüfft fast wie ein Mensch, der plötzlich von Kopf bis Fuß und durch die Kleider hindurch naß wird. Marcovaldo, mit der Nase nach oben, sog den Geruch des Regens ein, einen Geruch, der – für ihn – schon Wälder und Wiesen in sich trug, und hing unbestimmten Erinnerungen nach. Unter diesen Erinnerungen aber drängte sich deutlicher und näher der Gedanke an das Rheuma auf, das ihn alljährlich heimsuchte, und so ging er rasch wieder ins Haus.

Nach Arbeitsschluß mußte der Betrieb zugesperrt werden. Marcovaldo fragte den Lagervorsteher: »Kann ich die Pflanze im Hof draußen stehenlassen?«

Der Chef, Herr Viligelmo, war ein Mann, der allzu großer Verantwortung lieber aus dem Wege ging. »Bist du wahnsinnig geworden? Und wenn sie gestohlen wird? Wer kommt mir auf dafür?«

Marcovaldo aber, der sah, wie gut der Regen seiner Pflanze bekam, brachte es nicht über sich, sie wieder in den geschlossenen Raum einzusperren: Das wäre einer Vergeudung dieses Himmelsgeschenks gleichgekommen. »Ich könnte sie bis morgen früh bei mir behalten...«, schlug er vor. »Ich nehme sie auf den Gepäckständer und bringe sie nach Hause... Dann kann ich sie so lange im Regen lassen, wie es nur geht...«

Herr Viligelmo überlegte einen Augenblick und meinte schließlich: »In diesem Falle übernimmst du die Verantwortung« und stimmte zu.

Im strömenden Regen durchquerte Marcovaldo die Stadt, über sein Moped gebeugt, in eine wasserdichte Windjacke gehüllt. Hinten, auf dem Gepäckträger, hatte er den Blumentopf festgebunden, und Fahrzeug und Pflanze schienen eins zu sein, der gekrümmte und eingehüllte Mann war ganz und gar verschwunden, man sah nur noch die Pflanze auf dem Moped daherfahren. Ab und zu drehte sich Marcovaldo unter seiner Kapuze zurück, um hinter seinem Rücken ein tropfendes Blatt flattern zu sehen: Und jedesmal hatte er den Eindruck, die Pflanze sei schon wieder etwas gewachsen und dichter belaubt.

Als Marcovaldo mit der Pflanze unterm Arm daheim ankam – in der Mansarde mit Fenstersims über den Dächern –, tanzten die Kinder vor lauter Freude Ringelreihen.

»Der Weihnachtsbaum! Der Weihnachtsbaum!«

»Aber nicht doch! Was fällt euch ein? Bis Weihnachten ist noch lange Zeit!« widersprach Marcovaldo. »Gebt acht auf die Blätter, sie sind sehr empfindlich!«

»Wir hausen hier sowieso schon zusammengepreßt wie die Heringe«, brummte Domitilla. »Wenn du jetzt noch einen Baum mitbringst, müssen wir ausziehen...«

Die Silhouette der Pflanze auf dem Fensterbrett war von der Stube aus zu sehen. Beim Abendessen blickte Marcovaldo nicht auf seinen Teller, sondern sah unverwandt auf die Fensterscheiben.

Seit sie die Kellerwohnung mit der Mansarde vertauscht hatten, waren Marcovaldo und seine Familie viel besser dran. Doch auch das Wohnen unterm Dach hatte seine Nachteile: Die Zimmerdecke zum Beispiel war nicht dicht. In regelmäßigen Abständen fielen die Tropfen auf vier oder fünf ganz bestimmte Stellen, und Marcovaldo pflegte kleine Schüsseln oder Teller darunterzustellen. In Regennächten, wenn alle im Bett waren, hörte man das Tik-tik-tik an den verschiedenen Stellen, und ein Schauer lief einem den Rücken hinunter wie eine Vorahnung von Rheumatismus. Immer wenn Marcovaldo in dieser Nacht jedoch aus seinem unruhigen Schlaf erwachte und lauschte, schien ihm dieses Tik-tik-tik wie heitere Musik: Sie bedeutete ja, daß weiterhin Regen fiel, leicht und stetig, und die Pflanze nährte, den Saft durch die schmächtigen Stengel trieb, die Blätter wie Segel spannte. Wenn ich morgen früh nachsehe, wird sie schon gewachsen sein, dachte er.

Doch obgleich er sich so etwas gedacht hatte, wollte er am andern Morgen seinen Augen nicht trauen, als er das Fenster öffnete: Die Pflanze füllte nun das halbe Fenster aus, die Blätter waren mindestens doppelt so groß geworden und hingen nicht mehr schlapp herunter, sondern waren prall und spitz wie Schwerter. Den Blumentopf fest an die Brust gedrückt, stieg er die Treppen hinunter, band ihn am Gepäckständer fest und eilte zum Betrieb.

Es hatte zwar aufgehört zu regnen, doch das Wetter sah noch ziemlich trügerisch aus. Marcovaldo war noch nicht abgestiegen, als schon wieder ein paar Tropfen fielen. Da es ihr so gut bekommt, laß ich sie noch ein bißchen im Hof stehn, dachte er.

Im Lagerraum steckte er ab und zu die Nase zum Hoffenster hinaus. Diese dauernden Unterbrechungen erregten das Mißfallen des Lagerverwalters. »Was ist denn heute los mit dir, daß du dauernd hinausstarrst?«

»Sie wächst! Sehen Sie doch selbst, Herr Viligelmo!« Und Marcovaldo winkte ihn heran und flüsterte, als dürfe die Pflanze es nicht hören. »Sehen Sie doch, wie sie wächst! Nicht wahr, sie ist gewachsen?«

»Ja, sie ist ein hübsches Stück gewachsen«, gab der Chef zu, und das war für Marcovaldo eine Genugtuung, wie sie dem Personal in der Firma selten genug vergönnt war.

Es war Samstag. Um ein Uhr war Arbeitsschluß, und

bis Montag früh würde keiner mehr herkommen. Marcovaldo hätte die Pflanze gar zu gern mitgenommen, aber da es nicht mehr regnete, wußte er nicht, was für eine Ausrede er dafür finden sollte. Immerhin war der Himmel noch nicht ganz klar: Hier und dort waren schwarze Haufenwolken zu sehen. Er ging zum Chef, der aus Leidenschaft für die Meteorologie ein Barometer über seinem Schreibtisch hängen hatte. »Wie sieht's aus, Herr Viligelmo?«

»Schlecht, immer noch schlecht«, sagte der. »Hier regnet's ja noch nicht, aber in dem Stadtteil, wo ich wohne: Eben habe ich mit meiner Frau telefoniert.«

»Dann möchte ich die Pflanze ein bißchen dahin spazierenfahren, wo es regnet«, schlug Marcovaldo eiligst vor. Gesagt, getan. Er befestigte den Blumentopf auf dem Gepäckständer seines Mopeds.

Den Samstagnachmittag und den Sonntag verbrachte Marcovaldo folgendermaßen: Auf dem Sattel seines Mopeds schaukelnd, die Pflanze auf dem Soziussitz, beobachtete er den Himmel, suchte nach einer Wolke, die gute Absichten zu haben schien, und sauste dann durch die Straßen, bis er auf Regen traf. Jedesmal, wenn er sich umdrehte, war die Pflanze ein bißchen größer geworden: groß wie die Taxen, die Lieferwagen, die Straßenbahnen! Und die Blätter, von denen der Regen auf seine wetterfeste Kapuze herabrann wie eine Dusche, wurden immer breiter.

Jetzt war es schon ein Baum auf zwei Rädern, der da durch die Straßen gefahren wurde und Schutzleute, Fahrer und Fußgänger verwirrte. Gleichzeitig eilten die Wolken auf den Straßen des Windes dahin, sprühten den Regen über einen Stadtteil und zogen weiter; und die Passanten, einer nach dem andern, streckten die Hand aus und klappten den Regenschirm wieder zu; und über Straßen, Alleen und Plätze fuhr Marcovaldo seiner Wolke nach, über die Lenkstange gebeugt, ganz in seine Kapuze eingehüllt, aus der nur die Nase herausragte, der kleine Motor knatterte mit Vollgas, doch die Pflanze blieb unter den fallenden Regentropfen, gerade als habe die Regenspur, die die Wolke hinter sich herzog, sich in den Blättern verfangen, und so eilte alles dahin, von derselben Kraft getrieben: Wind, Wolke, Regen, Pflanze, Räder.

Am Montag trat Marcovaldo mit leeren Händen vor Herrn Viligelmo.

»Und die Pflanze?« fragte der Lagerverwalter augenblicklich.

»Die steht draußen. Kommen Sie mit.«

»Wo?« fragte Viligelmo. »Ich sehe sie nicht.«

»Dort drüben. Sie ist ein bißchen gewachsen...« Und Marcovaldo deutete auf einen Baum, der bis zum zweiten Stock aufragte. Der Baum stand nicht mehr in seinem alten Blumentopf, sondern in einer Art Kübel, und statt des Mopeds hatte Marcovaldo sich einen dreirädrigen Lieferwagen besorgen müssen.

»Und was soll jetzt werden?« Der Chef war ärgerlich. »Wie sollen wir dieses Ungetüm je wieder ins Vorzimmer bekommen? Das paßt ja gar nicht mehr durch die Tür!«

Marcovaldo zuckte die Achseln.

»Da gibt's nur eine Möglichkeit«, meinte Viligelmo, »wir müssen sie in der Gärtnerei gegen eine andere in passender Größe umtauschen!«

Marcovaldo war schon wieder im Sattel. »Das besorge ich.« Und wieder begann die Fahrt durch die Stadt. Der Baum füllte die ganze Fahrbahn mit seinem Grün. Die Schutzleute, um den Verkehr besorgt, hielten ihn an jeder Straßenkreuzung auf; dann – nachdem Marcovaldo ihnen erklärt hatte, daß er die Pflanze in die Gärtnerei zurückbringen wolle, um sie aus dem Verkehr zu ziehen – ließen sie ihn weiterfahren. Und er fuhr und fuhr und konnte sich nicht entschließen, die Straße zur Gärtnerei einzuschlagen. Er brachte es nicht übers Herz, sich von dieser seiner Kreatur zu trennen, nachdem er sie so glücklich aufgezogen hatte: Ihm war, als sei er sein Leben lang noch nie so zufrieden gewesen wie mit dieser Pflanze.

Und so fuhr er hin und her, über Straßen und Plätze, an den Flußufern entlang und über Brücken. Und über ihm breitete ein Grün sich aus wie von einem Tropenwald, bedeckte ihm Kopf und Schultern und Arme, ließ ihn schließlich ganz und gar verschwinden. Und alle Blätter und Stengel und der ganze Stamm (der dünn geblieben war) bebten unablässig in einem dauernden Erzittern, ob nun Regengüsse auf sie herniederprasselten oder die Tropfen seltener wurden oder ganz aufhörten.

In der Tat hatte es zu regnen aufgehört. Es war gegen Sonnenuntergang. Ganz hinten auf den Straßen, in den Zwischenräumen zwischen den Häusern, lag ein ungewisses Regenbogenlicht. Nach all der mächtigen Anstrengung des Wachsens, die sie mit Spannkraft erfüllt hatte, war die Pflanze nun ganz erschöpft. Marcovaldo, der seine ziellose Fahrt fortsetzte, wurde nicht gewahr, wie hinter ihm die Blätter, eines nach dem anderen, von sattem Grün zu Gelb, zu Goldgelb hinüberwechselten.

Schon seit geraumer Weile folgte, von Marcovaldo unbemerkt, ein ganzer Zug von Mopeds und Autos und Fahrrädern und Jungen dem Baum, der da durch die Stadt fuhr, die Leute riefen: »Ein Affenbrotbaum! Ein Affenbrotbaum!«, und laute Rufe der Verwunderung begleiteten das Vergilben der Blätter. Wenn ein Blatt sich ablöste und davonflog, streckten sich viele Hände aus, um es im Fluge zu erhaschen.

Ein Wind kam auf; die goldenen Blätter stoben in ganzen Schwärmen in halber Höhe auf und davon. Marcovaldo meinte immer noch, den grünen, dichtbelaubten Baum hinter sich zu haben, bis er sich plötzlich umdrehte – vielleicht weil er sich ungeschützt dem Wind ausgesetzt fühlte. Der Baum war nicht mehr da: nur noch ein dürrer Stecken, von dem ringsum lauter nackte Stiele ragten, und noch ein allerletztes gelbes Blatt an der Spitze. Im Licht des Regenbogens erschien alles andere schwarz: die Menschen auf den Bürgersteigen, die Häuserfassaden, die Spalier standen; und über all dem Schwarz kreisten und kreisten in halber Höhe leuchtend und zu Hunderten die goldenen Blätter; und rote und rosige Hände streckten sich zu Hunderten aus dem Schatten empor, um sie zu fangen; und der Wind trieb die goldenen Blätter dem Regenbogen und den Händen und den Rufen entgegen und pflückte auch das letzte Blatt, das von gelb ins Orangefarbene wechselte und dann rot, violett, blau, grün und noch einmal gelb wurde, bis es schließlich aus dem Gesichtskreis entschwand.

Marcovaldo im Supermarkt

Um sechs Uhr abends pflegte die Stadt in die Hände der
Verbraucher zu fallen. Den ganzen Tag über war die ganze große Betriebsamkeit der produktiven Bevölkerung
ein einziges Produzieren: Man produzierte Verbrauchs-
güter. Zu einer bestimmten Stunde aber, als hätte jemand
einen Schalter ausgeknipst, hörte man auf zu produzieren, und heidi! warf sich alles aufs Konsumieren. Jeden
Tag entfaltete sich eine mächtige Blütenpracht, gerade
noch rechtzeitig hingen hinter den beleuchteten Schau-
fensterscheiben rote Salami, türmten sich Aufbauten von
Porzellantellern bis zur Decke, Tuchrollen, die sich in
Draperien entfalteten wie Pfauenschwänze, und schon
strömte die Menge der Verbraucher hinein, um zu demo-
lieren, zu zernagen, zu betasten, wegzunehmen. Eine un-
absehbare Reihe schlängelte sich über die Bürgersteige
und unter den Laubengängen hindurch, flutete durch die
gläsernen Eingangstüren der Geschäfte, umwogte alle
Verkaufstische, vorwärtsgedrängt von Rippenstößen, die
jeder jedem austeilte wie die gleichmäßigen Stöße eines
Zylinderkolbens. Konsumieren sollt ihr!, und sie rührten
die Waren an, legten sie wieder hin, nahmen sie wieder
auf, rissen sie sich gegenseitig aus den Händen; konsumieren sollt ihr!, und zwangen die bleichen Verkäuferinnen, immer wieder neue Wäschestücke auf den Ladentischen auszubreiten; konsumieren sollt ihr!, und die farbi-
gen Zwirnrollen drehten sich wie Kreisel, die geblümten
Papierbögen hoben flatternd ihre Flügel, wickelten die
Einkäufe in kleine Päckchen und die kleinen Päckchen in
größere Päckchen und die größeren Päckchen in Pakete,
ein jedes verschnürt mit Knoten und Schleife. Und Pakete, große Päckchen, kleine Päckchen, Taschen, Täschchen
wirbelten um den verstopften Kassenstand, Hände, die in
den Handtaschen kramten und nach dem Geldtäschchen
suchten, und Finger, die in den Geldtäschchen kramten

und nach Kleingeld suchten, und unten, zwischen einem Wald von unbekannten Beinen und Mantelsäumen, verirrten sich die Kinder, die nicht mehr an der Hand gehalten wurden, und weinten.

An einem solchen Abend führte Marcovaldo seine Familie spazieren. Da sie kein Geld hatten, bestand ihr Vergnügen darin, den andern Leuten beim Einkaufen zuzuschauen; denn je mehr Geld im Umlauf ist, desto zahlreicher sind die armen Schlucker, die hoffen: »Früher oder später werde ich ja auch mal zu Geld kommen.« Dem Marcovaldo jedoch zerrann sein Gehalt, weil es so wenig war und seine Familie so zahlreich und weil Raten und Schulden zu tilgen waren, augenblicklich unter den Händen, sobald er es bekommen hatte. Aber es war doch schön, die andern beim Kaufen zu beobachten, besonders bei einem Rundgang durch den Supermarkt.

Der Supermarkt war ein Selbstbedienungskaufhaus. Da gab es die kleinen Wagen, eiserne Körbe auf Rädern, und jeder Kunde schob so einen kleinen Wagen vor sich her und füllte ihn mit allen nur erdenklichen Herrlichkeiten. Beim Hineingehen nahm auch Marcovaldo einen Wagen und ebenso seine Frau und jedes der vier Kinder. Und so wanderten sie im Gänsemarsch, die Wägelchen vor sich, zwischen Ladentischen hindurch, auf denen sich Berge von Eßwaren häuften, und sie zeigten einander die Würste und Käsesorten und nannten ihre Namen, als hätten sie in diesem Massenangebot die Gesichter von Freunden oder zumindest von Bekannten entdeckt.

»Papa, dürfen wir das mitnehmen?« fragten die Kinder immer wieder.

»Nein, ja nichts anfassen, das ist verboten«, antwortete Marcovaldo, weil er daran dachte, daß sie am Ende des Rundgangs von der Kassiererin zur Abrechnung erwartet wurden.

»Warum nimmt dann aber die Frau dort was mit?« drangen sie weiter in ihn, weil sie all die braven Frauen sahen, die nur hereingekommen waren, um ein paar Mohrrüben zu kaufen und einen Büschel Sellerie, und dann den Pyramiden von Dosen doch nicht widerstehen konnten und plumps! plumps! plumps! mit zerstreuter und resignierter Bewegung Büchsen mit geschälten Tomaten, eingemachten Pfirsichen und Anchovis in Öl in ihr Wägelchen fallen ließen, daß es nur so trommelte.

Kurz und gut, wenn dein eigenes Wägelchen leer ist und das der anderen voll, kannst du nur bis zu einem bestimmten Punkt fest bleiben: Dann packen dich der Neid und ein Herzweh, daß du's nicht länger aushalten kannst. Nachdem Marcovaldo also seiner Frau und den Kindern ans Herz gelegt hatte, nur ja nichts anzurühren, trat er verstohlen in einen Quergang zwischen den Verkaufsständen, um sich dem Blickfeld seiner Familie zu entziehen, griff sich eine Schachtel mit Datteln aus einem Fach und legte sie in seinen Korb. Er wollte nur das Vergnügen auskosten, sie zehn Minuten lang mit sich herumzutragen, wie alle andern seine Einkäufe zur Schau zu stellen, und sie dann wieder dahin zurücklegen, wo er sie hergenommen hatte. Diese Schachtel und dann noch eine rote Flasche mit pikanter Sauce und ein Päckchen Kaffee und ein blaues Paket Spaghetti. Wenn er es nur umsichtig anstellte, davon war Marcovaldo überzeugt, konnte er mindestens eine Viertelstunde lang die Freude eines Mannes genießen, der eine Ware auszusuchen versteht, ohne auch nur einen Pfennig dafür zu bezahlen. Doch wehe, wenn die Kinder ihn dabei erwischten! Gleich würden sie's ihm nachmachen, und der Himmel mochte wissen, was für eine Verwirrung daraus entstehen würde!

Marcovaldo gab sich alle Mühe, seine Spuren zu verwischen, verfolgte einen Zickzackkurs durch die einzelnen Abteilungen, schloß sich geschäftigen Dienstmädchen an oder pelzverhüllten Damen. Und wenn die einen oder anderen die Hand ausstreckten, um einen gelben, duftenden Kürbis zu nehmen oder eine Schachtel mit Käseekken, tat er es ihnen nach. Über die Lautsprecher kam heitere Musik: Die Verbraucher bewegten sich in ihrem Rhythmus, blieben dann wieder stehen, streckten im rechten Augenblick die Hand aus, nahmen sich etwas und legten es in ihren Korb, alles zum Klange der Musik.

Marcovaldos Korb war nun bis zum Rande gefüllt; seine Schritte führten ihn in weniger frequentierte Abteilungen: Hier waren die Erzeugnisse mit ihren immer schwerer zu entziffernden Namen in Schachteln abgepackt und mit Bildern versehen, aus denen nicht einwandfrei hervorging, ob es sich um Salatdünger oder Salatsamen handelte, um Salat überhaupt oder um Gift gegen Salatschnecken oder um Futter, das die Vögel herbeilocken sollte, damit sie die Salatschnecken fraßen, oder um Salatgewürze oder um gebratene Vögel. Marcovaldo nahm auf alle Fälle ein paar dieser Schachteln mit.

So ging er zwischen den hohen Hecken der Verkaufsstände einher. Plötzlich war der Gang zu Ende, und da war ein langer, leerer Raum, erfüllt vom Neonlicht, das die Kacheln erstrahlen ließ. Und da stand Marcovaldo, allein mit seinem warenbeladenen Wägelchen, und am Ende dieses leeren Raumes war der Ausgang mit der Kasse.

Sein erster Impuls war, mit gesenktem Kopf davonzurasen, das Wägelchen wie einen Panzerwagen vor sich her schiebend, und dem Supermarkt mit seiner Beute zu entfliehen, ehe die Kassiererin Alarm schlagen konnte. Doch in diesem Augenblick kam aus einem Nachbargang ein Wägelchen zum Vorschein, noch bepackter als das seine, und es wurde von seiner Frau Domitilla geschoben. Von einer anderen Seite tauchte ein weiteres auf, und Filippetto hatte alle Mühe, es vor sich herzuschieben. Dies war ein Punkt, an dem die Gänge aus vielen Abteilungen zusammenliefen, und aus jedem Ende kam eines von Marcovaldos Kindern heraus, und alle schoben sie ihre Vehikel vor sich her, die vollbeladen waren wie Frachtschiffe. Jeder von ihnen hatte den gleichen Gedanken gehabt, und nun, da sie hier zusammentrafen, wurden sie gewahr, daß sie eine Musterkollektion aller verfügbaren Schätze des Supermarkts zusammengestellt hatten. »Papa, jetzt sind wir also reich?« fragte Michelino. »Haben wir jetzt für ein Jahr lang zu essen?«

»Zurück! Schnell! Weg von der Kasse!« rief Marcovaldo, machte kehrt und ging mit seinen Lebensmitteln hinter den Verkaufsständen in Deckung; er setzte zu einem geduckten Lauf an, wie unter Feindbeschuß, und hatte sich bald wieder in den Abteilungen verloren. Ein Dröhnen erscholl hinter seinem Rücken, er drehte sich um und sah seine ganze Familie, einem Eisenbahnzug gleich, ihre Wagen vor sich her schiebend, ihm nachrennen.

»Dafür bekommen wir eine Rechnung auf eine Million Lire!«

Der Supermarkt war groß und verschlungen wie ein Labyrinth: Stunden und Stunden konnte man sich darin ergehen. Mit all den Lebensmitteln zu ihrer Verfügung hätten Marcovaldo und seine Familie den ganzen Winter dort verbringen können, ohne ihn auch nur ein einziges Mal zu verlassen. Doch die Lautsprecher hatten ihre Unterhaltungsmusik unterbrochen und brachten eine Durchsage: »Achtung, Achtung! Der Supermarkt wird in einer Viertelstunde geschlossen! Sie werden gebeten, sich zur Kasse zu begeben!«

Höchste Zeit, sich der Last zu entledigen: jetzt oder nie. Beim Aufruf durch die Lautsprecher wurde die kaufende Menge von wilder Hast gepackt, als handelte es sich um die letzten Minuten des letzten Supermarkts auf der ganzen Welt, eine Hast, bei der nicht ersichtlich war, ob es den Leuten darum zu tun war, alles mitzunehmen, was da war, oder alles liegenzulassen, jedenfalls gab's ein großes Gedränge um die Auslagenstände, und Marcovaldo, Domitilla und die Kinder machten sich das zunutze, um die Waren wieder an ihren Ort zu legen oder sie unbemerkt in die Wägelchen anderer Leute gleiten zu lassen. Diese Rückgaben erfolgten eher schlecht als recht: Das Fliegenpapier landete auf dem Stand mit Schinken, ein Kohlkopf mitten unter den Torten. Bei einer Frau hatten sie gar nicht bemerkt, daß sie statt eines Einkaufswägelchens einen Kinderwagen mit einem Säugling vor sich her schob, und legten ihr eine Flasche mit Barbera-Wein darauf.

Sich all dieser Herrlichkeiten entledigen zu müssen, ohne sie auch nur gekostet zu haben, war ein Schmerz, der einem die Tränen in die Augen trieb. Und während sie so eine Tube mit Mayonnaise zurücklegten, geriet ihnen gleichzeitig ein Bündel Bananen in die Hand, und sie nahmen es mit; oder ein gebratenes Huhn anstelle einer Nylonbürste; und in dem Maße, wie ihre Wägelchen sich leerten, wurden sie auch wieder aufgefüllt.

Mit ihren Einkäufen wanderte die Familie die Rolltreppen hinauf und hinunter, und in jedem Stockwerk landeten sie vor den unvermeidlichen Engpässen, wo eine wachsame Kassiererin eine knatternde Rechenmaschine wie ein Maschinengewehr auf alle diejenigen richtete, die sich zum Hinausgehen anschickten. Das Herumwandern von Marcovaldo und Familie glich immer mehr dem Auf- und Abwandern von wilden Tieren im Käfig oder von Gefangenen in einem hellen, mit bunten Wandplatten verkleideten Gefängnis.

An einer Stelle waren die Wandplatten abgenommen, eine Leiter war da und Hämmer, Zimmermanns- und Maurerwerkzeug. Hier entstand ein Erweiterungsbau für den Supermarkt. Die Arbeiter waren nach Arbeitsschluß fortgegangen und hatten alles stehen- und liegengelassen. Seine Einkäufe vor sich her schiebend, durchschritt Marcovaldo das Loch in der Wand. Draußen war es dunkel; er ging weiter. Und die Familie, mit ihren Wägelchen, ihm immer nach.

Die Gummiräder der Wägelchen hüpften über einen Boden, der einem aufgerissenen Straßenboden glich, hier sandig, dort mit losen Brettern bedeckt. Marcovaldo balancierte über ein Brett, die andern folgten ihm. Plötzlich sahen sie vor sich und hinter sich und über sich und unter sich eine Menge Lichter, in der Ferne verstreut, und ringsum nichts als Leere. Sie standen auf der Kanzel eines Baugerüsts, so hoch wie die siebenstöckigen Häuser. Unter ihnen breitete sich die Stadt aus im hellen Glanz der Fenster und Leuchtschriften und elektrischen Funken der Straßenbahnoberleitungen; darüber war der Himmel, erleuchtet von Sternen und den roten Lämpchen an den Antennen der Funkstationen. Das Baugerüst erzitterte unter dem Gewicht so vieler Waren, die dort oben balancierten. Michelino sagte: »Ich habe Angst!«

Aus dem Dunkel tauchte eine Silhouette auf. Ein riesiges, zahnloses Maul, das sich öffnete und streckte auf langem, metallenem Hals: ein Kran. Es senkte sich auf sie herab, hielt auf ihrer Höhe inne, legte den Unterkiefer auf den Rand des Gerüstes. Marcovaldo kippte sein Wägelchen um, schüttete den Inhalt in den eisernen Rachen, ging weiter. Domitilla desgleichen. Und die Kinder taten's ihren Eltern nach. Der Kran klappte seinen Rachen zu, die Beute aus dem Supermarkt darin, zog mit ächzenden Winden seinen Hals zurück und entfernte sich. Unten blitzten die rotierenden, vielfarbigen Leuchtschriften auf und empfahlen jedermann, die im großen Supermarkt feilgebotenen Waren zu kaufen.

Rauch, Wind und Seifenblasen

Tag für Tag steckte der Briefträger Umschläge in die Briefkästen der Mieter; nur Marcovaldos Kasten war immer leer, weil ihm nie jemand schrieb, und hätte es hie und da nicht Mahnungen gegeben, die Licht- oder Gasrechnung zu bezahlen, wäre sein Briefkasten ganz überflüssig gewesen.

»Papa, da ist Post gekommen!« rief Michelino.

»Ach was«, erwiderte er, »die übliche Reklame!«

Aus allen Briefkästen ragte ein zusammengefaltetes, blau-gelbes Blatt. Es besagte, daß Sonnenblank das allerbeste Mittel sei, um schönen Seifenschaum zu erzeugen; und wer mit dem blau-gelben Zettel käme, hätte Anspruch auf eine Gratisprobe.

Da diese Zettel so lang und schmal waren, ragten einige aus den Briefschlitzen heraus, andere lagen zusammengeknüllt und nur ein bißchen zerknittert am Boden, denn viele Mieter hatten die Angewohnheit, beim Öffnen des Briefkastens gleich das ganze Reklamepapier wegzuwerfen, das ihn verstopfte. Filippetto, Pietruccio und Michelino hoben die Zettel vom Boden auf, zogen sie aus den Briefschlitzen, fischten sie mit Drahthaken heraus und legten sich so eine ganze Kollektion von Sonnenblank-Bons an.

»Ich hab mehr als du!«

»Nein, zähl noch mal! Wetten, daß ich mehr habe?«

Die Reklameaktion von Sonnenblank hatte den ganzen Stadtteil überflutet, Haustür um Haustür. Und Haustür um Haustür grasten auch die Geschwister ab und sammelten die Gutscheine ein. Ein paar Portiersfrauen jagten sie scheltend davon: »Ihr Lausebengel! Ihr wollt wohl stehlen hier? Gleich rufe ich die Polizei!« Anderen dagegen war es gerade recht, daß die Kinder mit dem ganzen Papierkram aufräumten, der sich tagtäglich dort ansammelte.

Am Abend waren Marcovaldos zwei armselige Stuben ganz blau und gelb von lauter Sonnenblank-Zetteln; und die Kinder zählten sie und zählten sie wieder und stapelten sie zu Stößen, wie es die Kassierer in den Banken mit Geldscheinen zu tun pflegen.

»Papa! Wenn wir genug haben, könnten wir vielleicht eine Wäscherei aufmachen!« sagte Filippetto.

In diesen Tagen waren die Waschmittelproduzenten allesamt in heller Erregung. Die Reklameaktion von Sonnenblank hatte alle Konkurrenzfirmen in Alarm versetzt. Um ihre eigenen Produkte zu lancieren, verteilten sie in allen Briefkästen der Stadt gleichfalls solche Gutscheine, die zu immer größeren Gratisproben berechtigten.

An den folgenden Tagen waren Marcovaldos Kinder vollauf beschäftigt. Jeden Morgen erblühten die Briefkästen wie Pfirsichbäume im Frühling: Zettel mit grünen, rosa, blauen, orangefarbenen Zeichnungen versprachen schneeweiße Wäsche demjenigen, der Schaumador oder Lavolux oder Saponalba oder Weißofix benutzte. Die Kollektion wurde um immer neue und andersartige Abschnitte und Gratisbons bereichert. Zugleich weitete sich der Sammlungsbereich der Kinder aus, er erstreckte sich auch auf die Haustüren anderer Straßen.

Natürlich konnten diese Manöver nicht unbemerkt bleiben. Die Jungen aus der Nachbarschaft hatten sehr bald begriffen, worauf Michelino und seine Geschwister den ganzen Tag über Jagd machten, und plötzlich wurden diese Zettel, die bisher keiner von ihnen beachtet hatte, zur begehrten Beute. Zwischen den verschiedenen Jungenbanden entbrannte eine regelrechte Rivalität, wobei das Sammeln in dem einen oder andern Bezirk Vorwand für Konflikte und Schlägereien lieferte. Dann, nach einigem Hin und Her und längeren Verhandlungen, wurde ein Abkommen geschlossen: Eine organisierte Jagdordnung war ergiebiger als wilder Raub. Und das Einsammeln der Zettel wurde so methodisch gehandhabt, daß ein Bote von Candoblum oder Spülschnell, sobald er seinen Rundgang an den Haustüren machte, beobachtet und Schritt um Schritt verfolgt wurde; und das soeben verteilte Werbematerial fiel augenblicklich den Lausbuben zum Opfer.

Diese Operationen wurden selbstredend stets von Filippetto, Pietruccio und Michelino kommandiert, denn sie waren ja zuerst auf die Idee gekommen. Sie brachten es sogar fertig, die andern Jungen davon zu überzeugen, daß die Coupons Gemeinschaftseigentum waren und gesammelt aufbewahrt werden mußten. »Wie in einer Bank!« präzisierte Pietruccio.

»Sind wir nun Besitzer einer Wäscherei oder einer Bank?« fragte Michelino.

»Jedenfalls sind wir Millionäre!«

Die Jungen konnten vor lauter Aufregung nicht mehr schlafen und schmiedeten Zukunftspläne.

»Hauptsache, wir kassieren alle Muster und bekommen so Unmengen von Waschmitteln zusammen.«

»Wo wollen wir die hinschaffen?«

»Am besten mieten wir uns einen Lagerraum.«

»Warum nicht gleich ein Schiff?«

Die Reklame richtete sich genau wie Blumen und Obst nach der Jahreszeit. Ein paar Wochen später war die Zeit der Waschmittel vorüber, und in den Briefkästen lagen nunmehr Werbezettel für Hühneraugenmittel.

»Wollen wir die nicht auch noch sammeln?« schlug einer vor. Indes überwog die Ansicht, daß man lieber ans Einsammeln der in Waschmitteln investierten Schätze gehen solle. Jetzt galt es, die angegebenen Geschäfte aufzusuchen und sich für jeden Bon ein Muster aushändigen zu lassen: Doch diese neue, scheinbar so einfache Phase des Plans erwies sich als viel langwieriger und komplizierter als die erste.

Die Operationen wurden in verstreuter Kampfordnung durchgeführt: Jeweils ein Junge ging in je ein Geschäft. Man konnte auch drei oder vier Coupons auf einmal abgeben, sofern es nur verschiedene Marken waren, und wenn dann die Verkäufer nur ein Muster einer einzigen Marke abgeben wollten, mußte man sagen: »Meine Mama will sie alle ausprobieren, um zu sehen, welches das beste ist.«

Die Dinge komplizierten sich weiter, wenn man, wie dies in vielen Geschäften geschah, das Probemuster nur hergeben wollte, nachdem dort etwas eingekauft worden war; noch nie hatten die Mütter ihre Kinder so begierig gesehen, in die Drogerie zum Einkaufen geschickt zu werden.

Kurzum, die Verwandlung der Gutscheine in Ware zog sich in die Länge und erforderte zusätzliche Ausgaben, denn die Einkäufe vom mütterlichen Gelde reichten nicht aus, und es mußten viele Drogerien abgeklappert werden. Um sich das nötige Geld zu beschaffen, gab es kein anderes Mittel, als die dritte Phase des Plans augenblicklich zu realisieren, nämlich den Verkauf der bereits erhaltenen Waschmittel.

Man beschloß, an den Wohnungstüren zu klingeln und sie dort feilzubieten: »Signora! Haben Sie vielleicht Interesse? Ein ausgezeichnetes Waschmittel!«, damit reichten sie die Schachtel Spülschnell oder das Tütchen Sonnenblank hinüber.

»Ja, ja, gebt nur her, danke schön«, sagten einige, wenn sie das Muster genommen hatten, und machten ihnen die Tür vor der Nase zu.

»Wie? Und die Bezahlung?« Und sie bearbeiteten die Tür mit den Fäusten.

»Bezahlen? Ist das etwa nicht gratis? Macht, daß ihr weiterkommt, ihr Lausebengel!«

Gerade in diesen Tagen zogen nämlich Vertreter der verschiedenen Marken von Haus zu Haus, um Gratisproben zu überreichen: Es war ein neuer Werbefeldzug der gesamten Waschmittelbranche, da die Aktion mit den Gratisbons so wenig erfolgreich verlaufen war.

Marcovaldos Wohnung sah aus wie das Warenlager einer Drogerie, voll von Candoblum, Weißofix, Lavolux; aber aus all diesen vielen Proben war kein einziger Heller herauszuholen, das waren Dinge, die man verschenkt wie Brunnenwasser.

Natürlich hatte es sich bei den Beauftragten der Firmen bald herumgesprochen, daß ein paar Bengel genau wie sie von Tür zu Tür gingen und dieselben Erzeugnisse für Geld anboten, die sie selbst als Gratisproben überreichten. In der Geschäftswelt gibt es oft Perioden des Pessimismus: Zunächst hieß es, daß die Leute die Waschmittel nicht geschenkt haben wollten, sie aber bereitwillig von denen abkauften, die sich dafür bezahlen ließen. Die Werbeabteilungen der Firmen traten zusammen, Marketing-Spezialisten wurden konsultiert: Man kam zu dem Ergebnis, daß nur Hehler mit gestohlener Ware so unsaubere Konkurrenz machen könnten. Nach einer vorschriftsmäßigen Anzeige gegen Unbekannt begann die Polizei, den Stadtteil auf der Suche nach den Dieben und dem Versteck der Diebesbande zu durchkämmen.

Von einem Augenblick zum andern wurden die Waschpulver gefährlich wie Sprengstoff. Marcovaldo entsetzte sich: »Ich will kein Gramm von diesen Pülverchen mehr in meinem Hause sehen!« Aber niemand wußte, wohin damit, und in der Wohnung wollte sie keiner behalten. Also beschloß man, daß die Kinder alles in den Fluß werfen sollten.

Vor Morgengrauen erschien auf der Brücke ein Karren, gezogen von Pietruccio und geschoben von seinen Brüdern, vollbeladen mit Schachteln von Saponalba und Lavolux, dann ein ähnlicher Karren, von Uguccione, dem Sohn der Portiersfrau von gegenüber, gezogen, und dann noch viele andere. Mitten auf der Brücke hielten sie an, ließen einen Radfahrer vorüber, der sich neugierig umdrehte, und dann: »Los!« Michelino begann die Schachteln in den Fluß zu werfen.

»Dummkopf! Siehst du nicht, daß sie oben schwimmen?« schrie Filippetto. »Wir müssen das Pulver in den Fluß schütten, nicht die ganzen Schachteln!«

Aus den Schachteln, die eine nach der anderen geöffnet wurde, senkte sich sanft eine weiße Wolke hinab, legte sich auf die Strömung, die sie in sich aufzusaugen schien, tauchte wieder auf als Gewimmel winziger Bläschen und schien dann unterzugehen. »So ist's recht!« Und die Jungen schütteten weiter Myriagramme um Myriagramme hinab.

»He! Dort unten!« rief Michelino und deutete flußabwärts. Hinter der Brücke kam das Wehr. Da, wo die Strömung hinunterstürzte, sah man keine Bläschen mehr: weiter unten kamen sie wieder hervor, aber nun waren es große Blasen geworden, die sich aufblähten und übereinandertürmten, eine Woge von Seifenschaum, die sich erhob, ins Riesenhafte wuchs, schon war sie so hoch wie das ganze Wehr, ein weißer Schaum, wie mit dem Pinsel geschlagen im Rasiernapf eines Barbiers. Es war, als hätten alle diese Pülverchen konkurrierender Marken ihren Ehrgeiz dareingesetzt, die eigene Schaumkraft zu demonstrieren: Der Fluß schäumte bis über die gemauerten Dämme, und die Angler, die schon beim ersten Lichtschein gestiefelt zur Stelle waren, zogen ihre Angelruten ein und nahmen Reißaus.

Ein Windhauch erhob sich in der Morgenluft. Eine Traube von Seifenblasen löste sich von der Wasseroberfläche und schwebte davon. Die Sonne ging auf, und die Seifenblasen wurden rosa. Die Kinder sahen sie hoch über ihren Köpfen dahinfliegen und riefen: »Oooh...«

Die Seifenblasen trieben auf den unsichtbaren Geleisen der Luftzüge über die Stadt, zeigten sich in Höhe der Dächer über den Straßen, wichen Mauervorsprüngen und Dachrinnen geschickt aus. Nun hatte die Traube sich aufgelöst: Die Seifenblasen flogen eine nach der anderen auf eigene Faust dahin, jede befolgte eine andere Route, sei es, was Höhe oder Schnelligkeit oder Richtung betraf, und so schwebten sie in der Luft dahin. Es sah aus, als hätten sie sich vermehrt: Ja, es war wirklich so, denn der Fluß schäumte über wie ein Milchtopf auf dem Feuer. Und der Wind hob Schaumfetzen und Streifen und ganze Berge in die Höhe, die sich zu regenbogenfarbenen Girlanden verlängerten (jetzt, wo die schrägen Sonnenstrahlen über die Dächer geklommen waren, hatten sie von der Stadt und vom Fluß Besitz ergriffen), und oberhalb der Drähte und Antennen überzogen sie den Himmel.

Die dunklen Silhouetten der Arbeiter strebten auf ihren knatternden Mopeds den Fabriken zu, und ihnen folgte der losgelassene grün-rosa-blaue Schwarm, als zögen sie alle ein Bündel kleiner Luftballons hinter sich her, das mit langem Bindfaden an der Lenkstange befestigt war.

In einem Straßenbahnwagen war das nicht unbemerkt geblieben: »Sehen Sie mal! So sehen Sie doch nur! Was ist denn das da oben?« Der Fahrer hielt die Bahn an und stieg aus: Auch die Fahrgäste stiegen aus und starrten zum Himmel, die Fahrräder und Mopeds und Autos und Zeitungsausträger und Bäcker und alle Passanten in dieser frühen Morgenstunde hielten an, unter ihnen

Marcovaldo, der sich gerade zur Arbeit begab, und alle reckten sie die Nase in die Luft und folgten dem Flug der Seifenblasen.

»Ob das eine Atomwolke ist?« fragte eine Alte, und Angst überkam die Leute, und wer merkte, daß eine Seifenblase auf ihn herabfiel, rannte davon und schrie: »Die ist radioaktiv!«

Doch die Seifenblasen setzten ihren Flatterflug fort, regenbogenfarben, zerbrechlich und leicht, ein Pusten genügte, und paff! waren sie nicht mehr da; und bei den Leuten legte sich die Angst so rasch, wie sie gekommen war. »Ach was, radioaktiv! Seife ist das! Seifenblasen, wie sie Kinder blasen!« Und eine ausgelassene Heiterkeit bemächtigte sich aller. »Sieh bloß die da an! Und die! Und die!«, denn sie sahen riesige Kugeln daherfliegen, von unvorstellbarer Größe, und wenn diese Blasen einander berührten, spalteten sie sich und verdoppelten und verdreifachten sich, und Himmel, Dächer, Wolkenkratzer erschienen in diesen durchsichtigen Glocken in Formen und Farben, wie sie noch keiner je gesehen.

Aus ihren Schornsteinen spien die Fabriken nun schon den schwarzen Qualm, wie jeden Morgen. Und die Schwärme von Seifenblasen trafen auf die Rauchwolken, und der Himmel war geteilt zwischen Strömen von schwarzem Rauch und von regenbogenfarbenem Seifenschaum, und in manchen Windwirbeln sah es aus, als kämpften sie miteinander, und einen Augenblick, nur einen Augenblick lang schien es, als seien die Spitzen der Fabrikschlote von den Seifenblasen erobert worden, doch bald war da ein solches Durcheinander – von Qualm, der den Seifenschaumregenbogen umklammerte, und Seifenblasen, die den Schleier von Rußteilchen umklammerten –, daß man überhaupt nicht mehr wußte, woran man war. Bis Marcovaldo zuletzt trotz allen Suchens keine Seifenblase mehr am Himmel entdecken konnte, sondern nur noch Qualm, Qualm und Qualm.

Die Stadt für ihn allein

Elf Monate im Jahr liebte die Bevölkerung ihre Stadt, und wehe, wenn ihr einer zu nahe kam: Wolkenkratzer, Zigarettenautomaten, Breitwandkinos, lauter Dinge, über jede Diskussion erhaben und von dauernder Anziehungskraft. Der einzige Bewohner, dem man dieses Gefühl nicht mit Sicherheit zusprechen konnte, war Marcovaldo; aber das, was er dachte, war – erstens – in Anbetracht seiner geringen Mitteilsamkeit schwer zu erfahren, und – zweitens – zählte es so wenig, daß es ohnehin auf dasselbe herauskam.

Einmal in jedem Jahr aber begann der Monat August. Und da wurde man Zeuge eines allgemeinen Stimmungswechsels. Niemand konnte die Stadt mehr ausstehen: Dieselben Wolkenkratzer und Fußgängerunterführungen und Parkplätze, die bis gestern noch so beliebt, waren auf einmal unsympathisch und irritierend geworden. Die Bewohner hatten keinen anderen Wunsch mehr, als sich so rasch wie möglich aus dem Staube zu machen, und so waren in überfüllten Zügen und auf verstopften Autobahnen am 15. des Monats wirklich alle verschwunden. Ein einziger ausgenommen. Marcovaldo war der einzige Bewohner, der die Stadt nicht verließ.

Morgens ging er aus, um sich ins Zentrum zu begeben. Die Straßen öffneten sich breit und ohne Ende, einsam, von Autos entleert; die Häuserfronten, mit der grauen Hecke heruntergelassener Rolläden bis zu den unzähligen Holzlamellen der Klappläden, waren wie Festungen verrammelt. Das ganze Jahr über hatte Marcovaldo davon geträumt, die Straßen wirklich als Straßen benutzen, das heißt, mitten auf der Fahrbahn entlanglaufen zu können: Jetzt konnte er's, er konnte auch bei Rot über die Straße gehen oder sie schräg überqueren und mitten auf den Plätzen stehenbleiben. Aber er wußte, daß das Vergnügen nicht so sehr darin bestand, all diese ungewohnten

Dinge zu tun, als vielmehr alles plötzlich ganz anders zu sehen: die Straßen als Talschluchten oder ausgetrocknete Flußbetten, die Häuser als steile Gebirgsmassive oder Felswände.

Gewiß, irgend etwas fehlte ihm: nicht die Reihe parkender Autos oder die verstopfte Straßenkreuzung oder der Menschenstrom am Warenhauseingang oder die Verkehrsinsel mit den vielen Leuten, die auf die Straßenbahn warteten; was noch fehlte, um die leeren Räume auszufüllen und die rechteckigen Oberflächen zu krümmen, war zum Beispiel eine Überschwemmung, durch geplatzte Wasserrohre hervorgerufen, oder eine Invasion der Wurzeln aller Alleebäume, die das Straßenpflaster durchbrochen hätten. Marcovaldos Blick schweifte umher auf der Suche nach einer anderen Stadt, einer Stadt aus Rinden und Flechten und Erdklumpen und Gestränge unter der Stadt aus Lack und Teer und Glas und Putz. Und es zeigte sich, daß der Gebäudekomplex, an dem er alle Tage vorüberging, in Wahrheit nichts anderes war als ein Haufen aus grauem, porösem Sandstein; das Gerüst einer Baustelle bestand aus noch frischen Fichtenstämmen mit Astlöchern, die wie Edelsteine blitzten; auf dem Firmenschild eines großen Stoffgeschäftes saß eine ganze Reihe schlafender Motten.

Man hätte sagen können, daß die Stadt, kaum hatten die Menschen sie verlassen, in die Gewalt von Bewohnern geraten sei, die – bis gestern noch verborgen – jetzt die Überhand gewonnen hatten: Marcovaldos Spazierweg folgte eine Weile einem Ameisenpfad, dann ließ er sich durch den Flug eines verirrten Käfers vom Weg abbringen, jetzt wieder verweilte er in der Beobachtung der sich krümmenden Fortbewegung eines Regenwurms. Nicht nur die Tiere behaupteten das Feld: Marcovaldo entdeckte, daß sich an der Nordseite der Zeitungskioske eine dünne Schimmelschicht gebildet hatte, daß die Bäumchen in den Kübeln vor den Restaurants sich mühten, ihre Blätter über den Schattenrand des Bürgersteigs hinauszustrecken. Aber war die Stadt denn überhaupt noch vorhanden? Diese Anhäufung von synthetischem Material, das Marcovaldos Tage einschloß, erwies sich nun, beim Ansehen und Betasten, als ein Mosaik aus den unterschiedlichsten Steinen, ein jeder ganz verschieden von den anderen in seiner Härte und Wärme und Konsistenz. Solcherart den Zweck des Bürgersteigs und der weißen Streifen mißachtend, schlenderte Marcovaldo im Schmetterlingszickzack durch die Straßen, als ihn plötzlich der Kühler eines im Hundertkilometertempo dahinsausenden »Spiders« um Millimetersbreite an der Hüfte streifte. Halb vor Schreck, halb infolge des Luftdrucks machte Marcovaldo einen Satz und fiel dann wie tot hin.

Das Auto bremste mit fürchterlichem Quietschen, wobei es sich fast um die eigene Achse drehte. Eine Gruppe hemdsärmeliger junger Männer sprang heraus. Jetzt werden sie mich verprügeln, dachte Marcovaldo, weil ich mitten auf der Fahrbahn gelaufen bin.

Die jungen Männer waren mit sonderbaren Gegenständen bewaffnet. »Endlich haben wir ihn! Endlich!« riefen sie und umringten Marcovaldo. »Hier haben wir«, sagte einer von ihnen und hielt sich dabei ein komisches silbernes Stöckchen vor den Mund, »den letzten Einwohner, der am fünfzehnten August noch in der Stadt ist. Verzeihen Sie, mein Herr, würden Sie unsern Fernsehzuschauern nicht bitte etwas über Ihre Eindrücke verraten?«, und er schob ihm das versilberte Stöckchen unter die Nase.

Eine blendende Helligkeit war ausgebrochen, es wurde heiß wie in einem Backofen, und Marcovaldo war drauf und dran, in Ohnmacht zu fallen. Man hatte Scheinwerfer, Fernsehkameras und Mikrophone auf ihn gerichtet. Er stotterte irgend etwas; nach jeder dritten Silbe, die er sagte, mischte der junge Mann sich ein und drehte das Mikrophon seinem Munde zu: »Ach so, Sie wollen damit sagen...« und redete dann zehn Minuten hintereinander in einem fort.

Kurz und gut, Marcovaldo wurde interviewt.

»Kann ich jetzt gehen?«

»Aber sicher, gewiß doch, ich danke Ihnen sehr... Übrigens, falls Sie gerade nichts anderes vorhaben... und vielleicht Lust hätten, sich ein paar Tausendlirescheine zu verdienen... wäre es Ihnen unangenehm, noch etwas hierzubleiben und uns zu helfen?«

Auf dem Platz herrschte ein heilloses Durcheinander: Lieferwagen, Gerätewagen, fahrbare Aufnahmekameras,

Akkumulatoren, Scheinwerferbatterien, Trupps von Männern in Arbeitskleidung, die schweißüberströmt und müde hin und her liefen.

»Da ist sie ja! Da ist sie! Sie ist da!« Einem offenen Luxussportwagen entstieg ein Filmstar im Badekostüm.

»Los, Jungs, jetzt können wir die Einstellung am Brunnen drehen!«

Der Regisseur der Fernsehreportage »Tollheiten im August« gab seine Anweisungen, um den Sprung der berühmten Schauspielerin in den größten Brunnen der Stadt zu drehen.

Dem Hilfsarbeiter Marcovaldo hatte man einen Standscheinwerfer anvertraut, der auf einen schweren Ständer montiert war und den er auf dem Platz hin und her tragen mußte. Nun surrten die Kameras auf dem großen Platz, knisterten die Bogenlampen, dröhnten die Hammerschläge auf die improvisierten Metallgerüste und die geschrienen Befehle... In den Augen des geblendeten und von all dem Lärm betäubten Marcovaldo war die alltägliche Stadt wieder an die Stelle jener anderen getreten, die nur er allein einen Augenblick lang, vielleicht auch nur im Traum, gesehen hatte.

Der Garten der eigensinnigen Katzen

Die Stadt der Katzen und die Stadt der Menschen liegen zwar beisammen, sind aber zwei verschiedene Orte. Nur wenige Katzen erinnern sich noch der Zeit, da es keinen Unterschied gab: Damals waren die Straßen und Plätze der Menschen auch die Straßen und Plätze der Katzen, wie auch die Wiesen und Höfe und Balkons und Brunnen, damals lebten alle in einem weiten und abwechslungsreichen Raum. Jetzt aber sind die Hauskatzen schon seit Generationen Gefangene einer unbewohnbaren Stadt: Über die Straßen braust pausenlos der verderbenbringende Verkehr katzenmordender Autos; auf jedem Quadratmeter Boden, wo sich früher ein Garten öffnete oder ein leeres Grundstück oder die Trümmer eines abgerissenen Hauses, erheben sich nunmehr Gemeinschaftssiedlungen, Mietskasernen, nigelnagelneue Wolkenkratzer; jeder Zugang ist von parkenden Autos verbarrikadiert; die Höfe werden, einer nach dem andern, mit kleinen Flachdächern überzogen und in Garagen oder Kinos oder Warenlager und Werkstätten verwandelt. Und wo sich einst eine wellige Hochebene von niedrigen Dächern, Firsten, gedeckten Dachgärten, Wasserreservoiren, Balkons, Dachluken und Blechdächern erstreckte, erhebt sich nun das Einerlei aller nur irgend ausbaufähigen Flächen: Die Zwischendistanzen zwischen dem allerniedrigsten Straßenboden und dem allerhöchsten Himmel der Über-Überbauten verschwinden, die Katzen aus den jüngsten Würfen suchen vergeblich nach den Wegen ihrer Väter, den Ansatz zu weichem Sprung von der Brüstung zu Fries und Regenrinne, als Auftakt zum federnden Klettern auf die Dachziegel.

Doch innerhalb dieser vertikalen, zusammengepreßten Stadt, wo jedes Vakuum die Tendenz hat, sich zu füllen, und jeder Zementblock bestrebt ist, sich mit andern Zementblöcken zu vereinigen, tut sich eine Art Antistadt auf, eine Art negativer Stadt, die aus den Leerstellen zwischen Mauer und Mauer besteht, aus Mindestabständen zwischen den einzelnen Bauten, wie sie von der Baubehörde verlangt werden, zwischen Rückfront und Rückfront zweier Gebäude; eine Stadt der Zwischenräume, Lichtschächte, Belüftungskanäle, Durchfahrten, Innenhöfe, Kellerzugänge, wie ein Netz ausgetrockneter Kanäle auf einem Planeten aus Teer und Verputz, und über dieses Netz an den Mauern entlang läuft noch immer das alte Geschlecht der Katzen.

Ab und zu folgte Marcovaldo zum Zeitvertreib dem Weg einer Katze. Das geschah in der Mittagspause zwischen halb eins und drei, wenn, Marcovaldo ausgenommen, das gesamte Personal zum Essen heimging und er – der sein Essen in der Tasche mitnahm – seinen Tisch zwischen den Kisten im Lager deckte, seine Bissen kaute, seine halbe Toscano-Zigarre rauchte, ein bißchen herumschlenderte, allein und untätig, und auf den Arbeitsbeginn wartete. In solchen Stunden war eine Katze, die zu einem Fenster herausschaute, stets eine willkommene Gesellschafterin und Führerin auf immer neuen Streifzügen. Er hatte sich mit einer graugestreiften Katze angefreundet, die wohlgenährt war, mit einem hellblauen Schleifchen um den Hals, gewiß war sie bei einer wohlhabenden Familie zu Hause. Diese graugestreifte Katze teilte mit Marcovaldo die Gewohnheit, gleich nach Tisch einen Spaziergang zu machen, und es war nur natürlich, daß eine Freundschaft daraus wurde.

Seiner graugestreiften Freundin folgend, hatte Marcovaldo begonnen, alle Örtlichkeiten gleichsam mit den runden Augen einer Katze zu betrachten, und wenn es auch die vertraute Umgebung seiner Firma war, so sah er sie jetzt doch in einem anderen Licht, als Kulisse zu Katzengeschichten mit Passagen, die nur leichten Samtpfoten zugänglich waren. Obwohl die Gegend äußerlich katzenarm schien, machte Marcovaldo auf seinen Spaziergängen doch täglich die Bekanntschaft eines neuen Katzengesichts, und ein Mauzen, Fauchen, Haarsträuben auf dem gekrümmten Buckel genügte, um ihn ihre Freundschaften, Intrigen, Rivalitäten erraten zu lassen. In solchen Augenblicken bildete er sich ein, in das Geheimnis der

Katzengesellschaft eingedrungen zu sein, und schon fühlte er sich von Pupillen beobachtet, die sich zu schmalen Schlitzen verengten, überwacht von den Antennen gesträubter Schnurrhaare, und alle Katzen um ihn herum saßen da wie undurchdringliche Sphinxe, das rosa Dreieck der Nase traf sich mit dem schwarzen Dreieck der Lippen, und das einzige, was sich rührte an ihnen, waren die Ohrenspitzen, in ruckartigem Vibrieren wie Radargeräte. Man war bis ans Ende eines schmalen Zwischenraums, zwischen armseligen, blinden Wänden gelangt, und als Marcovaldo sich umsah, bemerkte er, daß die Katzen, die ihn bis hierher begleitet hatten, alle miteinander verschwunden waren und ihn allein zurückgelassen hatten, auch seine graugestreifte Freundin, er wußte nicht, in welche Richtung. Ihr Reich hatte Gebiete und Zeremonien und Bräuche, die zu entdecken ihm nicht vergönnt war.

Andererseits taten sich von der Stadt der Katzen unvermutet Ausblicke auf die Stadt der Menschen auf; und eines Tages war es eben die Graugestreifte, die ihm die Entdeckung des Luxusrestaurants Biarritz vermittelte.

Wer das Restaurant Biarritz sehen wollte, brauchte nur die Gestalt einer Katze anzunehmen, das heißt, sich auf alle viere niederzulassen. Katze und Mensch gingen solcherart um eine Art Kuppel, an deren Füßen niedrige, rechteckige Fensterchen angebracht waren. Dem Beispiel der Graugestreiften folgend, blickte Marcovaldo hinunter. Es waren Oberlichter mit geöffneten Lamellenscheiben, die dem luxuriösen Raum da unten Luft und Licht gaben. Beim Klang von Zigeunergeigen kreisten vergoldete Rebhühner und Wachteln auf silbernen Tabletts, die von den weißbehandschuhten Händen der befrackten Kellner im Gleichgewicht gehalten wurden. Oder genauer gesagt, über den Rebhühnern und den Fasanen drehten sich die Tabletts und über den Tabletts die weißen Handschuhe und, freischwebend über den Lackschuhen der Kellner, das glänzende Parkett, von dem Zwergpalmen herabhingen in Töpfen und Tischtücher und Kristallgeschirr und Kübel wie Glocken mit einer Champagnerflasche als Klöppel: alles auf den Kopf gestellt, weil Marcovaldo aus Angst, entdeckt zu werden, den Kopf nicht durch das Fensterchen stecken wollte und sich damit begnügte, den Raum im umgekehrten Spiegelbild des schrägen Glases zu betrachten.

Die Katze hingegen interessierte sich mehr für die Küchenfensterchen als für die Saalfenster: Wenn man in den Saal hinunterschaute, sah man von weitem und wie verklärt, was sich in der Küche – recht konkret und fast mit Pfoten zu greifen – als gerupfter Vogel oder frischer Fisch präsentierte. Eben zu dieser Küche hin wollte die Graugestreifte Marcovaldo führen, sei es aus uneigennütziger Freundschaft oder vielmehr, weil sie, um eindringen zu können, auf die Hilfe des Menschen angewiesen war. Marcovaldo seinerseits wollte sich nicht von seinem Aussichtsturm über dem großen Speisesaal trennen: zunächst, weil er ganz fasziniert von der Eleganz des Lokals war, dann, weil irgend etwas dort unten seine Aufmerksamkeit magnetisch angezogen hatte. So sehr, daß er zuletzt alle Angst, entdeckt zu werden, völlig vergaß und den Kopf ununterbrochen nach unten streckte.

Mitten im Raum, genau unter dem Fensterchen, stand ein kleines gläsernes Fischbecken, fast wie ein Aquarium, in dem große Forellen schwammen. Ein respektabler Gast, mit kahlem glänzendem Schädel, schwarzgekleidet und mit schwarzem Bart, trat hinzu. Ein alter befrackter Kellner folgte ihm, ein kleines Netz in der Hand, als ginge er auf Schmetterlingsjagd. Der schwarzgekleidete Herr sah ernst und gesammelt auf die Forellen, dann hob er die Hand und deutete mit feierlicher Gebärde auf einen Fisch. Der Kellner tauchte das Netz ins Becken, jagte die bezeichnete Forelle, fing sie und begab sich in die Küche, wobei er das Netz mit dem zappelnden Fisch wie einen Speer vor sich trug. Der schwarze Herr, würdevoll wie ein Richter, der soeben ein Todesurteil verkündet hat, nahm wieder Platz und wartete auf die nach Müllerinnen-Art gebackene Forelle.

Wenn ich's fertigbrächte, von hier oben eine Angel herunterzulassen, und dann eine dieser Forellen anbeißen würde, dachte Marcovaldo, könnte man mich nicht des Diebstahls beschuldigen, sondern allenfalls des unerlaubten Fischfangs. Und ohne auf das Mauzen zu achten, das ihn zur Küche locken wollte, ging er fort, um sein Angelzeug zu holen.

Kein Mensch im überfüllten Eßsaal des Biarritz bemerkte die dünne, lange Schnur mit Angelhaken und Köder, die sich bis ins Fischbecken hinabsenkte. Die Fische aber sahen den Köder und stürzten sich darauf. In dem Getümmel gelang es einer Forelle, den Wurm zu schnappen: Und augenblicks stieg sie in die Höhe, kam silbrig sich schlängelnd aus dem Wasser, schwebte aufwärts über die gedeckten Tische und die Tischchen mit den Vorspeisen, über die blaue Flamme der Spiritusbrenner für die Crêpes Suzette und verschwand im Himmel des Kuppelfensterchens.

Marcovaldo hatte die Angel mit dem Ruck und der Energie des erprobten Anglers angeschlagen, so daß der Fisch schließlich hinter seinem Rücken landete. Kaum hatte die Forelle festen Boden berührt, als die Katze sich darüber stürzte. Das bißchen Leben, das dem Fisch verblieben war, hauchte er zwischen den Zähnen der Graugestreiften aus. Marcovaldo, der eben die Angelrute hingeworfen hatte, um den Fisch zu ergreifen, sah gerade noch, wie er ihm mitsamt dem Angelhaken vor der Nase weggeschnappt wurde. Rasch setzte er einen Fuß auf die Angelrute, doch der Ruck war so stark, daß ihm nur die Rute verblieb, während die Graugestreifte mit dem Fisch Reißaus nahm, der seinerseits die Angelschnur hinter sich herschleifte. Falsche Katze! Weg war sie.

Doch diesmal entkam sie ihm nicht: Da war die lange Schnur, die ihr folgte und ihm den Weg zeigte, den sie genommen hatte. Obwohl Marcovaldo die Katze aus den Augen verloren hatte, konnte er dem Schnurende folgen: Da rutschte es eine Mauer hinauf, überkletterte einen Balkon, schlängelte sich durch einen Hauseingang, war in einem Kellerloch verschwunden... Marcovaldo, der in immer kätzischere Gefilde vordrang, auf Dächer kletterte, über Brüstungen stieg, konnte doch stets mit dem Blick – wenn auch nur für Sekundenschnelle, ehe sie verschwand – jene bewegliche Spur erhaschen, die ihm den Weg der Diebin zeigte.

Jetzt glitt die Schnur über den Bürgersteig einer Straße, mitten durch den Verkehr, und Marcovaldo, der ihr hinterherrannte, hätte sie um ein Haar erwischt. Er warf sich bäuchlings auf die Erde: Da, er hatte sie gepackt! Er hatte das Schnurende gerade noch erwischt, ehe es durch die Eisenstangen eines Tores schlüpfte.

Hinter einem halbverrosteten Tor und zwei von Kletterpflanzen überwucherten Mauerstücken lag ein ungepflegtes Gärtchen und dahinter ein kleines, verlassen wirkendes Haus. Ein Teppich von welkem Laub bedeckte die Auffahrt, und welkes Laub lag überall unter den Zweigen der beiden Platanen, häufte sich zu kleinen Bergen auf den Beeten. Eine Blätterschicht schwamm auf dem grünen Wasser eines Beckens. Ringsum ragten riesige Gebäude auf, Wolkenkratzer mit Tausenden von Fenstern wie lauter Augen, die sich mißbilligend auf das kleine Viereck mit den zwei Bäumen, die paar Dachziegel und die vielen gelben Blätter richteten, auf diesen Fleck, der mitten im verkehrsreichen Stadtteil überlebt hatte.

Und in diesem Garten, hockend auf Kapitellen und Brüstungen, ausgestreckt auf dem welken Laub der Beete, auf Baumstämme oder Regenrinnen geklettert, auf allen vieren stehend mit zum Fragezeichen erhobenem Schwanz, sitzend und sich das Gesicht putzend, gab es getigerte Katzen, schwarze Katzen, weiße Katzen, gefleckte Katzen, gestromte Katzen, Angorakatzen, Perserkatzen, Familienkatzen und streunende Katzen, parfümierte Katzen und räudige Katzen. Marcovaldo begriff, daß er endlich mitten ins Katzenreich geraten war, mitten in ihre geheime Insel. Und vor Aufregung hätte er seinen Fisch fast vergessen.

Der Fisch hing an der Angelschnur über einem Ast, außer Sprungweite für die Katzen; er mußte seiner Entführerin aus dem Maul gefallen sein, vielleicht bei einer ungeschickten Bewegung, als sie ihn vor den anderen schützen oder vielleicht auch als außergewöhnliche Beute herzeigen wollte; die Schnur hatte sich verfangen, und so sehr Marcovaldo auch daran zerrte, er konnte sie doch nicht freibekommen. Inzwischen war unter den Katzen ein erbitterter Kampf um diesen unerreichbaren Fisch entbrannt oder auch nur um die Berechtigung zum Versuch, ihn zu erreichen. Jede wollte der anderen den Sprung verwehren: Sie stürzten sich aufeinander, packten einander in der Luft, drehten sich in wechselseitiger Umklammerung mit Geschrei, Klagen, Fauchen, fürchterlichem Mauzen, und schließlich kam es zu einer allgemeinen Rauferei in einem Wirbel raschelnder welker Blätter.

Nach vielem vergeblichem Zerren spürte Marcovaldo, daß die Angelschnur sich gelöst hatte, doch hütete er sich, sie anzuziehen: Die Forelle wäre genau ins Gewimmel der wildgewordenen Katzen gefallen.

In diesem Augenblick kam ein sonderbarer Regen über die Gartenmauer herab: Gräten, Fischköpfe, Schwänze, auch Lungenstückchen und Innereien. Im Nu ließen die Katzen von der hängenden Forelle ab und stürzten sich auf die neuen Bissen. Für Marcovaldo war das der richtige Augenblick, die Schnur herunterzuziehen und endlich seinen Fisch einzuheimsen. Doch ehe er diese Absicht in die Tat umsetzen konnte, streckten sich aus einem Fensterladen des kleinen Hauses zwei gelbe, verknöcherte Hände heraus: Die eine schwang eine Schere, die andere eine Bratpfanne. Die Hand mit der Schere hob sich über die Forelle, die Hand mit der Bratpfanne streckte sich darunter. Die Schere zerschnitt die Schnur, die Forelle glitt in die Pfanne, Hände, Schere und Bratpfanne zogen sich zurück, der Laden schloß sich: dies alles in Sekundenschnelle. Marcovaldo wußte überhaupt nicht mehr, wie ihm geschah.

»Sind Sie auch ein Katzenfreund?« Eine Stimme hinter seinem Rücken ließ ihn herumfahren. Er war von lauter alten Weiblein umringt, einige uralt schon, mit Hüten auf dem Kopf, die längst aus der Mode waren, andere jünger und wie alte Jungfern aussehend, und sie alle trugen in Händen oder Taschen Fleisch- oder Fischreste, einige sogar ein Schüsselchen mit Milch. »Würden Sie mir das Päckchen übers Tor werfen für die armen Tierchen?«

Alle Katzenfreundinnen gaben sich zu dieser Stunde vor dem Garten mit dem welken Laub ein Stelldichein, um ihren Schützlingen Futter zu bringen.

»Aber sagen Sie bloß, warum in aller Welt versammeln

sich die vielen Katzen ausgerechnet hier?« erkundigte sich Marcovaldo.

»Wo sollten sie denn sonst hin? Dieser Garten ist unsere letzte Zufluchtsstätte! Hierher kommen auch die Katzen aus anderen Stadtteilen, oft kilometerweit...«

»Und die Vögel«, warf eine andere ein, »müssen sich nun zu Hunderten und aber Hunderten mit diesen paar Bäumen begnügen...«

»Und sämtliche Frösche haben sich in diesen Brunnen zurückgezogen, und nachts quaken sie und quaken... Man hört sie in den umliegenden Häusern sogar noch im siebenten Stock...«

»Wem gehört denn das Haus hier?« fragte Marcovaldo. Jetzt standen vor dem Tor nicht nur die alten Weiblein, auch andere Leute hatten sich eingefunden: der Tankwart von gegenüber, Lehrlinge aus einer Fabrik, der Briefträger, der Gemüseverkäufer, ein paar Passanten. Und sie alle, Frauen und Männer, ließen sich nicht lange bitten, ihm Bescheid zu geben: Ein jeder wollte seine Ansicht vorbringen, wie stets, wenn es sich um ein geheimnisvolles und umstrittenes Thema handelt.

»Da drinnen wohnt eine Marquise, aber man bekommt sie nie zu Gesicht...«

»Millionen und aber Millionen haben ihr die Bauunternehmer für dieses Grundstück angeboten, sie aber verkauft nicht...«

»Was sollte sie denn auch mit all den Millionen anfangen, so ein altes Frauchen, ganz allein auf der Welt? Da bleibt sie doch lieber in ihrem Haus, auch wenn's ihr bald über dem Kopf zusammenfällt, um nur ja nicht umziehen zu müssen...«

»Es ist das einzige unbebaute Grundstück im Stadtzentrum... Von Jahr zu Jahr steigt es im Wert... Sie hat schon Angebote bekommen...«

»Angebote nur? Einschüchterungen, Drohungen, Nachstellungen... Haben Sie eine Ahnung! Bauunternehmer!«

»Und sie wehrt sich, seit Jahr und Tag wehrt sie sich...«

»Eine Heilige ist sie... Wo sollten denn die armen Tierchen hin ohne sie?«

»Als ob die sich das geringste aus den Tierchen machte, das geizige Weib! Haben Sie schon mal gesehen, daß sie ihnen etwas zu essen gegeben hätte?«

»Was soll sie denn den Katzen geben, wo sie selber nichts zu beißen hat? Sie ist der letzte Sproß einer aussterbenden Familie!«

»Sie haßt die Katzen! Ich habe mit eigenen Augen gesehen, wie sie mit dem Regenschirm auf sie losging!«

»Weil sie die Blumen auf den Beeten zertreten!«

»Was für Blumen, wenn ich fragen darf? Den Garten hier habe ich nie anders gesehen als in Unkraut erstickt!«

Marcovaldo begriff, daß die Meinungen über die alte Marquise sehr geteilt waren: Die einen sahen in ihr ein himmlisches Wesen, die andern hingegen eine geizige alte Vettel.

»Mit den Vögeln hat sie's genauso: nicht ein winziges Brotkrümchen!«

»Sie erweist ihnen Gastfreundschaft: Meinen Sie etwa, das sei wenig?«

»Gerade wie die Mücken, wollten Sie wohl sagen. Alle finden sich hier ein, am Brunnen. Im Sommer fressen uns die Mücken bei lebendigem Leibe, daran ist nur die Marquise schuld!«

»Und erst die Mäuse! Ein wahres Mäuseloch, dieses Haus. Unter dem welken Laub haben sie ihre Löcher, und nachts kommen sie zum Vorschein...«

»Um die Mäuse kümmern sich schon die Katzen...«

»Hat sich was! Ihre Katzen! Wenn wir uns auf die verlassen wollten...«

»Warum? Was haben Sie denn gegen die Katzen?«

An dieser Stelle ging die Diskussion in einen allgemeinen Streit über.

»Die Behörden müßten einschreiten! Das Haus beschlagnahmen!«

»Mit welchem Recht denn?«

»In einem Stadtteil wie dem unsern so ein Mäusestall... Das müßte verboten werden...«

»Wo ich mir doch eigens hier meine Wohnung ausgesucht habe wegen der Aussicht auf das bißchen Grün...«

»Ach was, Grün! Der schöne Wolkenkratzer, den man hier bauen könnte!«

Auch Marcovaldo hätte etwas zu sagen gehabt, aber er kam nicht zu Wort. Endlich rief er in einem Atemzug: »Die Marquise hat mir eine Forelle gestohlen!«

Diese unerwartete Kunde lieferte den Feinden der Alten neuen Gesprächsstoff, ihre Freunde indes nahmen es als Beweis für die dürftigen Verhältnisse, in denen die unglückliche Edeldame lebte. Die einen wie die andern waren sich jedoch darüber einig, daß Marcovaldo bei der Marquise anklopfen und Rechenschaft fordern müsse.

Es war nicht ersichtlich, ob das Tor verschlossen war oder nicht: Jedenfalls gab es auf den Druck mit klagendem Kreischen nach. Marcovaldo bahnte sich durch Blätter und Katzen hindurch einen Weg, stieg die überdachten Stufen empor und klopfte laut an der Haustür.

An einem Fenster (demselben, in dem sich die Bratpfanne gezeigt hatte) hob sich die Klappe des Fensterladens, und in diesem kleinen Winkel sah man ein rundes blaues Auge, eine gefärbte Haarsträhne von undefinierbarer Farbe und eine völlig ausgedörrte Hand. Eine Stimme ließ sich vernehmen: »Wer ist da? Wer klopft?«, und mit der Stimme drang eine Duftwolke heißen Öls heraus.

»Ich bin's, Frau Marquise, und ich wäre der mit der Forelle«, erklärte Marcovaldo. »Ich will Sie ja nicht belästigen, ich wollte Ihnen bloß sagen, falls Sie es nicht wissen sollten, daß die Forelle mir von der Katze gestohlen wurde und daß ich derjenige wäre, der sie gefischt hat, Beweis ist die Angel...«

»Immer diese Katzen! Immer diese Katzen!« antwortete die Marquise, hinter ihrem Fensterladen verborgen, mit schriller und ein wenig nasaler Stimme. »Diese Katzen sind mein Verderben! Das kann sich kein Mensch vorstellen! Tag und Nacht Gefangene dieser Ungeheuer! Und dann der ganze Abfall, den mir die Leute über die Mauern werfen, um mich zu ärgern.«

»Aber meine Forelle...«

»Ihre Forelle! Was habe ich mit Ihrer Forelle zu schaffen!« Und die Stimme der Marquise war fast zum Schrei angeschwollen, als wollte sie damit das Brutzeln des Öls in der Pfanne übertönen, das aus dem Fenster drang, zusammen mit einem Düftchen nach gebratenem Fisch.

»Wie soll ich denn überhaupt noch irgend etwas begreifen bei all dem Zeug, das mir ins Haus kommt?«

»Haben Sie die Forelle genommen oder nicht?«

»Bei all dem Schaden, den die Katzen mir zufügen! Das wäre ja noch schöner! Ich übernehme keine Verantwortung! Wenn ich Ihnen sagen wollte, was ich schon alles eingebüßt habe! Mit den Katzen, die seit Jahren mein Heim und meinen Garten besetzt halten! Mein Leben ist auf Gedeih und Verderb diesen Viechern ausgeliefert! Wer findet da schon die Besitzer heraus, um Schadenersatz zu verlangen? Jawohl, Schaden! Ein verpfuschtes Leben: Eine Gefangene bin ich und kann keinen Schritt tun!«

»Verzeihung, wer zwingt Sie denn, hierzubleiben?«

Aus dem Schlitz des Fensterladens leuchtete einmal ein rundes blaues Auge, dann wieder ein Mund mit zwei vorstehenden Zähnen; einen Augenblick lang sah man das ganze Gesicht, und Marcovaldo meinte, einige Ähnlichkeit mit einem Katzengesicht darin zu entdecken.

»Sie halten mich hier gefangen, diese Katzen! Oh, wenn ich nur fort könnte! Was würde ich geben für eine kleine Wohnung, die mir gehört, in einem modernen, sauberen Haus! Aber ich kann nicht fort... Sie verfolgen mich, laufen mir vor die Füße, lassen mich stolpern!« Ihre Stimme erstarb zum Flüstern, als vertraue sie ihm ein Geheimnis an: »Sie haben Angst, ich könnte das Grundstück verkaufen... sie lassen es nicht zu... sie erlauben es nicht... Wenn Bauunternehmer kommen, um mir einen Vertrag zu unterbreiten, da sollten Sie mal die Katzen sehen! Sie werfen sich dazwischen, sogar die Krallen zeigen sie! Auch einen Notar haben sie schon in die Flucht geschlagen! Einmal hatte ich einen Vertrag vor mir liegen und wollte gerade unterschreiben, da kamen sie zum Fenster hereingestürzt, warfen das Tintenfaß um, zerfetzten die Blätter...«

Marcovaldo besann sich plötzlich auf die Zeit, das Lager, den Abteilungsleiter. Er entfernte sich auf Zehenspitzen über die welken Blätter, während die Stimme, eingehüllt in die Wolke von Bratöl, durch den Fensterladen immer weiter auf ihn einredete: »Gekratzt haben sie mich... Ich habe noch eine Narbe davon... Ich bin auf

Gedeih und Verderb diesen Teufelsviechern ausgeliefert...«

Der Winter war gekommen. Blüten aus weißen Flocken verzierten Zweige und Kapitelle und die Schwänze der Katzen. Unter dem Schnee vermoderte das welke Laub. Katzen sah man nur noch selten ringsumher, die Katzenfreundinnen noch seltener; Päckchen mit Gräten wurden jetzt nur noch den Katzen gegeben, die sich vor der Wohnungstür zeigten. Eine ganze Weile schon hatte niemand mehr die Marquise gesehen. Aus dem Schornstein des kleinen Hauses stieg kein Rauch mehr.

Eines Nachts, es schneite gerade, waren plötzlich alle Katzen wieder im Garten versammelt, als sei es schon Frühling geworden, und mauzten wie in einer Mondnacht. Die Nachbarn ahnten, daß etwas geschehen sein müsse: Sie klopften an die Tür der Marquise. Sie gab keine Antwort: Sie war gestorben.

Im Frühjahr hatte eine Baufirma auf dem Gartengrundstück eine große Baustelle angelegt. Die Räumbagger hatten den Boden tief ausgeschachtet, um Platz für die Fundamente zu schaffen, Zement floß in die Eisenverstrebungen, ein riesengroßer Kran reichte den Arbeitern Stangen für die Verschalungen. Aber wie sollte ein Mensch hier überhaupt arbeiten? Katzen liefen über alle Gerüste, warfen Ziegelsteine und Eimer mit Mörtel um, rauften sich mitten auf den Sandhaufen. Wollte man ein Gerüst errichten, hockte ganz oben bestimmt ein wild fauchendes Tier. Gewitztere Miezen kletterten den Maurern schnurrend auf die Schultern, und es war ganz unmöglich, sie abzuschütteln. Und die Vögel nisteten weiter im Gebälk, das Führerhäuschen des Krans war die reinste Voliere... Und keinen Wassereimer konnte man ergreifen, ohne quakende und hüpfende Frösche darin zu finden...

Die Kinder des Weihnachtsmanns

Es gibt keine Zeit im Jahr, die der Industrie- und Handels-
welt freundlicher gesonnen wäre als die Weihnachtszeit
und die Wochen vorher. Von den Straßen steigt der tremo-
lierende Klang der Dudelsackpfeifen empor; und die
GmbHs, bis gestern mit der nüchternen Berechnung von
Umsatz und Dividenden beschäftigt, entdecken auf einmal ihr Herz für die Sympathie und das Lächeln. Die
Verwaltungsräte haben jetzt nur noch den einen Gedanken, wie sie ihren Nächsten Freude bereiten können, und
so verschicken sie Geschenke und Glückwünsche sowohl
an ihre Schwesterfirmen als auch an Privatpersonen; jede
Firma fühlt sich verpflichtet, einen großen Vorrat von
Produkten einer anderen Firma zu erwerben, um damit
wieder andere Firmen zu beschenken, die ihrerseits von
einer dritten Firma Berge von Geschenken für die erste
Firma gekauft haben; die Fenster der Betriebe sind bis spät
in die Nacht hinein erleuchtet, besonders die in den La-
gern, wo das Personal Überstunden macht beim Verpak-
ken von Paketen und Kisten; draußen vor den beschlage-
nen Fenstern, auf den vereisten Bürgersteigen, bewegen
sich die Dudelsackpfeifer, von dunklen, geheimnisvollen
Bergen herabgestiegen, bleiben an den Kreuzungen im
Stadtzentrum stehen, ein wenig geblendet von den allzu
vielen Lichtern, den allzu grell geschmückten Schaufen-
stern, und blasen mit gesenktem Kopf auf ihren Instru-
menten; bei diesen Tönen klingen die harten Interessen-
kämpfe ab und machen einem neuen Wettbewerb Platz:
wer auf die netteste Art und Weise das wertvollste und
originellste Weihnachtsgeschenk macht.

Bei der Sbav hatte das Public-Relations-Büro in diesem
Jahr den Vorschlag gemacht, daß den angesehensten Kunden das Geschenk nach Hause gebracht werden sollte, und
zwar von einem Boten, der als Weihnachtsmann verkleidet war.

Der Gedanke stieß auf die einhellige Zustimmung der leitenden Herren. Man kaufte ein komplettes Weihnachtsmannkostüm: weißer Bart, rote, pelzverbrämte Mütze, Mantel und Stiefel. Man probierte, welchem Boten diese Gewandung am besten paßte, aber der eine war zu klein, und der Bart reichte ihm bis zu den Füßen, der andere war zu dick und kam nicht in den Mantel, ein anderer zu jung und wieder ein anderer zu alt, so daß es sich gar nicht verlohnte, ihn erst zu kostümieren.

Während der Personalchef andere potentielle Weihnachtsmänner aus den verschiedenen Abteilungen holen ließ, spannen die leitenden Herren auf einer Direktionssitzung die Idee noch weiter aus: Auf Wunsch des Public-Relations-Büros sollte auch das Weihnachtspaket für die Belegschaft im Rahmen einer Kollektivfeier vom Weihnachtsmann überreicht werden; das Handelsbüro beantragte, daß der Weihnachtsmann auch bei den Geschäften die Runde machen sollte; das Werbebüro war dafür, den Firmennamen klar ersichtlich herauszustellen, etwa derart, daß der Weihnachtsmann vier kleine Luftballons mit den Buchstaben S, B, A, V an einer Schnur mit sich führen sollte.

Alle waren sie erfüllt von der freudigen und herzlichen Atmosphäre, die sich über die festliche und produktive Stadt gelegt hatte; nichts ist schöner, als das Fließen von materiellen Gütern und gleichzeitig von Güte zu spüren, die jeder für den andern übrig hat; und darauf kommt es ja vor allem an, wie uns das Firuli-Firuli der Dudelsäcke ins Gedächtnis ruft.

Im Lager ging das – materielle und geistige – Gut in Form von ein- und auszuladender Ware durch Marcovaldos Hände. Und nicht nur beim Ein- und Ausladen nahm er teil an der allgemeinen Festesstimmung, sondern auch, weil er daran dachte, daß in diesem Labyrinth von Hunderttausenden Paketen eines auch auf ihn wartete, das ganz allein für ihn bestimmt und für ihn vom Public-Relations-Büro vorbereitet war; und noch mehr, weil er sich ausgerechnet hatte, was ihm am Monatsende als dreizehntes Gehalt und für Überstunden zustand. Mit diesem Geld würde auch er in die Geschäfte laufen und kaufen, kaufen, kaufen und dann schenken, schenken, schenken

können, wie seine redlichsten Gefühle und das Gemein-
interesse von Handel und Geschäft es verlangten.

Der Personalchef kam ins Lager, einen falschen Bart in
der Hand: »He, du!« sagte er zu Marcovaldo, »probier
mal, wie dir dieser Bart steht. Ausgezeichnet! Du machst
den Weihnachtsmann. Komm mit nach oben, beeil dich.
Du bekommst eine Sonderprämie, wenn du fünfzig
Haushalte pro Tag schaffst.«

Als Weihnachtsmann verkleidet fuhr Marcovaldo auf
dem Sattel seines Motorrad-Lieferwagens durch die
Stadt, beladen mit bunt eingewickelten Paketen, die mit
hübschen Bändern verziert und mit Misteln und Stech-
palmen geschmückt waren. Der Wattebart kitzelte ihn
wohl ein bißchen, schützte aber zum andern seinen Hals
vor Zugluft.

Die erste Fahrt führte ihn heim, weil er der Versuchung
nicht widerstehen konnte, seinen Kindern eine Überraschung zu bereiten. Zuerst werden sie mich gar nicht
erkennen, dachte er, ich bin gespannt, wie sie hinterher
lachen werden!

Die Kinder spielten auf der Treppe. Sie drehten sich
kaum um nach ihm: »Tag, Papa!«

Marcovaldo war schwer enttäuscht. »Aber... seht ihr
denn nicht, wie ich verkleidet bin?«

»Wie denn schon?« antwortete Pietruccio. »Als Weihnachtsmann, oder?«

»Und ihr habt mich gleich erkannt?«

»Als ob da was dazugehörte! Wir haben ja auch Herrn
Sigismondo erkannt, und der war besser maskiert als du!«

»Und den Schwager der Portiersfrau!«

»Und den Vater der Zwillinge von gegenüber!«

»Und den Vater von Ernestina, die mit den kurzen
Zöpfen!«

»Alle als Weihnachtsmann verkleidet?« fragte Marcovaldo, und die Enttäuschung in seiner Stimme rührte
nicht nur von der mißglückten Überraschung seiner Familie, sondern auch daher, daß er spürte, daß hier das
Prestige seiner Firma auf dem Spiele stand.

»Natürlich. Genauso wie du«, antworteten die Kinder.
»Ein Weihnachtsmann, wie gehabt, mit falschem Bart«,
damit drehten sie ihm den Rücken zu und spielten unge-

rührt weiter. Die Public-Relations-Büros vieler Firmen waren nämlich gleichzeitig auf denselben Einfall gekommen, und sie alle hatten eine Menge Leute eingestellt, meist Arbeitslose, Rentner, Hausierer, um sie mit rotem Mantel und Wattebart herauszustaffieren. Nachdem die Kinder die ersten paar Male ihren Spaß daran gehabt hatten, unter dieser Maskierung Bekannte aus dem eigenen Wohnviertel wiederzuerkennen, hatten sie sich bald daran gewöhnt und beachteten die Weihnachtsmänner nicht mehr.

Es hatte den Anschein, als ob sie ihr Spiel mit großer Leidenschaft betrieben. Sie hockten im Kreis auf dem Treppenabsatz. »Was heckt ihr denn da für eine Verschwörung aus?« fragte Marcovaldo.

»Stör uns nicht, Papa, wir müssen die Geschenke herrichten.«

»Geschenke? Für wen denn?«

»Für irgendein armes Kind. Wir müssen ein armes Kind ausfindig machen und es bescheren.«

»Wer hat euch das gesagt?«

»Das steht im Lesebuch.«

Marcovaldo lag schon auf der Zunge zu sagen: »Ihr seid ja selbst solche armen Kinder!«, doch im Lauf dieser ganzen Woche hatte er sich so sehr eingeredet, Bewohner eines Schlaraffenlandes zu sein, wo jedermann nur kaufte und sich gütlich tat und Geschenke machte, daß es ihm unschicklich erschienen wäre, von Armut zu sprechen, und so zog er vor, zu erklären: »Arme Kinder gibt es keine mehr!«

Da stand Michelino auf und fragte: »Deshalb bringst du uns wohl keine Geschenke, Papa?«

Marcovaldo fühlte, wie sein Herz sich zusammenkrampfte. »Ich mache jetzt Überstunden«, sagte er rasch, »und dann bringe ich euch auch was mit.«

»Womit machst du denn Überstunden?« fragte Filippetto.

»Indem ich Geschenke austrage«, erwiderte Marcovaldo.

»Für uns?«

»Nein, für andere.«

»Warum nicht für uns? Das ginge doch schneller...«

Marcovaldo versuchte zu erklären: »Weil ich nicht der Weihnachtsmann für ›menschliche Beziehungen‹ bin, sondern einer für ›öffentliche Beziehungen‹. Habt ihr verstanden?«

»Nein.«

»Da kann man halt nichts machen.« Aber da er auf irgendeine Entschuldigung sann, weil er mit leeren Händen gekommen war, fiel ihm ein, daß er Michelino auf seine Geschenktour mitnehmen könnte. »Wenn du brav bist, kannst du mitkommen und zusehen, wie dein Vater den Leuten Geschenke bringt«, sagte er und setzte sich auf den Sattel eines Motorrads mit Lieferwagen.

»Na schön, fahren wir, vielleicht kann ich ein armes Kind auftreiben«, sagte Michelino, sprang hinten aufs Motorrad und klammerte sich an den Schultern seines Vaters fest.

In den Straßen der Stadt begegnete Marcovaldo lauter andern weiß-roten Weihnachtsmännern, die genauso aussahen wie er selbst, drei- oder vierrädrige Lieferwagen fuhren oder den paketbeladenen Kunden die Ladentüren öffneten oder ihnen die Einkäufe bis ans Auto nachtrugen. Und alle diese Weihnachtsmänner sahen sehr konzentriert und dienstbeflissen aus, als seien sie für den reibungslosen Ablauf der ganzen riesigen Festmaschinerie verantwortlich.

Und Marcovaldo, der aufs Haar genauso aussah wie alle andern, beeilte sich, von einer Adresse zur anderen zu kommen, stieg vom Sattel, sortierte die Pakete in dem kleinen Anhänger, nahm eines davon, übergab es dem, der die Tür öffnete, und sagte langsam und klar: »Die Firma Sbav wünscht frohe Weihnachten und ein glückliches neues Jahr« und bekam sodann sein Trinkgeld.

Dieses Trinkgeld war zuweilen beachtlich, und Marcovaldo hätte wohl zufrieden sein können, aber irgend etwas fehlte ihm noch. Jedesmal, ehe er, von Michelino gefolgt, an einer Tür klingelte, kostete er im voraus die Überraschung dessen aus, der die Tür aufmachen und den Weihnachtsmann in Person vor sich sehen würde; er erwartete Freude, Neugierde, Dankbarkeit. Und allemal wurde er wie der Briefträger empfangen, der die tägliche Zeitung bringt.

Er klingelte an der Tür eines hochherrschaftlichen Hauses. Eine Gouvernante öffnete. »Ach, schon wieder ein Paket. Woher kommt es denn?«

»Die Firma Sbav wünscht...«

»Schon gut, kommen Sie mit«, und sie ging dem Weihnachtsmann voraus durch eine Diele voller Gobelins, Teppiche, Majoliken. Michelino folgte seinem Vater mit weit aufgerissenen Augen.

Die Gouvernante öffnete eine Glastür. Sie traten in ein riesengroßes Zimmer mit riesenhoher Decke, so groß, daß eine große Tanne darin Platz hatte. Es war ein Weihnachtsbaum, von Glaskugeln in allen Farben glitzernd, und an seinen Zweigen hingen Geschenke und Süßigkeiten aller Art. Oben an der Decke waren schwere Kristalllüster angebracht, und die Zweige des Baumes ragten in die funkelnden Gehänge hinein. Auf einem großen Tisch waren Kristallwaren ausgebreitet, Silber, Schachteln mit kandierten Früchten und Kistchen mit Flaschen. Auf einem Teppich lag lauter Spielzeug herum, so viel wie in einem Spielzeugladen, besonders viele komplizierte elektronische Instrumente und Raumschiffmodelle. Auf dem Teppich lag in einer freien Ecke bäuchlings ein etwa neunjähriger Junge mit mißmutigem, gelangweiltem Gesicht. Er blätterte in einem Bilderbuch, als mache er sich überhaupt nichts aus all den Herrlichkeiten ringsum.

»Gianfranco, was soll das, Gianfranco«, sagte die Gouvernante, »hast du nicht gesehen, daß wieder ein Weihnachtsmann mit einem Geschenk gekommen ist?«

»Dreihundertundzwölf«, seufzte der Junge, ohne den Blick vom Buch zu heben. »Legen Sie's nur hin!«

»Es ist das dreihundertundzwölfte Geschenk, das hier eintrifft«, erklärte die Gouvernante. »Gianfranco ist ja so tüchtig, er führt genau Buch, kein einziges vergißt er, das Zählen ist seine Leidenschaft.«

Marcovaldo und Michelino verließen auf Zehenspitzen das Haus.

»Papa, ist das ein armer Junge?« fragte Michelino.

Marcovaldo war damit beschäftigt, die Ladung des kleinen Lieferwagens zu ordnen, und antwortete nicht gleich. Aber einen Augenblick später widersprach er eilig: »Arm? Was sagst du da? Weißt du, wer sein Vater ist?

Der Präsident der Industriegemeinschaft zur Förderung des Weihnachtsverkaufs! Der Herr Commendatore höchstselbst...«

Er stockte, denn Michelino war auf einmal nicht mehr zu sehen. »Michelino! Michelino! Wo bist du denn?« Er war verschwunden.

»Wahrscheinlich hat er einen andern Weihnachtsmann mit mir verwechselt und ist ihm nachgelaufen...« Marcovaldo setzte seine Tour fort, aber er war doch ein bißchen besorgt und konnte kaum erwarten, wieder nach Hause zu kommen. Daheim fand er Michelino mit seinen Geschwistern zusammen ganz brav wieder.

»Sag mal, warum warst du eigentlich auf einmal verschwunden?«

»Ich bin nach Haus, die Geschenke holen gegangen... Ja, die Geschenke für den armen Jungen...«

»Was sagst du da? Für wen?«

»Für den Jungen, der so traurig aussah... in der Villa mit dem großen Weihnachtsbaum...«

»Für den? Was konntest du dem schon für Geschenke machen?«

»Na, wir hatten sie auch hübsch hergerichtet... drei Geschenke, in Silberpapier gewickelt.«

Nun mischten sich auch die Geschwister ein: »Wir haben sie alle zusammen hingebracht! Wenn du gesehen hättest, wie der sich gefreut hat!«

»Ach was!« brummte Marcovaldo. »Dem haben eure Geschenke gerade noch gefehlt!«

»Allerdings, gerade die unseren... er ist gleich angelaufen gekommen, hat das Papier aufgerissen und nachgesehen, was drin ist...«

»Und was war drin?«

»Das erste Geschenk war ein Hammer: der große, runde Holzhammer...«

»Und was hat er dazu gesagt?«

»Er ist vor Freude in die Luft gesprungen! Er hat ihn auch gleich ausprobiert!«

»Wozu denn?«

»Er hat sein ganzes Spielzeug kurz und klein geschlagen! Und das ganze Kristall dazu! Dann hat er das zweite Geschenk ausprobiert...«

»Was war denn das?«

»Eine Steinschleuder. Du hättest ihn sehen sollen, wieviel Spaß sie ihm gemacht hat... Alle Glaskugeln am Weihnachtsbaum hat er damit kaputtgeschossen. Dann hat er auf den Lüster gezielt...«

»Hört auf, hört auf, ich will nichts mehr hören! Und... das dritte Geschenk?«

»Wir hatten nichts mehr zum Herschenken, da haben wir einfach eine Schachtel Streichhölzer in Silberpapier gewickelt. Und das war das Geschenk, worüber er sich am meisten gefreut hat. Er hat gesagt: ›Ich darf Streichhölzer überhaupt niemals anfassen!‹ Und dann hat er sie angezündet, und...«

»Und...?«

»... alles damit in Brand gesteckt!«

Marcovaldo raufte sich die Haare. »Ich bin ruiniert.«

Als er am nächsten Morgen in die Firma kam, spürte er, daß ein Gewitter sich zusammenbraute. Er zog sich in aller Eile wieder als Weihnachtsmann an, belud den kleinen Lieferwagen mit den Paketen, die er zu überbringen hatte, wunderte sich, daß ihn bisher noch niemand angesprochen hatte, dann aber sah er gleich drei Abteilungsleiter auf sich zukommen, nämlich den vom Public-Relations-Büro, den von der Werbung und den vom Handel.

»Halt!« sagten sie zu ihm. »Alles wieder ausladen, auf der Stelle!«

Da haben wir die Bescherung, dachte Marcovaldo und glaubte sich bereits entlassen.

»Rasch! Die Pakete müssen ausgetauscht werden!« sagten die Abteilungsleiter. »Die Industrievereinigung zur Förderung der Weihnachtsverkäufe hat eine Kampagne gestartet für das destruktive Geschenk!«

»Und so plötzlich...«, meinte einer von ihnen. »Das hätten sie sich auch wirklich eher einfallen lassen können...«

»Es war eine ganz unvorhergesehene Entdeckung des Präsidenten«, erklärte ein anderer. »Anscheinend hat sein kleiner Sohn ganz supermoderne Geschenkartikel bekommen, japanische, glaube ich, und dabei machte man die Beobachtung, daß er sich zum erstenmal wirklich amüsierte...«

»Und was noch wichtiger ist«, fügte der dritte hinzu, »diese destruktiven Geschenke dienen dazu, Artikel jeder Art zu zerstören: genau das, was wir brauchen, um den Konsum zu beschleunigen und den Markt neu zu beleben... Alles in kürzester Zeit und in Reichweite eines Kindes... Der Präsident der Vereinigung hat neue Horizonte gesehen und schwebt im siebenten Himmel der Begeisterung...«

»Aber«, wagte Marcovaldo ganz schüchtern zu fragen, »hat dieser Junge denn so viel Schaden angerichtet?«

»Jede auch nur annähernde Kalkulation ist natürlich schwierig, da das Haus abgebrannt ist...«

Marcovaldo kehrte auf die Straße zurück, die so hell erleuchtet war, als sei bereits Nacht, die belebt war von Müttern und Kindern und Onkeln und Großeltern und Paketen und Ballons und Schaukelpferden und Weihnachtsbäumen und Weihnachtsmännern und Hühnern und Puten und Stollen und Flaschen und Dudelsackpfeifern und Schornsteinfegern und Maronenverkäuferinnen, die ganze Pfannen voll Kastanien auf dem brennenden schwarzen Öfchen in die Höhe springen ließen.

Und die Stadt wirkte kleiner, eingeschlossen in ein leuchtendes Gefäß, begraben im dunklen Herzen eines Waldes, zwischen den hundertjährigen Stämmen der Kastanienbäume, unter einer unendlichen Schneedecke. Irgendwoher aus dem Dunkel hörte man das Heulen eines Wolfs; die Häschen hatten eine im Schnee vergrabene Höhle, im warmen roten Erdreich unter einer Schicht von Kastanien.

Ein weißes Häschen kam herausgelaufen, wackelte mit den Ohren, lief dahin unter dem Mond, aber es war weiß, und man sah es nicht, so als ob es nicht da wäre. Nur seine Pfötchen hinterließen einen leichten Abdruck auf dem Schnee, wie die Blättchen eines Kleeblatts. Auch den Wolf sah man nicht, weil er schwarz war und in der schwarzen Finsternis des Waldes stand. Nur wenn er das Maul öffnete, sah man die spitzen weißen Zähne.

Es gab eine Linie, an der der ganz schwarze Wald aufhörte und der ganz weiße Schnee begann. Das Häschen lief hierhin und der Wolf dahin.

Der Wolf sah die Spuren des Häschens im Schnee und

folgte ihnen, blieb aber immer im Dunkeln, um nicht gesehen zu werden. Dort, wo die Spuren aufhörten, mußte das Häschen sein, und der Wolf trat aus der Schwärze hervor, sperrte den roten Rachen auf, ließ die spitzen Zähne sehen und schnappte nach dem Wind.

Das Häschen war ein bißchen weiter weg, unsichtbar; es kratzte sich mit der Pfote am Ohr und sprang hakenschlagend davon.

Ist es da? Ist es dort? Ist es ein bißchen weiter weg?

Man sah einzig und allein die Schneefläche, so weiß wie diese Seite.

Der Tag eines Wahlhelfers

Bemerkung des Autors

Die Begebenheiten, von denen diese Erzählung berichtet, entsprechen der Wahrheit, die Personen sind ausnahmslos erfunden. Von Kapitel 10, in dem der Abgeordnete auftritt, abgesehen, habe ich stets versucht, mich auf selbst beobachtete Erlebnisse zu stützen (bei zwei Gelegenheiten, in den Jahren 1953 und 1961) – vorausgesetzt, daß dieser Hinweis von Bedeutung sein kann für eine Erzählung, die mehr aus Überlegungen als aus Fakten besteht.

Amerigo Ormea ging um halb sechs Uhr früh aus dem Haus. Der Tag fing mit Regen an. Der Weg zum Wahllokal, dem er als Helfer zugeteilt war, führte durch enge, winklige Gassen mit altem Pflaster, an den Mauern ärmlicher Häuser vorbei, in denen gewiß viele Menschen zusammengepfercht lebten; doch an diesem frühen Sonntagmorgen lag alles wie ausgestorben da. Amerigo, der sich in diesem Stadtteil nicht auskannte, entzifferte die Straßennamen auf den geschwärzten Steinplatten – Namen vergessener Wohltäter vielleicht –, wobei er den Schirm zur Seite bog und sein Gesicht dem strömenden Regen aussetzte.

Bei der Opposition (Amerigo Ormea gehörte einer Linkspartei an) galt ein verregneter Wahltag als gutes Vorzeichen. Eine Ansicht, die noch von den ersten Nachkriegswahlen stammte, als man hoffte, daß bei schlechtem Wetter viele christdemokratische Wähler – solche, die sich wenig um Politik kümmerten, oder gebrechliche alte Leute oder Menschen vom Lande, wo die Straßen schlecht sind – keinen Fuß vor die Tür setzen würden. Amerigo jedoch gab sich derartigen Illusionen nicht hin. Man schrieb bereits das Jahr 1953, und bei allen vorangegangenen Wahlen hatte man die Erfahrung gemacht, daß – ob Regen oder Sonnenschein – die Organisation stets reibungslos funktionierte, die auch den letzten Wähler zur Urne brachte. Um so mehr also dieses Mal, wo es für die Regierungsparteien darum ging, ein neues Wahlgesetz durchzubringen (das »Schwindelgesetz«, wie die anderen es nannten), wonach die Koalition, die nur eine einzige Stimme über fünfzig Prozent aller Wählerstimmen auf sich vereinigen könnte, zwei Drittel aller Sitze erhalten solle... Er, Amerigo, hatte gelernt, daß sich die Veränderungen in der Politik auf langen und komplizierten Wegen anbahnen und daß man sie nicht von einem Tag auf den andern erwarten darf wie von einer Drehung des Glücksrades; auch ihn, wie so viele andere, hatte die Lebenserfahrung eher pessimistisch gestimmt.

Doch war da immerhin die Moral, die es hochzuhalten

galt, so gut man konnte, Tag um Tag. In der Politik wie auch im übrigen Leben gelten, wenn man nicht auf den Kopf gefallen ist, nun einmal diese beiden Grundsätze: sich nie allzu große Illusionen machen und niemals den Glauben daran verlieren, daß alles, was man tut, von Nutzen sein könne. Amerigo war keiner von denen, die sich vordrängen: Im Beruf blieb er lieber anständig, statt sich mit den Ellenbogen durchzusetzen; er war kein »politischer Mensch«, wie man es nennt, weder im öffentlichen Leben noch an seinem Arbeitsplatz, und zwar – dies sei hinzugefügt – nicht im guten und nicht im schlechten Sinne. (Denn es gibt dabei einen schlechten *oder* einen guten Sinn, je nachdem, wie man es nimmt. Amerigo war sich dessen durchaus bewußt.) Er besaß das Mitgliedsbuch der Partei, das ja, und wenn man ihn auch nicht als »Aktivisten« bezeichnen konnte, da ihn seine Veranlagung eher zu einer beschaulichen Lebensweise zog, so drückte er sich doch nicht, sobald es etwas zu tun gab, das er für nützlich und ihm angemessen hielt. In der Bezirksleitung schätzte man ihn als erfahrenes und vernünftiges Mitglied. Nun hatten sie ihn zum Wahlhelfer bestimmt; eine bescheidene, aber notwendige und auch verantwortungsvolle Aufgabe, besonders in diesem Wahllokal innerhalb einer großen, kirchlich geleiteten Heil- und Pflegeanstalt. Amerigo hatte den Auftrag gern angenommen. Es regnete. Er würde den ganzen Tag mit nassen Schuhen herumlaufen.

2

Wenn hier allgemeine Ausdrücke gebraucht werden wie »Linkspartei« oder »kirchlich geleitete Heil- und Pflegeanstalt«, so geschieht das keineswegs, um die Dinge nicht beim Namen zu nennen; denn selbst wenn man geradeheraus erklärte, daß Amerigo Ormea der Kommunistischen Partei angehörte und daß sich das Wahllokal innerhalb des berüchtigten Turiner »Cottolengo« befand, so wäre die damit erreichte größere Genauigkeit mehr scheinbar als real. Bei Begriffen wie »Kommunismus« oder »Cottolengo« ist doch jedermann seinem Wissen und seinen Erfahrungen gemäß verleitet, sie anders oder sogar völlig entgegengesetzt zu bewerten; da müßte also nochmals präzisiert werden, da müßte die Rolle der Partei in Italien in dieser ganz konkreten Situation und in diesen Jahren, ebenso Amerigos Anteilnahme am Parteileben genau bestimmt werden; und was das »Cottolengo« betrifft, sonst auch »Kleines Haus der Göttlichen Vorsehung« genannt – vorausgesetzt, daß der Zweck dieses riesigen Hospizes bekannt ist, nämlich all den vielen Unglücklichen, den Geistesgestörten, Gebrechlichen, Krüppeln bis hinab zu den verborgenen Kreaturen, die zu sehen niemandem erlaubt wird, Obdach zu gewähren –, so müßte auch dessen Platz in der Mildtätigkeit der Bürger genauer umrissen werden, der Respekt, den es selbst bei solchen hervorruft, denen jedwede Religiosität abgeht, zugleich aber auch seine gänzlich andere Rolle, die es im Wahlkampf gespielt hatte, fast als ein Synonym nämlich für Betrug, Arglist und Ungesetzlichkeit.

Seitdem nach dem Zweiten Weltkrieg das allgemeine Wahlrecht eingeführt worden war und Krankenhäuser, Hospize und Klöster die großen Wählerreserven für die Christdemokratische Partei stellten, war es dort tatsächlich immer wieder vorgekommen, daß man Idioten zur Wahlurne gebracht hatte oder alte, sterbende Frauen oder gelähmte Arteriosklerotiker, jedenfalls Menschen, die außerstande waren, noch irgend etwas zu begreifen. Über diese Vorfälle war eine ganze Blütenlese von Anekdoten in Umlauf, teils spöttisch, teils mitleidig: vom Wähler, der seinen Wahlzettel heruntergeschlungen hatte, vom Wähler, der, als er sich mit jenem Stück Papier in den vier Wänden der Wahlkabine befunden, sich in einer Latrine geglaubt und seine Bedürfnisse verrichtet hatte, oder von der Schar jener schon etwas gelehrigeren Schwachsinnigen, die ins Wahllokal getreten waren und Listennummern und Namen des Kandidaten immer wieder im Chor gerufen hatten: »Eins, zwei, drei, Quadrello! Eins, zwei, drei, Quadrello!«

Amerigo kannte alle diese Geschichten und empfand weder Neugierde noch Verwunderung darüber; er wußte, daß ihn ein deprimierender und anstrengender Tag erwartete; und als er im Regen den auf der Postkarte der Stadtverwaltung bezeichneten Eingang suchte, war ihm, als sei er im Begriff, die Grenzen seiner Welt zu überschreiten.

Die Anstalt liegt inmitten eines dichtbesiedelten und armen Bezirks, groß wie ein Stadtteil für sich, eine Anhäufung von Asylen, Krankenhäusern, Hospizen, Schulen und Klöstern, eine Stadt in der Stadt, von Mauern umgeben und eigenen Gesetzen unterworfen. Ihre Umrisse sind unregelmäßig, wie eben ein Komplex, den immer neue Schenkungen und Bauten und Planungen nach und nach erweitert hatten: Über die große Mauer ragen Hausdächer und Kirchturmspitzen und Baumwipfel und Kamine; wo die öffentliche Straße ein Gebäude vom andern trennt, sind diese durch Überführungen miteinander verbunden wie bei manchen alten Industriebauten, die nach dem Gesichtspunkt der Zweckmäßigkeit und nicht der Schönheit vergrößert wurden; auch sie sind, wie jene, von nackten Mauern und Toren umschlossen. Der Vergleich mit Fabriken ist nicht nur äußerlich: Die gleiche praktische Veranlagung und der gleiche einsame Unternehmergeist der Gründer großer Betriebe – nur daß er hier Gebrechlichen helfen anstatt Profit machen wollte – müssen jenen schlichten Pfarrer beseelt haben, der dieses Denkmal der Barmherzigkeit zwischen 1832 und 1842, im Zuge der anbrechenden industriellen Revolution, trotz mancherlei Schwierigkeiten und Verständnislosigkeit gegründet, organisiert und verwaltet hatte; auch sein Name hat jeden individuellen Klang verloren – dieser sanfte, ländliche Name, der nunmehr nichts als eine weltbekannte Institution bezeichnet.

Im grausamen Volksjargon war dieser Name schließlich im übertragenen Sinn zum Spottausdruck geworden, um einen Schwachsinnigen zu kennzeichnen, einen Idioten, manchmal auch verkürzt nach Turiner Gepflogenheit und Aussprache auf die ersten zwei Silben: *Cutu*. Der Name Cottolengo war also zum Inbegriff von Elend und Lächerlichkeit geworden (wie dies im Volksmund häufig auch mit den Namen von Irrenanstalten oder Gefängnissen geschieht) und zugleich von wohltätiger Vorsehung und organisatorischer Macht und jetzt sogar, durch den Mißbrauch der Wahlen, auch zum Inbegriff von Obskurantismus, Mittelalter, Böswilligkeit...

Alle diese Bedeutungen waren miteinander verhaftet, und an den Mauern weichte der Regen die gedruckten Parolen auf, die plötzlich gealtert schienen, als sei ihre Angriffslust vorgestern abend beim Abschluß des Wahlkampfes mit seinen Kundgebungen und Plakaten erloschen, als seien sie schon degradiert zu einer Masse von Kleister und minderwertigem Papier, die von einer Schicht zur anderen die Wahrzeichen der rivalisierenden Parteien durchscheinen ließ. Amerigo kam die Komplexität der Dinge zuweilen wie eine Gesamtheit übereinanderliegender, jedoch deutlich voneinander getrennter Schichten vor, Artischockenblättern gleich, bisweilen aber auch wie ein Ineinanderlaufen verschiedener Bedeutungen, eine klebrig-zähe Masse.

Auch die Tatsache, daß er sich als Kommunist bezeichnete, und der Weg, den er auf Anweisung seiner Partei an diesem triefnassen Morgen ging, ließen ihn nicht erkennen, wie weit dies nun eine von Generation zu Generation überlieferte Verpflichtung war (innerhalb der Mauern dieser kirchlichen Gebäude und innerhalb dieser Stadt, die den Philosophen Giannone in Fesseln gelegt hatte, sah sich Amerigo – ironisch und ernsthaft zugleich – als einen letzten anonymen Erben des Rationalismus des achtzehnten Jahrhunderts – wenn auch nur kraft eines geringen Überbleibsels jener Erbschaft, die nie genutzt worden war) und wo eine andere, kaum hundertjährige Geschichtsepoche voller Hindernisse und Engpässe begann, der Vormarsch des sozialistischen Proletariats (als der Klassenkampf infolge der »inneren Widersprüche des bürgerlichen Lagers« oder der »Selbsterkenntnis der in der Krise befindlichen Klasse« auch den vormals bürgerlichen Amerigo in Bewegung gesetzt hatte) oder, richtiger gesagt, die jüngste – nur etwa vierzigjährige – Inkarnation dieses Klassenkampfes, da der Kommunismus zur internationalen Großmacht und die Revolution zur Disziplin geworden war, zur Vorbereitung auf die Machtausübung, zum Verhandlungspartner von Macht zu Macht, auch dort, wo sie die Macht noch nicht in Händen hielten (dieses Spiel war es, das auch Amerigo in seinen Bann gezogen hatte, ein Spiel, bei dem manche Regeln ein für allemal festzustehen schienen, undurchschaubar und dunkel, während man bei anderen wiederum das Empfinden hatte, an ihrer Festsetzung mitwirken zu können). Vielleicht war in dieser seiner Anteilnahme am Kommunismus die Spur eines Vorbehalts den allgemeinen Problemen gegenüber, die Amerigo veranlaßte, die kleinsten und bescheidensten Parteiaufträge zu übernehmen, wie um sie als besonders nützlich anzuerkennen, mochte er dabei auch stets auf das Schlimmste gefaßt sein. Doch zugleich bemühte er sich, unbefangen zu bleiben trotz seines Pessimismus (auch dieser zum Teil ererbt, ein Seufzen in den Familien, charakteristisch für die Italiener der antikirchlichen Minderheit, die nach jedem Sieg erkennen muß, daß sie verloren hat), der ja immer einem ebenso starken und noch stärkeren Optimismus untergeordnet war, diesem Optimismus, ohne den er nicht Kommunist wäre (dann hätte er eben sagen müssen: jener ererbte Optimismus der italienischen Minderheit, die noch nach jeder Niederlage glaubt, gesiegt zu haben: Optimismus und Pessimismus waren also, wenn auch nicht dasselbe, so doch wie die zwei Seiten ein und desselben Artischockenblattes), ein Pessimismus also, der ebenso dem Gegenstück jenes Optimismus untergeordnet war, jenem althergebrachten italienischen Skeptizismus nämlich, dem Sinn für das Relative, der Fähigkeit abzuwarten und sich anzupassen (und somit dem jahrhundertealten Feind jener Minderheit: Dergestalt gerieten alle Karten wieder durcheinander, denn wer gegen den Skeptizismus zu Felde zieht, darf nicht am eigenen Sieg zweifeln, darf sich mit seiner Niederlage nicht abfinden, sonst identifiziert er sich mit seinem Feind), untergeordnet vor allem aber der Einsicht, die eigentlich gar nicht so schwer zu begreifen war: daß dies hier nur ein kleiner Winkel ist auf der großen weiten Welt und die Entscheidung, sagen wir nicht anderswo, denn anderswo ist überall, aber auf höherer Ebene getroffen wird (und auch dafür sprachen Argumente des Pessimismus wie des Optimismus, doch die ersteren kamen einem leichter in den Sinn).

3

Um einen Raum in ein Wahllokal zu verwandeln (in der Regel ein Schul- oder Gerichtszimmer, die Kantine eines Sportvereins oder auch irgendein Büroraum der Gemeindeverwaltung), genügen ein paar Gegenstände – Wandschirme aus glattem, ungestrichenem Holz, die als Wahlkabine dienen; ein gleichfalls roher Holzkasten: die Urne; das Material: Listen; Pakete mit Stimmzetteln; Bleistifte, Kugelschreiber, eine Stange Siegellack, Bindfaden, Klebestreifen, das vom Präsidenten bei der »Inbetriebnahme des Wahllokals« in Empfang genommen wird – und eine bestimmte Anordnung der vorhandenen Tische. Nackte, unpersönliche Räume also, mit gekalkten Wänden; die Gegenstände darin noch nackter und unpersönlicher; und die Bürger an den Tischen – Vorsitzender, Sekretär, Wahlhelfer und eventuelle Vertreter der Parteien – nehmen ebenfalls das unpersönliche Gesicht ihrer Funktion an.

Wenn dann die Wähler erscheinen, belebt sich alles: Die Vielfalt der Welt kommt mit ihnen herein, alle charakterisiert etwas Typisches, unbeholfene oder zu rasche Bewegungen, zu laute oder zu gedämpfte Stimmen. Zuvor jedoch, wenn das Personal des Wahllokals noch unter sich ist und Bleistifte zählt, gibt es einen Augenblick, da einem ein wenig beklommen zumute wird.

Besonders in dem Raum, dem Amerigo zugeteilt war: Dieses Wahllokal – eines der vielen im »Cottolengo«, wo jedes Wahllokal für etwa fünfhundert Wähler zuständig ist; im gesamten »Cottolengo« gibt es Tausende von Wählern – war normalerweise ein Sprechzimmer, wo man seine Angehörigen besuchen konnte. Ringsum standen Holzbänke (Amerigo wehrte die flüchtigen Bilder ab, die dieser Ort in ihm wachrief: wartende Eltern vom Lande, Körbe mit Obst, bekümmerte Gespräche), die hohen Fenster gingen auf den Hof hinaus, der unregelmäßig angelegt war, mit Seitengebäuden und Laubengängen, halb Kaserne, halb Krankenhaus (übergroße Frauen schoben Karren, Blechtonnen; sie trugen schwarze Rökke wie vorzeiten die Bäuerinnen, schwarze wollene

Schals, schwarze Hauben, blaue Schürzen; sie liefen eilig unter dem dünnen Regen; Amerigo warf nur einen kurzen Blick hinaus und wandte sich dann vom Fenster ab).

Er wollte sich von der Armseligkeit des Milieus nicht überwältigen lassen, und darum konzentrierte er sich auf die Armseligkeit der zur Wahlhandlung erforderlichen Dinge – Schreibzeug, Anschlagzettel, das Büchlein mit der Wahlordnung, das in Zweifelsfällen vom Vorsitzenden konsultiert wurde, der schon vor Wahlbeginn nervös war –, denn sie schien ihm eine reiche Armseligkeit, reich an Zeichen und Inhalten, wenn auch nur im Kontrast zur anderen.

Die Demokratie zeigte sich den Bürgern in diesem bescheidenen, grauen, schmucklosen Gewande; Amerigo hielt dies manchmal für besonders angebracht, gerade in diesem Italien, das seit eh und je vor allem liebedienert, was Pomp ist und Pracht und Äußerlichkeit und Schmuck; es erschien ihm auch wie eine Art Lektion in redlicher, gestrenger Moral und wie ein ständiger, stiller Sieg über die Faschisten, über alle diejenigen, die da geglaubt hatten, die Demokratie gerade wegen ihrer äußeren Armseligkeit verachten zu können, wegen ihrer bescheidenen Buchführung, doch jene waren in den Staub gesunken mit all ihren Fransen und Troddeln, während die Demokratie mit ihrem nüchternen Ritus von Zetteln, die wie Telegramme gefaltet waren, von Bleistiften, die schwieligen und unsicheren Fingern anvertraut wurden, ihren Weg weiterging.

Da waren rings um ihn die andern des Wahllokals, unbekannte Menschen, meist (wie es schien) von der Katholischen Aktion vorgeschlagen, einige aber (außer ihm, Amerigo) auch von der Kommunistischen und Sozialistischen Partei (er hatte sie noch nicht herausgefunden), die hier nun alle miteinander einen rationalen, profanen Dienst versahen. Und da mühten sie sich um die kleinen praktischen Dinge: die »in andern Wahllokalen registrierten Wähler« zu Protokoll zu nehmen; die eigenen Wähler auf Grund der im letzten Augenblick eingetroffenen Liste »verstorbener Wähler« neu zu zählen. Da schmolzen sie mit Streichhölzern den Siegellack, um die Urne zu versiegeln, wußten dann nicht, wie sie die überstehenden Bindfäden abschneiden sollten, und beschlossen schließlich, sie abzubrennen...

Amerigo war bereit, in diesem ihrem Tun, in diesem Sichhineinleben in ihre provisorischen Funktionen den eigentlichen Sinn der Demokratie zu erkennen, und er dachte daran, wie paradox es war, daß sie hier alle einträchtig zusammenarbeiteten, die an eine göttliche Ordnung Glaubenden, an eine Autorität, die nicht von dieser Welt ist, und andererseits seine Genossen, die den bürgerlichen Betrug all und überall sehr wohl durchschauten: zwei Arten von Menschen also, die im Grunde wenig Vertrauen in die Spielregeln der Demokratie hätten einflößen dürfen, und doch waren die einen wie die anderen überzeugt, deren eifersüchtige Wächter zu sein, ja, das Wesen der Demokratie zu verkörpern.

Zwei der Wahlhelfer waren Frauen: Die eine, mit orangefarbener Strickjacke und rotem, sommersprossigem Gesicht, etwa dreißigjährig, war allem Anschein nach Arbeiterin oder Angestellte; die andere, an die Fünfzig, mit weißer Bluse und einem Medaillon mit Bild auf der Brust, vielleicht eine Witwe, sah aus wie eine Volksschullehrerin. Wer hätte es für möglich gehalten – dachte Amerigo, nunmehr entschlossen, alles im besten Licht zu sehen –, daß nach so wenigen Jahren auch Frauen die bürgerlichen Ehrenrechte erlangt haben würden? Es schien nun, als hätten sie, von Mutter zu Tochter, nie etwas anderes getan, als Wahlen vorzubereiten. Meist sind sie es, die in den kleinen Dingen des Alltags mehr praktischen Sinn beweisen und den immer etwas hilflosen Männern beistehen.

Während Amerigo diesen Gedanken nachging, fühlte er eine Zufriedenheit, als sei jetzt alles in bester Ordnung (ungeachtet der düsteren Perspektive dieser Wahl, ungeachtet der Tatsache, daß die Wahlurnen in den Mauern eines Hospizes standen, in dem es unmöglich gewesen war, Wahlversammlungen abzuhalten oder Plakate zu kleben oder Zeitungen zu verkaufen), fast als sei dies allein schon ein Sieg im alten Kampf zwischen Kirche und Staat, die Revanche einer profanen Religion bürgerlicher Pflicht an...

An wem? Amerigo blickte wieder um sich, als suche er

nach dem greifbaren Vorhandensein einer gegnerischen Macht, einer Antithese, doch fand er keinen Anhaltspunkt, er brachte es nicht mehr fertig, die zum Wahllokal gehörenden Dinge in Gegensatz zu dem Milieu zu stellen, in dem sie sich befanden: In der Viertelstunde, die er nun hier zugebracht hatte, waren die Dinge und der Ort miteinander verschmolzen, vereint in einem einzigen, anonymen, administrativen Grau, das zu Präfekturen und Polizeipräsidien ebensogut paßte wie zu großen Wohlfahrtsinstitutionen. Und wie einer, der ins kalte Wasser springt und sich davon überzeugen will, daß der Genuß des Hineinspringens gerade in diesem Empfinden der Kälte liegt, der dann aber beim Schwimmen die Wärme in sich wiederentdeckt, zusammen mit dem Gefühl, wie kalt und feindlich das Wasser ist, so kehrte auch Amerigo nach dem vergeblichen Bemühen, die Armseligkeit des Wahllokals in seinem Innern in einen hohen Wert umzumünzen, wieder zurück zu dem Eingeständnis, daß der erste Eindruck – die Fremdheit und Kälte dieses Raumes – doch der richtige gewesen war.

In jenen Jahren hatte Amerigos Generation (oder besser gesagt, der Teil seiner Generation, der die Jahre nach 1940 auf eine bestimmte Weise durchlebt hatte) die Reserven einer bis dahin unbekannten Gemütsverfassung entdeckt: die des wehmutsvollen Zurückdenkens an Vergangenes. So stellte er im Geiste die Szene, die er hier vor Augen hatte, jenem Klima gegenüber, das nach der Befreiung einige wenige Jahre in Italien geherrscht hatte, Jahre, deren lebendigste Erinnerung ihm nun die Teilnahme aller an den Fragen und Geschehnissen der Politik zu sein schien, an den Problemen des Tages, den schwerwiegenden, elementaren (dies waren Gedanken von heute: Damals hatte er jene Zeit als ein ganz natürliches Klima erlebt, wie alle andern es genossen – nach dem, was gewesen –, sich geärgert über das, was nicht funktionierte, ohne daran zu denken, daß diese Zeit je idealisiert werden könne); er erinnerte sich an das Aussehen der Menschen damals, die alle gleichermaßen arm zu sein schienen und mehr an allgemeinen als an privaten Dingen interessiert; er erinnerte sich an die provisorischen Parteilokale voller Rauch und lärmender Vervielfältigungsapparate, voller

Menschen in Mänteln, die in freiwilligem, begeistertem Einsatz miteinander wetteiferten (dies alles traf zu, aber jetzt erst, nach Jahren, konnte er es sehen, sich ein Bild, einen Mythos machen); er dachte, daß allein die eben erst geborene Demokratie von damals den Namen Demokratie wirklich verdiente; das war der innere Wert, den er vorhin in der Dürftigkeit der Dinge ringsum gesucht und nicht gefunden hatte; denn jene Zeit war vorüber, und ganz allmählich hatte der graue Schatten des bürokratischen Staates alles wieder überzogen, derselbe Schatten wie vor und während und nach dem Faschismus, die alte Trennung zwischen Verwaltenden und Verwalteten war wieder da.

Die jetzt beginnende Wahl (Amerigo wußte es leider nur zu genau) würde diesen Schatten, diese Trennung noch vertiefen, die Erinnerungen in noch weitere Ferne rücken und sie, körperlich und herb, wie sie einmal waren, immer wesenloser und idealisierter werden lassen. Das Sprechzimmer des »Cottolengo« war demnach genau der richtige Schauplatz für diesen Tag: War dieses Milieu vielleicht auch das Ergebnis eines ähnlichen Prozesses wie der, den die Demokratie durchgemacht hatte? Anfänglich (in einer Zeit, da das Elend noch jeder Hoffnung bar gewesen war) mußte es auch hier die Wärme eines Erbarmens gegeben haben, das Menschen und Dinge erfüllte (vielleicht gab es das auch heute noch – Amerigo wollte es nicht ausschließen – in einzelnen Menschen und Räumen hier drinnen, losgelöst von der Welt), das bei Helfern und Hilflosen wohl das Bild einer ganz anderen Gesellschaft beschworen haben dürfte, in der nicht mehr der Vorteil zählte, sondern nichts als das Leben selbst. (Amerigo war, wie viele Laien der historischen Schule, stolz darauf, Momente und Formen des religiösen Lebens von seinem Standpunkt aus verstehen und schätzen zu können.) Jetzt aber war dies eine große Hilfs- und Krankenhausorganisation mit zweifellos antiquierten Einrichtungen, die ihre Aufgaben und ihren Dienst recht und schlecht versah und darüber hinaus noch in einer Art und Weise produktiv geworden war, die sich zur Zeit ihrer Gründung gewiß niemand hätte träumen lassen: Sie produzierte Wählerstimmen.

Ist es demnach nur der Anfang, der für alle Dinge Bedeutung hat, der Anfang, wenn alle Energien angespannt sind und es nur die Zukunft gibt? Kommt nicht für jeden Organismus einmal der Augenblick, wo es nur noch den normalen Geschäftsgang gibt, den althergebrachten Trott? (Wird das auch einmal – Amerigo konnte nicht umhin, sich diese Frage zu stellen –, würde das eines Tages auch für den Kommunismus gelten? Oder ist es am Ende jetzt schon der Fall?) Oder... oder ist das, worauf es ankommt, nicht die Institution als solche, die ja alt werden muß, sondern der menschliche Wille und die menschlichen Bedürfnisse, die sich fortwährend erneuern und den Mitteln, derer sie sich bedienen, immer wieder neuen Wahrheitsgehalt verleihen? Hier, bei der Einrichtung dieses Wahllokals (es mußten jetzt nur noch – laut Vorschrift – drei Anschläge angebracht werden: einer mit den Gesetzesparagraphen und zwei mit den Kandidatenlisten), arbeiteten einander unbekannte Männer und Frauen mit teilweise ganz entgegengesetzten politischen Meinungen Hand in Hand, eine Nonne, vielleicht eine Oberin, half ihnen dabei (man bat sie um einen Hammer und ein paar Nägel), einige Heimbewohnerinnen mit karierter Schürze sahen neugierig durch die Tür, und: »Ich gehe schon!« sagte ein Mädchen mit auffallend großem Kopf, lief lachend an ihren Heimgenossinnen vorbei, kehrte mit Hammer und Nägeln zurück, rückte dann eine Bank zur Seite.

Als Folge ihrer hastenden Hilfsbereitschaft entstand draußen in den verregneten Höfen ein Interesse, eine teilnahmsvolle Erregung über diese Wahl wie über ein unverhofftes Fest. Was war das? Was sollte dieses Bemühen, die Anschläge nur ja sorgsam aufzuhängen, weißen Laken gleich (weiß, wie offizielle Verlautbarungen zu sein pflegen trotz der vielen Druckerschwärze, die ja doch keiner liest), diese Erregung, die eine Schar von Bürgern miteinander verband, die zweifellos »ins produktive Leben eingegliedert« waren, und Nonnen dazu, arme Menschenkinder, die von der Welt nur kannten, was man sieht, während man hinter einem Leichenbegängnis herläuft? Amerigo hörte in diesem gemeinsamen Bemühen auf einmal den Mißklang heraus: Die einen, die Leute vom Wahllokal, waren im Einsatz, wie beim Wehrdienst, um Schwierigkeiten zu meistern, die einem auferlegt werden und deren Ziel und Zweck einem unbekannt sind; die Nonnen und Heimbewohnerinnen dagegen errichteten um sich herum gleichsam Schützengräben gegen einen Feind, gegen einen Angreifer: als sei dieser Aufruhr der Wahl zugleich Schützengraben und Verteidigung und auch der Feind selbst.

Als sie so im leeren Raum auf ihren Plätzen warteten, während draußen die erste kleine Gruppe von Wählern, die es eilig hatte, in Bewegung geriet und der Ordnungsdienst die ersten hereinließ, waren alle – Vorsitzender und Wahlhelfer – sich ihres sinnvollen Tuns bewußt, und dennoch bemächtigte sich ihrer zugleich ein Vorgefühl von etwas Absurdem.

Die ersten Wähler waren alte Leutchen – Heiminsassen oder hier beschäftigte Handwerker oder beides –, ein paar Nonnen, ein Priester, einige alte Frauen (schon glaubte Amerigo, daß es in diesem Wahllokal nicht viel anders zugehen würde als in allen übrigen): Als ob der Widerstand, der darunter schwelte, sich zum Ziel gesetzt hätte, in seiner harmlosesten Form aufzutreten (beruhigend für die andern, die sich von der Wahl nur die Bestätigung des alten Zustandes erwarteten; für Amerigo hingegen von deprimierender Normalität), doch fühlte sich keiner erleichtert (auch die andern nicht), und alle hier warteten nun darauf, daß aus unsichtbaren Schlupfwinkeln eine Herausforderung gekrochen käme.

Da trat eine Pause ein im Zustrom der Wähler, man hörte Schritte wie eiliges Hinken, eher wie ein Aufschlagen von Bohlen, und alle Wahlhelfer blickten zur Tür. Es erschien eine winzige Frau, die auf einem Schemel saß oder eigentlich nicht, denn ihre Beine berührten die Erde nicht, noch hingen sie herab, noch waren sie angewinkelt. Sie hatte keine Beine. Dieser niedrige, rechteckige Schemel, ein Hocker, wurde vom Rock bedeckt, und darunter – unterhalb der Taille, unter den Hüften der Frau – schien nichts zu sein: Nur die Füße des Hockers sahen hervor, zwei senkrechte Stöcke, Vogelfüßen gleich. »Bitte sehr!« sagte der Vorsitzende, und das Frauchen bewegte sich vorwärts, das heißt, sie schob eine Schulter und eine Hüfte vor, und der Hocker rückte schräg vorwärts in diese Richtung, dann schob sie die andere Schulter und die andere Hüfte vor, der Hocker beschrieb einen weiteren Viertelkreis, und dergestalt mit ihrem Hocker verhaftet, rutschte sie durch den langen Raum bis zum Tisch und streckte ihren Wahlschein hinüber.

4

Man gewöhnt sich an alles, und zwar schneller, als man glaubt. Auch daran, die Insassen des »Cottolengo« wählen zu sehen. Nach kurzer Zeit schon war das für alle, die sich diesseits des Tisches befanden, ein ganz gewohnter, eintöniger Anblick. Jenseits des Tisches jedoch, bei den Wählern, gab es immer noch die gärende Unruhe des Ausnahmefalls, der Unterbrechung der Norm. Die Wahl als solche zählte nicht: Wer wußte schon etwas darüber? Was sie beschäftigte, schien vor allem die von ihnen geforderte, ungewohnte öffentliche Pflicht zu sein, von ihnen, den Bewohnern einer verborgenen Welt, die in keiner Weise darauf vorbereitet waren, Akteure zu sein unter den unerbittlichen Blicken von Fremden, von Vertretern einer unbekannten Ordnung; einige litten darunter, geistig und körperlich (es erschienen Tragbahren mit Kranken, die Krücken der Hüftlahmen und Humpelnden ruderten durch die Luft), andere trugen eine Art Stolz zur Schau, als sei es nun endlich zu einer Anerkennung ihrer Existenz gekommen. Gab es demnach in dieser Fiktion von Freiheit, die ihnen zugeteilt worden war – so fragte sich Amerigo –, einen Schimmer, eine Verheißung tatsächlicher Freiheit? Oder war es lediglich die Illusion, beschränkt auf einen einzigen Augenblick, dabeizusein, sich zu zeigen, einen Namen zu haben?

Es war das verborgene Italien, das diesen Raum durchzog, die Kehrseite des Italien, das sich unter der Sonne ausbreitet, das durch die Straßen flaniert, Ansprüche stellt, produziert und konsumiert, es war das schamhaft verschwiegene Geheimnis von Familien und Dörfern, es war auch (aber nicht allein) das arme Land mit seinem verseuchten Blut, mit seinen blutschänderischen Zeugungen im Dunkel der Ställe, das verzweifelte Piemont, das nicht zu trennen ist von dem sauberen und strengen Piemont, es war auch (aber nicht allein) das Ende der Geschlechter, wenn das Plasma sich rächt für vergessene Sünden unbekannter Vorfahren, die wie eine Missetat verschwiegene Lues, die Trunksucht als einziges Paradies (aber nicht allein, nicht allein, nicht allein), es war das Risiko des Irrtums, das die Materie, aus der die menschliche Spezies entsteht, jedesmal eingeht, wenn sie sich vermehrt, ein Risiko (Voraussagen übrigens auf Grund der Wahrscheinlichkeitsrechnung wie beim Glücksspiel), das sich um die Zahl neuer, schleichender Gefahren vervielfältigt, Viren, Gifte, Strahlungsschäden... der Zufall, der die menschliche Fortpflanzung regiert, die eben darum menschlich heißt, weil sie dem Zufall unterworfen ist...

Und war es denn etwas anderes als Zufall, daß aus ihm, Amerigo Ormea, ein verantwortlicher Bürger geworden war, ein bewußter Wähler, der an der demokratischen Gewalt teilhatte, diesseits des Tisches im Wahllokal und nicht – jenseits des Tisches: wie jener Idiot zum Beispiel, der grinsend näher kam, als sei dies alles ein vergnügliches Spiel.

Vor dem Vorsitzenden nahm der Idiot Haltung an, grüßte militärisch, überreichte seine Papiere: Personalausweis, Wahlschein, alles in Ordnung.

»Gut so«, sagte der Vorsitzende.

Jener nahm seinen Stimmzettel in Empfang und den Bleistift, stand wieder stramm, salutierte und marschierte festen Schritts auf die Kabine zu.

»Das sind Wähler, wie man sie sich wünscht«, sagte Amerigo laut, obwohl er sich der Banalität und Geschmacklosigkeit seiner Worte bewußt war.

»Die Ärmsten!« meinte die Wahlhelferin mit der weißen Bluse, und dann: »Naja! Im Grunde sind sie glücklich...« Amerigo fiel die Bergpredigt ein und die verschiedenen Deutungen des Begriffs »arm im Geiste«, Sparta und Hitler, die Idioten und Mißgestaltete aus der Welt geschafft hatten; er dachte an den Begriff der Gleichheit, geprägt von der christlichen Tradition und den Grundsätzen des Jahres 1789, dann an die Kämpfe der Demokratie ein ganzes Jahrhundert hindurch, um das allgemeine Wahlrecht durchzusetzen, an die Argumente, mit denen die Reaktion dagegen polemisiert hatte, er dachte an die Kirche, deren ursprüngliche Gegnerschaft sich schließlich in Wohlwollen verwandelt hatte, und er dachte auch an den neuen Wahlmechanismus des »Schwindelgesetzes«, welcher der Stimme jenes armen Schwachsinnigen mehr Gewicht geben würde als seiner eigenen.

Doch daß er selbst so ohne weiteres den Wert seiner eigenen Stimme über die des Idioten stellte, war das allein nicht schon ein Zugeständnis, daß die Einwände gegen das Prinzip der Gleichheit zum Teil wenigstens berechtigt waren?

Was hieß da schon »Schwindelgesetz«! Die Falle war längst vorher zugeschlagen. Nach langem Sträuben hatte die Kirche die allgemeine Gleichberechtigung in der Ausübung der bürgerlichen Ehrenrechte ganz wörtlich genommen, jedoch anstelle des Menschen als des Urhebers der Geschichte den Menschen aus dem elenden, verderbten Fleische Adams gesetzt, den Gott vermittels seiner Gnade allezeit retten kann. Der Idiot und der »bewußte Bürger«, sie beide waren gleich vor dem Angesicht des Allwissenden und Ewigen, die Geschichte war in die Hände Gottes zurückgegeben, dem Traum der Aufklärung war im nämlichen Augenblick Schach geboten worden, als es den Anschein gehabt hatte, daß er den Sieg erringen würde. Der Wahlhelfer Amerigo Ormea fühlte sich als Geisel in den Händen der feindlichen Streitmacht.

5

Es kam ganz von selbst zu einer Arbeitsteilung unter den Wahlhelfern: Der eine suchte die Namen auf dem Verzeichnis, der andere strich sie auf der Liste durch, ein dritter kontrollierte die Personalausweise, ein vierter schickte die Wähler in die Kabine, die gerade frei war.

Bald bildete sich ein natürliches Einvernehmen heraus, um alle Obliegenheiten rasch und ohne Verwirrung zu erledigen, auch eine gewisse Solidarität dem Vorsitzenden gegenüber, einem alten, langsamen Mann, der dauernd in der Angst schwebte, etwas falsch zu machen, und dem sie sich alle miteinander jedesmal entschieden widersetzen mußten, wenn er sich in Nichtigkeiten zu verlieren drohte.

Abgesehen von dieser praktischen Arbeitsteilung nahm jedoch das eigentlich Trennende zwischen ihnen immer mehr Gestalt an. Die erste, die Farbe bekannte, war eine der beiden Frauen, die nervöse, mit der orangefarbenen Strickjacke. Sie erhob Einspruch wegen einer Alten, die, den offenen Stimmzettel schwenkend, aus der Kabine zurückkehrte. »Die Stimme ist ungültig! Sie hat gezeigt, was sie gewählt hat!«

Der Vorsitzende entgegnete, er habe nichts gesehen. »Gehen Sie in die Kabine zurück und falten Sie den Stimmzettel gut zusammen. Bitte sehr!« sagte er zu der Alten. Und zu der Wahlhelferin gewandt: »Geduld braucht man... Geduld...«

»Gesetz ist Gesetz«, beharrte diese.

»Sofern kein böser Wille vorhanden ist«, mischte sich ein anderer Wahlhelfer ein, ein hagerer Mann mit Brille, »kann man schon ein Auge zudrücken...«

Wir sind aber hier, um die Augen offenzuhalten, hätte Amerigo hier der Frau mit der orangefarbenen Strickjacke zu Hilfe kommen müssen, indes hatte er das Bedürfnis, die Augen zu schließen, als ginge von jener Prozession der Heiminsassen ein hypnotisches Fluidum aus und machte ihn zum Gefangenen einer anderen Welt.

Für ihn, den Fremden, war es eine gleichförmige Prozession, vorwiegend Frauen, bei denen er kaum Unterschiede festzustellen vermochte: Da gab es welche mit karierter Schürze und welche in Schwarz mit Haube und Schultertuch und die Nonnen in Weiß, Schwarz und Grau und solche, die im »Cottolengo« wohnten, und wieder andere, die aussahen, als seien sie von draußen eigens zur Wahl hierhergekommen. Für ihn jedenfalls waren sie alle gleich, zeitlose Beginen, die alle auf die gleiche Weise wählten, amen.

(Ganz unvermittelt mußte er an eine Welt denken, in der es keine Schönheit mehr gäbe. Die weibliche Schönheit war es, die er meinte.)

Diese Mädchen mit den Zöpfen, Waisen vielleicht oder Findelkinder, die in der Stiftung aufgezogen worden und dazu bestimmt waren, ihr Leben lang dort zu bleiben, sahen mit dreißig immer noch ein wenig wie Kinder aus, und man wußte nicht, ob dies davon herrührte, daß sie geistig etwas zurückgeblieben waren oder weil sie immer hier drinnen gelebt hatten, und man hätte sagen können, daß sie gleichsam übergangslos aus der Kindheit ins Alter gelangten. Sie glichen einander wie Geschwister, doch aus jeder Gruppe stach immer die Tüchtigste hervor, die sich unter allen Umständen hervortun wollte, die den anderen erklärte, wie man zu wählen habe, und für solche, die keinen Ausweis hatten, die schriftliche Erklärung abgab, daß diese ihr bekannt seien, wie das Gesetz es vorschreibt.

(Während er sich schon damit abgefunden hatte, den ganzen langen Tag unter diesen wesenlosen Gestalten verbringen zu müssen, verspürte Amerigo ein dringendes Verlangen nach Schönheit, das sich auf den Gedanken an seine Freundin Lia konzentrierte. Er mußte an Lias Haut denken, an ihre Farbe und vor allem an eine Stelle ihres Körpers – wo der Rücken einen Bogen beschreibt, klar und straff, wenn man mit der Hand darüberfährt, und gleich danach ganz sanft die Kurve der Hüften sich erhebt –, eine Stelle, auf der sich für ihn nunmehr die Schönheit der ganzen Welt zu vereinigen schien, verloren, in weiter Ferne.)

Eine der »Tüchtigen« hatte unterdessen bereits für vier andere unterschrieben. Jetzt kam wieder eine ohne Ausweis, eine von denen ganz in Schwarz, bei denen Amerigo keine Ahnung hatte, ob es Nonnen waren oder was sonst. »Kennen Sie jemanden hier?« fragte der Vorsitzende. Die Frau schüttelte verstört den Kopf.

(Was eigentlich ist dieses Bedürfnis nach Schönheit? fragte sich Amerigo. Ein erworbenes Merkmal, ein bedingter Reflex, eine sprachliche Konvention? Und was ist körperliche Schönheit an und für sich? Ein·Zeichen, ein Privileg, ein irrationales Geschenk des Schicksals wie –

bei jenen dort – Häßlichkeit, Ungestalt, Schwachsinn? Oder ist sie ein immer wieder wandelbares Ideal, das wir uns heuchlerisch errichten, mehr historisch als natürlich, eine Projektion unserer Vorstellung von kulturellen Werten?)

Der Vorsitzende gab nicht nach: »Sehen Sie sich um, ob nicht jemand anwesend ist, dem Sie bekannt sind und der das bekunden kann.«

(Amerigo dachte wehmütig daran, daß er den Sonntag statt hier auch in Lias Armen hätte verbringen können, und dieses Bedauern stand für ihn nicht im Widerspruch zu seiner Bürgerpflicht, die ihn als Wahlhelfer hierhergeführt hatte: Das Seine dazu beitragen, daß die Schönheit der Welt nicht unnütz vergehe – dachte er –, ist Geschichte, ist auch eine Bürgertugend ...)

Das schwarze Frauchen sah sich ratlos um, doch da meldete sich auch schon wie üblich eine der »Tüchtigen« und sagte: »Ich kenne sie!«

(Griechenland ..., dachte Amerigo. Aber bedeutet, die Schönheit allzu hoch innerhalb der Wertskala anzusetzen, nicht schon, einen ersten Schritt in Richtung auf eine unmenschliche Kultur zu tun, die alle Mißförmigen dazu verurteilt, in den Abgrund gestürzt zu werden?)

»Aber die kennt ja alle!« erhob sich wieder die durchdringende Stimme der Frau in Orange. »Herr Vorsitzender, fragen Sie bitte, ob sie überhaupt den Namen weiß!«

(Beim Gedanken an Lia hatte Amerigo das Gefühl, als müsse er jene Welt um Verzeihung bitten, die jeglicher Schönheit ermangelte und die für ihn jetzt die Realität bedeutete, während Lia ihm in der Erinnerung wie unwirklich, wie eine Erscheinung vorkam. Die ganze Welt draußen wurde zur Erscheinung, zum Nebelgebilde, während diese hier, diese Welt des »Cottolengo«, sein Erleben jetzt so ausfüllte, daß sie ihm die einzig wahre zu sein schien.)

Die »Tüchtige« war schon vorgetreten, nahm den Federhalter, um ihren Namen in die Liste einzutragen. »Nicht wahr, Sie kennen Carminati Battistina?« sagte der Vorsitzende in einem Atemzug, und sie erwiderte prompt: »Aber gewiß doch, Carminati Battistina« und unterschrieb.

(Diese Welt, das »Cottolengo« – dachte Amerigo –, die auch die einzig vorhandene Welt sein könnte, wenn die Entwicklung der Menschheit etwas anders verlaufen wäre nach irgendeiner prähistorischen Katastrophe oder einer Seuche... Wer könnte heute von Schwachsinnigen, Idioten, Verkrüppelten reden in einer durchweg unförmigen Welt?)

»Herr Vorsitzender! Was ist das für eine Beglaubigung, wenn Sie ihr den Namen vorsagen!« ereiferte sich die in Orange. »Fragen Sie doch mal die Carminati, ob sie die andere kennt...«

(... Ein Weg, den die Entwicklung in Zukunft nehmen könnte – überlegte Amerigo –, wenn es zutrifft, daß Atomstrahlungen auf die Keimzellen einwirken. Dann könnte die Welt auf Generationen hinaus von menschlichen Wesen bevölkert sein, die für unsere Begriffe Ungeheuer wären, für sie selbst aber Menschen in der einzig denkbaren Menschengestalt...)

Der Vorsitzende war verwirrt. »Eh, Sie kennen sie doch? Sie wissen doch, wer sie ist, nicht wahr?« fragte er, und niemand wußte mehr, an wen er sich eigentlich gewandt hatte.

»Ich weiß nicht, ich weiß nicht«, stotterte die Schwarzgekleidete erschrocken.

»Aber natürlich ist sie mir bekannt. Sie war doch vergangenes Jahr im Sankt-Antonius-Haus, nicht wahr?« protestierte die »Tüchtige« und schnitt der Wahlhelferin in Orange eine Grimasse. Die erwiderte sofort: »Dann soll sie mal Ihren Namen sagen!«

(Wenn die einzig vorhandene Welt die des »Cottolengo« wäre, dachte Amerigo, ohne jene Welt draußen, die diese hier in Ausübung ihrer Barmherzigkeit beherrscht, erdrückt und demütigt, dann könnte auch diese Welt zur Gesellschaft werden, könnte ihre eigene Geschichte beginnen...)

Jetzt nahm auch der hagere Wahlhelfer gegen die Frau in Orange Partei: »Die beiden sind doch hier zu Hause und sehen sich tagtäglich, da kennt man sich doch, oder nicht?«

(An eine andere mögliche Daseinsform der Menschheit würde man sich erinnern wie an alte Sagen, wie an eine

Welt von Giganten, an den Olymp... Genau wie wir selbst vielleicht, ohne es zu wissen, unförmig und schwachsinnig sind, gemessen an einer andersgearteten, längst vergessenen Daseinsform...)

»Wenn sie sich nicht mit Namen kennen, ist es ungültig!« Die in Orange ließ nicht locker.

(Und je mehr der Gedanke Macht über ihn gewann, das »Cottolengo« sei möglicherweise die einzig reale Welt, desto verzweifelter wehrte Amerigo sich, von ihm überwältigt zu werden. Die Welt der Schönheit verblaßte am Horizont der möglichen Realitäten wie ein Trugbild, und Amerigo schwamm und schwamm diesem Trugbild entgegen, um das irreale Ufer wiederzugewinnen, und vor sich sah er Lia schwimmen, den Rücken knapp überm Wasser.)

»Wenn ich allerdings die einzige bin, die in diesem Wahllokal auf Legalität achtet...«, murrte die in Orange und sah sich mißbilligend um. Und wirklich, die übrigen Wahlhelfer starrten in ihre Papiere, als seien sie mit ganz etwas anderem beschäftigt, als suchten sie das Problem nur dadurch von sich abzuschieben, daß sie sich zerstreut und fast ein bißchen ungehalten zeigten, und Amerigo nicht anders, Amerigo, dessen Aufgabe es gewesen wäre, ihr beizustehen; Amerigos Gedanken schweiften in weiter Ferne, traumverloren. Und im wachen Teil seines Ichs dachte er, daß es denen ja doch gelingen würde, ohne Ausweis wählen zu lassen, wen immer sie wollten.

Von dem hageren Wahlhelfer unterstützt, fand der Vorsitzende die Kraft, seine Unsicherheit abzuschütteln und zu erklären: »Für mich ist die Aussage gültig.«

»Kann ich zu Protokoll nehmen lassen, daß ich Einspruch erhoben habe?« fragte die andere. Aber gerade, weil sie es in Form einer Frage gesagt hatte, war es schon das Eingeständnis ihrer Niederlage.

»Da braucht nichts protokolliert zu werden«, ließ sich der Hagere vernehmen.

Amerigo ging um den Tisch bis zur Frau mit der orangefarbenen Strickjacke und sagte leise: »Nur ruhig Blut, Genossin, warten wir noch ab.« Die Frau sah ihn fragend an. »Es lohnt nicht, hier einzuhaken. Der richtige

Augenblick wird schon noch kommen.« Die andere be-
ruhigte sich. »Wir müssen einen prinzipiellen Fall auf-
greifen.«

6

Einen Augenblick lang war Amerigo zufrieden mit sich
selbst, mit seiner Gelassenheit, mit seiner Beherrschung.
Er hätte gewünscht, daß er sich immer so verhalten würde, in der Politik so gut wie bei allen anderen Gelegenheiten: Mißtrauen gegen den Enthusiasmus, dieses Synonym
für Naivität, ebenso wie gegen sektiererische Mißgunst,
dieses Zeichen von Unsicherheit und Schwäche. Ein der-
artiges Verhalten entsprach der gewohnten Taktik seiner
Partei, die er ohne weiteres übernommen hatte, weil sie
ihm als psychologisches Rüstzeug diente, um sich in
fremder und feindlicher Umgebung zu behaupten.
  Wenn man es jedoch noch einmal überdachte, hatte
dann dieser Wunsch, nicht einzugreifen und auf einen
»prinzipiellen Fall« zu warten, seinen Ursprung nicht in
einem Gefühl der Sinnlosigkeit, der Resignation, im
Grunde genommen in der Trägheit? Amerigo fühlte sich
schon zu entmutigt, um darauf zu hoffen, daß er noch
irgendeine Initiative ergreifen würde. Sein Kampf um Legalität, gegen Verstöße und Betrug hatte noch gar nicht
begonnen, und schon war das ganze Elend hier wie eine
Lawine über ihn hereingestürzt. Sollten sie sich doch beeilen mit ihren Tragbahren und Krücken, sollten sie diese
Volksbefragung aller Lebenden, Sterbenden und gar Toten nur schleunigst zu Ende führen: mit den wenigen
Formaleinwänden, die ein Wahlhelfer vorbringen kann,
war die Lawine doch nicht aufzuhalten.
  Wozu war er überhaupt ins »Cottolengo« gekommen?
Was bedeutete hier schon Respekt vor der Legalität! Von
vorn mußte man anfangen, vom Nullpunkt: Es galt, den
ursprünglichen Sinn der Begriffe und Institutionen klarzustellen, um das Recht dieser am meisten des Schutzes
bedürftigen Individuen zu sichern, daß sie nicht als

Werkzeuge, als Objekte mißbraucht würden. Und eben dieses Ziel schien ihm heute, zu diesem Zeitpunkt, einem Zeitpunkt, da die Wahlen im »Cottolengo« als Ausdruck des Volkswillens mißdeutet wurden, in so weiter Ferne zu liegen, daß es nur durch eine allumfassende Apokalypse herbeigeführt werden konnte.

Er fühlte sich in den Sog des Extremismus hinuntergezogen wie in ein Luftloch. Und eben dieser Extremismus half ihm, seine Willenlosigkeit und seine Unlust zu rechtfertigen, sein Gewissen sogleich zu beschwichtigen: Wenn er angesichts eines so offenkundigen Betrugs unbeweglich und stumm, wie gelähmt blieb, so nur, weil man bei solchen Gelegenheiten entweder alles tun mußte oder gar nichts, entweder reinen Tisch machen oder sich fügen.

Und Amerigo verschanzte sich hinter einer Opposition, die aristokratischer Überheblichkeit näher stand als einer heißen und elementaren Parteinahme für das Volk. So kam es, daß die Gegenwart anderer Menschen seiner Überzeugung ihm nicht etwa Kraft verlieh, sondern eine Art Unbehagen in ihm auslöste, und daß er beispielsweise auf die Einsprüche der Wahlhelferin in Orange geradezu im entgegengesetzten Sinn reagierte, fast als hätte er Angst, ihr zu gleichen. Er verschrieb sich in Gedanken einem so flexiblen Possibilismus, daß er Dinge, die ihn zuvor entrüstet hatten, mit den Augen selbst des Gegners sehen konnte, um hernach die Ursache seiner Kritik mit noch größerer Kälte abzuwägen, um endlich zu einem unbefangenen Urteil zu gelangen. Auch hier war – stärker als das Gefühl von Toleranz und Verbundenheit mit dem Nächsten – das Bedürfnis in ihm wirksam, sich überlegen zu fühlen, fähig zu sein, alles Denkbare zu denken, auch die Gedanken des Gegners, fähig, die Synthese zu finden, überall das Ziel der Geschichte zu erkennen, wie es das Privileg eines wahrhaft liberalen Geistes sein sollte.

In jenen Jahren hatte die Kommunistische Partei Italiens neben vielen anderen auch die Funktion einer idealen, liberalen Partei übernommen, die in Wirklichkeit nicht vorhanden war. Und so konnte es geschehen, daß in der Brust eines Kommunisten zwei Seelen wohnten: die eines intransigenten Revolutionärs und zugleich die eines abgeklärten Liberalen. Je dogmatischer und undifferenzierter in seiner offiziellen und kollektiven Erscheinungsform der Weltkommunismus während jener harten Zeit wurde, desto häufiger kam es vor, daß in der Brust des einzelnen Genossen das, was der Kommunist durch seine Gleichschaltung innerhalb des monolithischen, gußeisernen Blocks an innerem Reichtum einbüßte, der Liberale an Nuancierung und Farbe gewann.

Vielleicht war es ein Zeichen dafür, daß Amerigos eigentliche Natur – und die vieler anderer gleich ihm –, sich selbst überlassen, eher die eines Liberalen gewesen wäre und daß er eben auf Grund eines Identifizierungsprozesses mit Andersgearteten als Kommunist bezeichnet werden konnte? Diese Fragestellung bedeutete für Amerigo nichts anderes, als nach dem Wesen einer individuellen Identität zu fragen (falls es eine solche überhaupt geben sollte...), ungeachtet der äußeren Umstände, die sie bestimmten. Die »Aufgabe der Geschichte« war es – so dachte er –, in ihm und in vielen seinesgleichen die unterschiedlichen Metalle zusammenzuschweißen, das heißt, ein Feuer zu entfachen, das mächtiger war als sie alle (dessen Gewalt über die einzelnen mit all ihren Schwächen hinausreichte)...

Dieses Feuer, das seinen wenn auch schwachen Widerschein sogar bis in dieses Wahllokal warf auf alle, die darin zu tun hatten, und das man allmählich in jedem von ihnen wahrnahm, je nach Intensität und Temperament, die jeder für seine Rolle aufbrachte: Amerigos Unschlüssigkeit, die Ungeduld der Frau in Orange (eine Genossin von der Sozialistischen Partei, wie sich später herausstellte, als sie beiseite treten und ein paar Worte wechseln konnten), die Sucht des jungen, hageren Christdemokraten, sich ständig in vorderster Front und von Feinden bestürmt zu wähnen (wozu wahrlich keinerlei Veranlassung bestand), der ängstliche Formalismus des Vorsitzenden, Folge eines mangelnden Überzeugtseins von der Richtigkeit des Systems, und bei der Wahlhelferin mit der weißen Bluse (die keine Gelegenheit vorübergehen ließ, sich ausdrücklich von ihrer Kollegin zu distanzieren) das Bedürfnis, sich gefestigt und beschützt zu fühlen angesichts solcher skandalösen Unbotmäßigkeit.

Was die anderen Wahlhelfer betraf (Christdemokraten samt und sonders oder mindestens nicht weit davon), so schienen sie es lediglich darauf abgesehen zu haben, die Gegensätze zu verwischen: Denn daß hier drinnen nur eines gewählt wurde, wußte doch alle Welt, oder etwa nicht? Warum sich also aufregen und warum erst noch Schwierigkeiten machen? Hier blieb einem – ob Freund oder Feind – gar nichts anderes übrig, als die Dinge hinzunehmen, wie sie nun einmal waren.

Übrigens schienen auch die Wähler ihr Tun unterschiedlich zu beurteilen. Für die meisten nahm der Wahlvorgang nur einen winzigen Platz ihres Bewußtseins ein, ein Kreuz, das mit dem Bleistift über ein vorgedrucktes Zeichen gemacht werden mußte, etwas, das sie zu tun hatten, das ihnen ebenso sorgfältig eingeschärft worden war wie anständiges Betragen in der Kirche oder wie man sein Bett in Ordnung zu halten hatte. Jeden Zweifels bar, daß man sich am Ende auch anders hätte entscheiden können, konzentrierten sie alle Kraft auf die praktische Durchführung, die allein sie schon völlig in Anspruch nahm – besonders die Invaliden und geistig Zurückgebliebenen.

Für andere hingegen, die leichter beeinflußbar waren oder die man nach einer anderen Methode bearbeitet hatte, schien sich der Wahlakt inmitten von Gefahren und Betrugsmanövern abzuspielen; alles und jedes gab Anlaß zu Mißtrauen, Gekränktsein, Angst. Besonders galt das für einige weißgekleidete Nonnen: Sie hatten die fixe Idee der manipulierten Stimmzettel. Da ging eine in die Kabine, blieb fünf Minuten darin und kam dann zurück, ohne gewählt zu haben. »Haben Sie gewählt? Nein? Warum nicht?« Die Nonne wies den offenen und unberührten Stimmzettel vor und deutete auf irgendeinen winzigen helleren oder dunkleren Punkt. »Da stimmt was nicht!« beschwerte sie sich ärgerlich beim Vorsitzenden. »Geben Sie mir einen andern Zettel.«

Die Stimmzettel waren auf billiges, grünliches Papier gedruckt, das ziemlich grob war und unrein, auf beiden

Seiten hatte es leichte Schmierflecken von der Druckerschwärze. Allmählich hatte man sich daran gewöhnt, daß
sich die Szene mit dem zurückgewiesenen Stimmzettel
jedesmal wiederholte, wenn eine jener weißen Nonnen
erschien. Es gelang nicht, sie davon zu überzeugen, daß
es sich nur um Materialfehler handelte, die ihre Stimme
keinesfalls ungültig machen konnten. Je mehr man sie zu
überzeugen suchte, desto halsstarriger wurden die kleinen Nonnen: Eine von ihnen, eine alte, dunkle, aus Sardi-
nien, geriet geradezu in Wut. Gewiß hatten sie wegen
dieser Schmierflecken wer weiß was für Instruktionen
erhalten: daß sie sich ja in acht nehmen sollten, daß sich
Kommunisten im Wahllokal befänden, die absichtlich die
Stimmzettel der Nonnen beschmierten, um sie ungültig
zu machen.

Ja, diese weißen Nönnlein waren regelrecht terrorisiert.
Und im Bemühen, sie zur Vernunft zu bringen, waren
sich alle im Wahllokal einig. Der Vorsitzende und der
hagere Wahlhelfer empörten sich am meisten darüber,
daß man ihnen eine solche Heimtücke zutraute. Genau
wie Amerigo fragten sie sich, was man diesen armen
Frauen wohl gesagt haben mochte, um sie so einzu-
schüchtern, welche Greuel man ihnen ausgemalt hatte für
den Fall, daß, einer einzigen verlorenen Stimme wegen,
die Kommunisten siegen würden. Ein Wetterleuchten des
Religionskrieges hing einen Augenblick lang drohend
über dem Wahlraum und verlosch gleich wieder: der nor-
male Geschäftsgang lief weiter ab, schläfrig, bürokra-
tisch.

7

Im Rahmen der allgemeinen Arbeitsteilung fiel ihm nunmehr die Aufgabe zu, die Personalausweise zu kontrollieren. Die Nonnen kamen jetzt scharenweise zur Wahl,
Hunderte auf einmal: erst die weißen, dann die schwarzen. Ihre Papiere waren fast alle in Ordnung und ihre
Ausweise nagelneu, erst vor wenigen Tagen ausgestellt.

Die zuständigen Behörden mußten in den Wochen vor der Wahl Tag und Nacht gearbeitet haben, um ganze religiöse Orden neu auszustatten. Die Fotografen ebenso. Lichtbild um Lichtbild im Paßformat zog vor Amerigos Angen vorüber, ein jedes gleichermaßen aufgeteilt in weiße und schwarze Flächen, das Gesicht wie ein Spitzbogen, eingerahmt von den weißen Binden und vom Trapez des Brusttuchs, das Ganze umschlossen vom Dreieck des schwarzen Schleiers. Und er mußte zugeben: entweder war der Fotograf der Nonnen ein großartiger Fotograf, oder die Nonnen ließen sich großartig fotografieren.

Nicht nur wegen der Harmonie des hehren und dekorativen Motivs, das ein Nonnenhabit nun einmal darstellt, sondern auch wegen der natürlichen, ruhigen, heiteren, einander ähnelnden Gesichter. Amerigo spürte, wie diese Kontrolle der Nonnenausweise zu einer Art geistiger Erholung für ihn wurde.

Eigenartig: Auf neunzig Prozent aller Paßfotos sieht man weit aufgerissene Augen, verquollene Gesichtszüge, ein erzwungenes Lächeln. Bei ihm war das jedenfalls immer so; und jetzt, beim Kontrollieren dieser Personalausweise, erkannte er in jeder Fotografie, auf der er einen angespannten, unnatürlichen Gesichtsausdruck sah, seine eigene Unfreiheit vor dem gläsernen Auge wieder, das einen zum Objekt degradiert, seinen Mangel an Abstand zu sich selbst, die Neurose, die Unrast, die Vorwegnahme des Todes im Abbild der Lebenden.

Nicht so bei den Nonnen: Sie saßen vor dem Objektiv, als gehöre ihnen ihr Gesicht nicht mehr; und so wurden sie ausgezeichnet getroffen. Natürlich nicht alle (Amerigo las nun in den Fotografien der Nonnen wie eine Kartenlegerin: Er durchschaute diejenigen unter ihnen, die noch von irdischem Ehrgeiz erfüllt waren, diejenigen, die von Neid, von noch nicht erloschenen Leidenschaften getrieben wurden, diejenigen, die mit sich selbst und mit ihrem Schicksal haderten), sie mußten zuvor gleichsam eine Schwelle überschritten, mußten sich selbst verleugnet haben, dann erst registrierte die Fotografie jene Unmittelbarkeit, jenen inneren Frieden, jene Glückseligkeit. Ist dies ein Beweis dafür, daß es eine Glückseligkeit gibt? fragte sich Amerigo (er war versucht, diese ihm wenig geläufigen Probleme mit dem Buddhismus, mit Tibet in Verbindung zu bringen), und wenn es sie gibt, soll man dann danach trachten? Soll man danach trachten zum Nachteil anderer Dinge, anderer Werte, zu werden wie sie, diese Nonnen?

Oder wie die Vollidioten? Auch sie wirkten auf ihren druckfrischen Personalausweisen glücklich und fotogen. Auch für sie war es kein Problem, ihr Abbild herzugeben: Hieß dies, daß der Zustand, zu dem das Klosterleben über einen mühsamen Weg führt, ihnen bereits durch ein natürliches Geschick verliehen worden war?

Doch die auf der Strecke Gebliebenen, die Schwachsinnigen, Unfähigen, Gestörten, die Neurotiker, für die das Leben Last und Verzweiflung ist, sie sind in der Fotografie fürchterlich anzusehen: mit ihren vorgereckten Hälsen, ihrem hasenhaften Lächeln, vor allem die Frauen, wenn ihnen noch ein kümmerlicher Rest Hoffnung verblieben ist, anziehend wirken zu können.

Eine Nonne wurde auf einer Bahre hereingetragen. Sie war jung. Erstaunlicherweise war sie eine schöne Frau. Und sie war gekleidet, als sei sie bereits tot, das gerötete Gesicht erschien in sich gekehrt wie auf einem Kirchengemälde. Amerigo wäre lieber nicht von ihrem Anblick so in Bann gezogen worden. Man schaffte sie auf ihrer Bahre in die Kabine, ließ einen Schemel daneben, damit auch sie ihr Kreuzchen machen konnte. Unterdessen lag ihr Ausweis vor Amerigo auf dem Tisch. Er betrachtete das Lichtbild und erschrak: das Antlitz einer Ertrunkenen in der Tiefe eines Brunnens; die Augen, hinabgezogen ins Dunkel, schrien ihn an. Er begriff, daß in ihr nichts war als Ablehnung und ein Sichloswinden: auch daß sie jetzt so unbeweglich und krank darniederlag.

Ist es gut, die Glückseligkeit zu besitzen? Oder ist das Bangen besser, diese Spannung, die das Gesicht beim Blitz des Fotografen erstarren läßt und uns mit uns selber unzufrieden macht? Stets zum Ausgleich der Extreme neigend, hätte Amerigo sich zugleich weiter mit den Dingen auseinandersetzen, sich herumschlagen und dabei doch jene über alles erhabene Ruhe in sich spüren mögen... Er wußte nicht, was er eigentlich wollte: Er begriff nur, wie weit entfernt er und seinesgleichen von der Lebensweise waren, nach der er trachtete.

8

Die Verstöße, gegen die ein Wahlhelfer der Opposition bei der Wahl im »Cottolengo« mit einiger Aussicht auf Erfolg Einspruch erheben kann, sind recht begrenzt. So hat es zum Beispiel nicht viel Zweck, sich darüber aufzuregen, daß Idioten wählen dürfen. Sind die Papiere in Ordnung und ist der Wähler imstande, allein in die Kabine zu gehen, was kann man da sagen? Man kann ihn nur gewähren lassen und allenfalls darauf hoffen, daß er (was jedoch selten genug vorkommt) nicht gut genug gedrillt wurde, daß er sich versieht und so die Zahl der ungültigen Stimmen vergrößert. (Nach der Invasion von Nonnen war die Reihe jetzt an einer Schar junger Männer, die sich in ihren verzerrten Gesichtern wie Brüder glichen, bekleidet mit dem, was ihr guter Anzug sein sollte, wie man sie an schönen Sonntagen in Reihen durch die Stadt trotten sieht, wenn die Leute auf sie deuten: »Da kommen die *Cutu*!« Auch die Frau in Orange behandelte sie mit fast ermutigender Freundlichkeit.)

Besonders auf der Hut sein muß man hingegen, wenn eine Halbblinde oder ein Gelähmter oder einer, der keine Hände hat, durch ärztliches Attest ermächtigt ist, sich von einer Person seines Vertrauens in die Kabine begleiten zu lassen (für gewöhnlich von einer Nonne oder einem Priester), die für den Betreffenden das Kreuzchen zu machen befugt ist. Dank dieser Methode werden so viele denk- und handlungsunfähige arme Geschöpfe, die niemals selbst wählen könnten, auch wenn sie im Besitz der Sehkraft und der Hände wären, zu unbedingt linientreuen Wählern gemacht.

In solchen Fällen bleibt fast immer ein gewisser Spielraum für die Einsprüche der Wahlhelfer. Etwa bei einem ärztlichen Attest über stark verminderte Sehkraft: Hier kann ein Wahlhelfer augenblicklich protestieren. »Herr

Vorsitzender, der sieht uns ja! Er kann allein wählen!«
rief die in Orange. »Ich habe ihm den Bleistift hingehalten, und er hat die Hand ausgestreckt und ihn genommen!«

Es war ein armer Teufel mit schiefem Hals und einem Kropf. Der Geistliche, der ihn begleitete, grob und ungehobelt wie ein Lkw-Fahrer, war stämmig gebaut und hatte ein mürrisches Gesicht, auf dem Kopf eine tief heruntergezogene Baskenmütze: Schon eine gute Weile war er damit beschäftigt, Wähler hin- und zurückzubegleiten. Er hielt die Handfläche empor, senkrecht, das Stück Papier darin, und schlug mit der anderen Hand dagegen: »Ärztliches Attest. Hier steht, daß er nicht sehen kann.«

»Der sieht besser als ich! Er hat zwei Zettel genommen und gleich gemerkt, daß es zwei waren!«

»Wollen Sie etwa mehr davon verstehen als der Augenarzt?«

Um Zeit zu gewinnen, tat der Vorsitzende, als fiele er aus allen Wolken. »Was gibt's denn? Was ist los?« Man mußte ihm alles noch einmal erklären.

»Versuchen wir doch mal, ob er allein in die Kabine gehen kann«, sagte die Frau.

Der mit dem Kropf marschierte bereits los.

»Nein, das nicht!« protestierte der Geistliche. »Und wenn er etwas falsch macht?«

»Natürlich, wenn er etwas falsch macht, beweist das nur, daß er nicht wählen kann!« erwiderte die in Orange.

»Was haben Sie denn bloß gegen diesen armen Menschen! So eine Schande!« fuhr die andere Wahlhelferin, die in Weiß, ihre Kollegin an.

Hier griff Amerigo ein. »Man könnte ja eine Probe machen, ob seine Sehkraft tatsächlich...«

»Ist das Attest gültig oder nicht?« unterbrach ihn der Geistliche.

Der Vorsitzende prüfte das Papier von oben bis unten, als handelte es sich um eine Banknote. »Ja, es ist gültig...«

»Es ist nur gültig, wenn es der Wahrheit entspricht«, wandte Amerigo ein.

»Stimmt es, daß Sie uns nicht sehen können?« fragte der Geistliche den Mann mit dem Kropf. Der sah mit seinem schiefen Hals von unten nach oben. Er sagte kein Wort, sondern fing an zu weinen.

»Ich protestiere! Der Wähler wird eingeschüchtert!« mischte sich der hagere Wahlhelfer ein.

»Der Ärmste!« meinte die ältere Wahlhelferin. »Soweit kommt es, wenn man kein Mitleid hat!«

»Da die Mehrheit der Wahlhelfer einverstanden ist...«, sagte der Vorsitzende.

»Ich erhebe Einspruch!« unterbrach die in Orange.

»Ich auch«, pflichtete Amerigo ihr bei.

»Was soll das alles?« wandte sich der Geistliche brüsk an den Vorsitzenden, als habe er es auf ihn abgesehen. »Hier wird ein Wähler an der Wahl gehindert. Und Sie, Herr Vorsitzender, lassen das zu?«

Der Vorsitzende hielt es nun für ratsam, die Fassung zu verlieren und eine Szene zu machen, die heftigste Szene, die einem so sanften und weinerlichen Mann, wie er es im Grunde war, nur gelingen konnte: »Aber, aber, aber, aber«, sagte er, »aber was regen Sie sich denn so auf! Aber warum wollen Sie diesen Mann denn nicht wählen lassen? Aber warum wollen Sie den einen daran hindern? Das ›Kleine Haus der Göttlichen Vorsehung‹ hat diese Ärmsten doch schon von Kind auf in seiner Obhut! Wenn sie nun ihre Dankbarkeit bezeigen wollen, müssen Sie die Ärmsten auch noch daran hindern! Dankbarkeit denen gegenüber, die ihnen Gutes erwiesen haben! Haben Sie denn gar kein Gefühl?«

»Niemand will sie daran hindern, dankbar zu sein, Herr Vorsitzender«, erwiderte Amerigo. »Aber hier findet eine politische Wahl statt. Und es muß gewährleistet sein, daß jedermann wirklich frei ist, nach eigenem Gutdünken zu wählen. Was hat das mit Dankbarkeit zu tun?«

»Was sollten sie denn sonst empfinden als Dankbarkeit? Diese armen Geschöpfe, die keiner will! Hier haben sie Menschen gefunden, die sie liebhaben, die sie bei sich aufnehmen, die ihnen etwas beibringen! Sie haben den festen Willen zu wählen! Viel mehr als alle andern da draußen! Denn sie wissen, was Barmherzigkeit ist!«

Amerigo rekonstruierte diesen Gedankengang, nahm die darin versteckte Verleumdung zur Kenntnis (ja, sie wollen beweisen, daß dieses »Cottolengo« hier einzig und allein mit Hilfe der Religion und der Kirche möglich ist, daß die Kommunisten nichts können, als es zerstören, und daß die Stimme dieser Unglücklichen also eine Verteidigung der christlichen Barmherzigkeit darstellt...), empfand ihn als eine Beleidigung, und zugleich, während er ihn noch zurückwies mit der Logik seiner Überlegenheit (sie wissen ja nicht, daß nur unsere Menschlichkeit wirklich allumfassend ist...), löschte er ihn aus, als habe er nie existiert, und das alles innerhalb einer einzigen Sekunde (... und daß wir und nur wir Institutionen organisieren würden, die zehnmal mehr ausrichten könnten als diese hier!), doch alles, was er sagte, war: »Verzeihen Sie, Herr Vorsitzender, das ist eine politische Wahl, und man hat sich unter Kandidaten der verschiedenen Parteien zu entscheiden... (»Bitte, keine Agitation im Wahllokal!« fiel ihm der Hagere ins Wort.) Man wählt ja schließlich nicht pro und contra ›Cottolengo‹... Was meinen Sie also mit der Dankbarkeit, die zum Ausdruck gebracht werden muß... Dankbarkeit gegen wen?«

Nun erhob sich die Stimme des Geistlichen, der bis dahin geschwiegen hatte, das Kinn auf die Brust gesenkt, die schweren Hände auf den Tisch gestützt, mit einem schiefen Blick unter der Baskenmütze: »Dankbarkeit gegen unsern Herrn und Gott! Basta!«

Keiner sagte ein Wort. Sie bewegten sich schweigend: Der Mann mit dem Kropf bekreuzigte sich, die ältere Wahlhelferin nickte beifällig, die junge hob resigniert den Blick, der Sekretär begann wieder zu schreiben, der Vorsitzende kontrollierte die Liste, und so beschäftigte sich jeder wieder mit seinen Obliegenheiten. Gestützt auf die Mehrheit, ließ der Vorsitzende zu, daß der Geistliche den Mann mit dem Kropf in die Kabine begleitete; Amerigo und die sozialistische Genossin gaben ihren Einspruch zu Protokoll. Dann ging Amerigo hinaus, um zu rauchen.

9

Es hatte aufgehört zu regnen. Selbst aus den öden Höfen
drang ein Geruch von Erde und Frühling. Ein paar
Schlinggewächse blühten an der Mauer. Eine Schar von
Schülern spielte hinter einem Laubengang, mitten unter
ihnen eine Nonne. Ein langgezogener Ton, vielleicht ein
Schrei, erklang jenseits der Mauern, zog über die Dächer
hin: Waren dies die Schreie, das Geheul, das, wie es hieß,
Tag und Nacht in den Krankenstationen der verborgen
gehaltenen Geschöpfe des »Cottolengo« erscholl? Der
Laut wiederholte sich nicht. Durch die Tür einer Kapelle
hörte man einen Frauenchor. Ringsum war ein reges
Kommen und Gehen zwischen den verschiedenen Wahllokalen, die in fast allen Gebäuden eingerichtet waren, in
Räumen zu ebener Erde oder im ersten Stock. Weiße
Schilder mit Zahlen und Pfeilen prangten an den Säulen
unter verwitterten Schildern mit Heiligennamen. Ange-
hörige des städtischen Ordnungsdienstes liefen mit Map-
pen voller Papiere vorbei. Polizisten standen untätig herum mit starrem Blick, der nichts sieht. Wahlhelfer aus
anderen Wahllokalen waren wie Amerigo auf eine Ziga-
rettenlänge herausgekommen und sahen in den Himmel.
»Dankbarkeit gegen Gott.« Dankbarkeit für so viel
Unglück? Amerigo bemühte sich, seine Nervosität zu
überwinden, indem er (mit der Theologie war er wenig
vertraut) an Voltaire dachte, an Leopardi (Polemik gegen
die Güte der Natur und der Vorsehung) und dann – natürlich – an Kierkegaard, an Kafka (Anerkennung eines
für den Menschen nicht wahrnehmbaren schrecklichen
Gottes). Wenn man nicht aufpaßte, war die Wahl hier auf
dem besten Wege, sich in einen religiösen Akt zu verwandeln. Für die Masse der Wähler so gut wie für ihn selbst:
Die Wachsamkeit des Wahlhelfers einem möglichen Betrug gegenüber wurde schließlich durch einen metaphysi-
schen Betrug vereitelt. Von hier aus betrachtet, vom Abgrund dieses Zustandes aus, waren Politik, Fortschritt,
Geschichte möglicherweise gar nicht denkbar (wir sind in
Indien); absurd war jedwede menschliche Anstrengung,
das Gegebene zu ändern, jeder Versuch, sich gegen das

einem von Geburt an auferlegte Geschick zu wehren. (Indien ist das, Indien, dachte er mit der Genugtuung, nun endlich den Schlüssel gefunden zu haben, wenn er auch den Verdacht nicht los wurde, sich mit all diesen Gedanken lediglich in Allgemeinplätzen zu ergehen.)

Diese Heerscharen körperlich und geistig Behinderter konnten, was die Politik betraf, nur aufgeboten werden, um Zeugnis abzulegen wider jedweden Ehrgeiz menschlicher Kraft. Eben dies wollte der Geistliche zum Ausdruck bringen: Hier bildete sich jede Form des Handelns (also auch das Wählen) am Gebet, und alles, was hier getan wurde (die Arbeit in der kleinen Werkstatt, der Unterricht in der Aula, die Pflege im Krankenhaus), war nichts weiter als eine Variante des einzig möglichen Tuns, nämlich des Gebets, oder des Sichversenkens in Gott oder (Amerigo wagte sich an Definitionen) der Hinnahme der menschlichen Nichtigkeit oder des Anrechnens der eigenen Negativität auf das Konto einer Totalität, in der sich alle Verluste aufheben, der Anerkennung eines unbekannten Ziels, das allein imstande wäre, jedes Leiden zu rechtfertigen.

Gewiß, wenn man »Mensch« sagt und dabei einräumt, nur den Menschen des »Cottolengo« zu meinen und nicht den Menschen im Vollbesitz seiner Fähigkeiten (Amerigo kamen unwillkürlich jene statuenhaften, kraftstrotzenden, prometheischen Bilder mancher älterer Parteiausweise in den Sinn), so ist die natürlichste Haltung die Religiosität, denn sie stellt eine sinnvolle Beziehung zwischen der eigenen Unvollständigkeit und einer universellen Harmonie und Vollständigkeit her (war dies der eigentliche Sinn dessen, daß man Gott in einem ans Kreuz genagelten Menschen zu erkennen glaubt?). Waren also Fortschritt, Freiheit und Gerechtigkeit nichts als Ideen der Gesunden (oder solcher, die – unter anderen Voraussetzungen – gesund sein könnten), Ideen von Privilegierten also, folglich keine allgemeingültigen Ideen?

Schon war die Grenze zwischen den Menschen des »Cottolengo« und den Gesunden in Frage gestellt: Was haben wir ihnen denn voraus? Etwas harmonischere Gliedmaßen, ein wenig mehr Proportion in der ganzen Erscheinung, die Fähigkeit, unsere Eindrücke ein bißchen besser zu Gedanken zu ordnen... wenig genug, gemessen an dem vielen, das weder sie noch wir zu wissen und zu tun imstande sind... wenig genug, gemessen an unserm Anspruch, selbst unsere Geschichte zu gestalten...

In der Cottolengo-Welt (in unserer Welt, die zum »Cottolengo« werden könnte oder die es schon ist) gelang es Amerigo nicht mehr, die von ihm als richtig erkannte moralische (Moral führt zur Aktion; wenn aber die Aktion zwecklos ist?) oder ästhetische Richtung zu verfolgen (das Bild vom Menschen ist alt – dachte er, während er zwischen jenen Gipsmadonnen und jenen Heiligenfiguren auf und ab schritt –, und nicht aus Zufall hatten sich die Maler der Generation Amerigos, einer nach dem andern, der abstrakten Kunst verschrieben). Für einen einzigen Tag seines Lebens gezwungen, sich über das Ausmaß des sogenannten Elends der Natur klarzuwerden (ich kann noch danke schön sagen, daß sie mir nur die relativ Gesündesten gezeigt haben...), fühlte er, wie sich unter seinen Füßen die abgründige Leere aller Dinge auftat. Ob dies der Zustand war, den man als »religiöse Krise« bezeichnet?

Da geht man also für einen Augenblick hinaus, um eine Zigarette zu rauchen – dachte er –, und schon gerät man in eine religiöse Krise.

Doch etwas in ihm lehnte sich auf: richtiger gesagt, nicht in ihm, nicht in seinen Gedanken, sondern um ihn herum, in den Dingen und Menschen des »Cottolengo«. Bezopfte Mädchen trugen eilig Körbe voller Bettwäsche (zu irgendeiner geheimen Krankenstation von Paralytikern oder Monstren – dachte Amerigo); da marschierten Idioten in Reih und Glied, angeführt von einem, der kaum weniger idiotisch zu sein schien (wie sind diese berühmten »Familien« eigentlich organisiert? fragte er sich mit plötzlich erwachtem soziologischem Interesse); ein Winkel des Hofes war voll von Kalk, Sand und Brettergerüsten, weil dort ein Gebäude aufgestockt wurde. (Wie werden die Spenden verwaltet? Wieviel davon geht auf die laufenden Kosten, die Erweiterungsbauten, die Kapitalerhöhungen?) Das »Cottolengo« war zugleich Beweis und Gegenbeweis für die Nutzlosigkeit allen Tuns.

Der Historist in Amerigo meldete sich wieder zu Wort: Alles ist Geschichte, das »Cottolengo«, die Frauen da drüben, die Bettwäsche wechseln. (Geschichte, die vielleicht an einem gewissen Punkt ihres Verlaufs stehengeblieben war, sich festgefahren, sich gegen sich selbst gekehrt hatte.) Auch diese Welt der Defekten könnte sich wandeln und würde in einer anderen Gesellschaftsordnung sicherlich auch anders werden. (Amerigo kamen nur vage Vorstellungen in den Sinn: helle, ultramoderne Heilanstalten, vorbildliche pädagogische Methoden, Erinnerungen an Zeitungsfotos, ein Milieu, das fast zu sauber war und irgendwie schweizerisch anmutete...)

Die Nichtigkeit aller Dinge und die Wichtigkeit einer jeden von einem jeden vollbrachten Tat waren von den Mauern desselben Hofes umschlossen. Amerigo brauchte seinen Spaziergang nur fortzusetzen, und er würde hundertmal auf die gleichen Fragen und Antworten stoßen. Ebensogut konnte er in sein Wahllokal zurückkehren; die Zigarette war zu Ende geraucht, worauf wartete er noch? Wer sich geschichtlich gesehen richtig verhält, dachte er abschließend, auch wenn es in der Welt des »Cottolengo« geschieht, der ist im Recht. Aber er setzte eilig hinzu: Im Recht zu sein ist freilich noch viel zuwenig.

10

Ein großes schwarzes Auto bog in den Hof ein. Der Fahrer mit Mütze stieg aus und öffnete den Schlag. Ein Mann kam heraus, in gerader Haltung, mit weißem Haar, glattrasiert. Er trug einen hellen Regenmantel mit vielen Knöpfen und Schlaufen, den Kragen halb nach oben geschlagen. Jetzt kam Bewegung in die Menschen, die Polizisten salutierten.

Der hagere Wahlhelfer fragte den Vorsitzenden leise, ob er, hm, da der Herr Parlamentsabgeordnete und Kandidat seiner Partei gekommen sei, freundlichst die Erlaubnis erhalten könne hinauszugehen, da er ihn doch, nicht wahr, einen Augenblick darüber informieren wolle, wie die Dinge hier liefen.

Der Vorsitzende antwortete leise, er möge doch, hm, besser warten, da die Parlamentarier, nicht wahr, ja berechtigt seien, alle Wahllokale zu betreten, würde er vielleicht auch hierher kommen.

In der Tat, er kam. Der Herr Abgeordnete bewegte sich im »Cottolengo« ganz vertraut und rasch und zielbewußt und gut gelaunt. Er informierte sich über die Wahlbeteiligung, richtete ein wohlwollendes Scherzwort an die in Reih und Glied wartenden Menschen, als sei er zu Besuch in einem Erholungsheim an der See. Der hagere Wahlhelfer ging zu ihm und redete auf ihn ein: Wahrscheinlich sagte er ihm, daß hier kommunistische Obstruktion geübt würde und wie man sich Leuten gegenüber verhalten solle, die alle Augenblicke etwas zu Protokoll gäben. Der Abgeordnete hörte kaum zu, denn er wollte nur das unbedingt Notwendige wissen von dem, was da drinnen geschah, ohne sich lange damit aufzuhalten. Er machte eine vage kreisende Handbewegung, als wollte er sagen, daß ja alles gehe und bestens funktioniere, daß es schließlich Millionen Stimmen gäbe und man in etwas heiklen Fällen... klappte es auf den ersten Anhieb hin, schön und gut, andernfalls nur rasch die Hände davon und es gut sein lassen!

Dann erkundigte er sich unvermittelt nach jemandem, fragte nach rechts und links: »Wo ist die ehrwürdige Mutter? Wo ist sie denn?« und ging wieder hinaus in den Hof. Die Schwester Oberin war schon verständigt worden, er ging ihr entgegen, redete wie ein alter Freund auf sie ein, machte ihr scherzhafte Vorhaltungen.

Er wollte in Begleitung der Nonne auch die anderen Wahllokale besuchen. Ein kleines Gefolge zog hinter ihm her, zum größten Teil Vertreter der Parteien aus den anderen Wahllokalen (ab und zu trat einer vor und berichtete ihm von irgendeinem Ärger) und Jungen, die Kurierdienste für die Partei versahen (dauernd unterwegs mit Verzeichnissen der Wähler, die in andere Anstalten verlegt, aber noch hier zur Wahl eingetragen waren, Leute jedenfalls, deren Herbeischaffung organisiert werden mußte), und der Herr Abgeordnete gab kurze Anweisungen, scheuchte die jungen Leute und die Fahrer herum, gab allen eine Antwort und packte sie dabei am Arm, am Ellenbogen, um sie zu ermutigen, aber auch, um sie gleich wieder in Trab zu setzen.

Schließlich waren die zum Transport der auswärtigen Wähler bereitgestellten Wagen abgefahren. Ein paar junge Burschen standen herum und warteten auf die nächste Tour; der Herr Abgeordnete mochte niemanden müßig sehen, und so schickte er sie mit seinem eigenen Wagen los. Als er nun alle mit irgendeinem Auftrag in Marsch gesetzt hatte, war von seinem Gefolge niemand mehr übrig. Der Herr Abgeordnete stand allein im Hof und mußte auf die Rückkehr seines Wagens warten. Der Himmel war jetzt schon zur Hälfte blau, aber immer noch fiel hie und da ein Tropfen aus den Wolken. Der Herr Abgeordnete erlebte jenen Augenblick der Einsamkeit, wie ihn Könige und Machthaber verspüren, wenn sie alle Anweisungen erteilt haben und gewahr werden, daß die Welt sich von allein dreht. Er sah sich um mit kaltem, feindlichem Blick.

Amerigo beobachtete ihn durchs Fenster. Und dachte: Dem dringt das »Cottolengo« nicht mal bis zum Mantelsaum. (Es war der katholische Pessimismus in bezug auf die menschliche Natur, den man unter der zur Schau getragenen Unbefangenheit des Parlamentariers spürte, doch Amerigo gefiel es, ihn als puren Zynismus zu deuten.) Und er dachte auch: Dies ist ein Mann, der Tafelfreuden liebt, der seine Zigaretten mit einer Spitze aus Kirschholz raucht. Vielleicht hat er einen Hund und geht auf die Jagd. Sicher hat er etwas für Frauen übrig. Vielleicht war er gestern abend mit einer Frau im Bett, die nicht seine eigene war. (Vielleicht war es nur die katholische Nachsicht dem eigenen dunklen Gewissen als gutbürgerlicher Familienvater gegenüber, doch Amerigo wollte darin eine heidnische, epikureische Sinnesäußerung erkennen.) Und ganz plötzlich wandelte sich seine Abneigung in Solidarität: Waren sie beide einander nicht ähnlicher als alle andern dort drinnen? Gehörten sie nicht derselben Familie an, derselben Richtung, den irdischen Werten zugekehrt, der Politik, der Praxis, der Macht? Wollten sie nicht alle beide den Fetischismus des »Cottolengo« entweihen, der eine, indem er ihn als Wahlmaschinerie benutzte, der andere, indem er versuchte, ihn in eben dieser Funktion bloßzustellen?

Wie er so zum Fenster hinausschaute, bemerkte er, daß an einem andern Fenstersims zwei Augen hinter der Scheibe erschienen und ein Kopf, der gerade nur bis zur Nase über das Fensterbrett hinausragte, ein großer, mit kurzem Haar bedeckter Schädel: ein Zwerg. Die Augen des Zwerges waren starr auf den Abgeordneten gerichtet, und gegen die Fensterscheibe reckten sich kurze Stummelfingerchen und die faltige Fläche einer kleinen Hand, die gegen die Scheibe pochte, zweimal, als wollte sie ihn rufen. Was mochte er jenem wohl zu sagen haben? fragte sich Amerigo. Was dachte der Zwerg über diese prominente Persönlichkeit? Was dachte er über uns, über uns alle?

Der Abgeordnete wandte sich um, sein Blick fiel auf das Fenster, verweilte flüchtig auf dem Zwerg und wandte sich dann ab, verlor sich in weiter Ferne. Amerigo dachte: Er hat wohl gemerkt, daß der nicht wählen kann. Und dachte: Aber er sieht ihn nicht einmal, er würdigt ihn keines Blickes. Und dachte auch: Ich also und der Abgeordnete stehen auf der einen Seite und der Zwerg auf der anderen, und er fühlte sich beruhigt darüber.

Der Zwerg schlug noch einmal mit seinem Händchen ans Fenster, aber der Abgeordnete drehte sich jetzt nicht mehr um. Sicherlich hatte der Zwerg dem Abgeordneten gar nichts zu sagen, seine Augen waren nur Augen, ohne Gedanken dahinter, und doch hatte es ganz den Anschein gehabt, als habe er ihm eine Mitteilung zukommen lassen wollen aus seiner Welt ohne Worte, als habe er einen Kontakt herstellen wollen aus dieser seiner kontaktlosen Welt. Was für ein Urteil mag eine vom Urteil ausgeschlossene Welt über uns abgeben? fragte sich Amerigo. Das Gefühl der Nichtigkeit menschlicher Geschichte, das ihn kurz zuvor im Hof ergriffen hatte, überfiel ihn aufs neue: Das Reich des Zwerges war mächtiger als das Reich des Abgeordneten, und Amerigo fühlte sich nun ganz auf seiten des Zwerges, identifizierte sich mit dem Zeugnis des »Cottolengo« wider den Abgeordneten, den Eindringling, den einzigen wahren Feind, der sich hier eingeschlichen hatte.

Doch die Augen des Zwerges senkten sich mit der nämlichen Gleichgültigkeit auf alles, was sich im Hof bewegte, den Abgeordneten inbegriffen. Wenn man den menschlichen Mächten ihren Wert abspricht, bedeutet das gleichzeitig die Hinnahme (oder die Erwählung) der schlimmsten Macht: Nachdem das Reich des Zwerges seine Überlegenheit über das Reich des Abgeordneten bekundet hatte, annektierte er es und machte es sich zu eigen. Solcherart bestätigten Zwerg und Abgeordneter, daß sie auf derselben Seite standen, und Amerigo konnte nun nicht mehr dort stehen, er stand außerhalb. Der schwarze Wagen kam zurück und entlud eine Schar zitternder Beginen. Sichtlich erleichtert setzte sich der Abgeordnete eiligst hinein, kurbelte noch das Fenster hinunter, um letzte Anweisungen zu geben, und fuhr davon.

11

Gegen Mittag verebbte der Zustrom der Wähler. Im Wahllokal einigte man sich über die Tischzeiten, und so konnte jeder Wahlhelfer, der nicht zu weit entfernt wohnte, kurz nach Hause gehen und etwas essen. Amerigo war als erster an der Reihe.

Er wohnte allein in einem kleinen Appartement; eine Zugehfrau hielt ihm die Wohnung in Ordnung und kochte auch hie und da für ihn. »Die Signorina hat schon zweimal angerufen«, sagte sie. Und er: »Ich hab's eilig, machen Sie mir gleich etwas zu essen.« Aber er wollte vor allem zweierlei: sich duschen und dann für einen Augenblick ein Buch in die Hand nehmen. Er duschte, dann zog er sich wieder an, das heißt, er zog sich um, nahm ein frisches Hemd. Dann rückte er den Sessel an das Bücherregal und suchte in den untersten Reihen.

Seine Bibliothek war klein. Im Laufe der Zeit hatte er eingesehen, daß es besser war, sich auf wenige Bücher zu konzentrieren. In seiner Jugend hatte er eher planlos gelesen und nie genug bekommen können. Jetzt hatten ihn die Jahre gelehrt, mit Bedacht auszuwählen und Überflüssiges wegzulassen. Mit den Frauen verhielt es sich anders: Die Jahre hatten ihn ungeduldig werden lassen, er war von einem Wirbel kurzer und verrückter Affären mitgerissen worden, bei denen von Anfang an klar war, daß nichts Rechtes daraus werden konnte. Er war einer jener Junggesellen, die gern nachmittags mit einer Frau schlafen, es aber vorziehen, nachts allein zu bleiben.

Der Gedanke an Lia, der ihm den ganzen Vormittag über als unerreichbare Erinnerung geradezu Bedürfnis gewesen war, verursachte ihm nun Mißbehagen. Er hätte sie anrufen müssen, aber in diesem Augenblick mit ihr zu sprechen hätte bedeutet, die Kette der Gedanken zu zerreißen, in die er sich versponnen hatte. Immerhin, Lia würde bald wieder anrufen, und Amerigo wollte sich, ehe er ihre Stimme hörte, in eine Lektüre vertiefen, die seine Überlegungen begleiten und in die richtige Bahn bringen sollte, so daß er nach dem Telefongespräch seinen Gedankengang wieder aufnehmen konnte.

Aber unter seinen Büchern fand er keines, das ihm hätte helfen können: Klassiker, etwas zufällig zusammengestellt, und von den Modernen hauptsächlich Philosophen, ein paar Dichter, Kulturgeschichtliches. Seit geraumer Zeit schon hatte er versucht, sich von der Literatur fernzuhalten, fast als schämte er sich über die Eitelkeit seiner Jugend, als er gehofft hatte, selber Schriftsteller zu werden. Er hatte seinen Irrtum sehr bald erkannt: die Anmaßung, als einzelner überleben zu wollen, ohne mehr dazu zu tun, als ein – richtiges oder falsches – Selbstbildnis zu verewigen. Die Literatur über menschliche Schicksale, über Lebende so gut wie über Tote, kam ihm nun vor wie ein weites Feld von Grabsteinen. Er suchte in den Büchern jetzt etwas anderes: das Wissen um die geschichtlichen Epochen oder ganz einfach das, was ihn zu ihrem Verständnis führen konnte. Aber da er gewohnt war, in Symbolen zu denken, suchte er in den Schriften der Denker weiter nach dem sinnbildhaften Kern, verwechselte sie also mit Dichtern, holte Wissenschaft hervor oder Philosophie oder Geschichte und dachte dabei an Abraham, der sich anschickt, Isaak zu opfern, oder an Ödipus, der sich blendet, oder an König Lear, der im Sturm seinen Verstand verliert.

Nicht ratsam war es freilich, hierzu die Bibel aufzuschlagen, wußte er doch, was für ein Spiel er dann mit dem Buche Hiob treiben würde, nämlich die Helfer vom Wahllokal, den Vorsitzenden, den Geistlichen mit den Personen zu identifizieren, die zu dem Geschlagenen treten und ihm Ratschläge darüber erteilen wollen, wie man sich dem Ewigen gegenüber zu verhalten habe.

Um sich indes an solche Texte zu halten, in denen man beim Durchblättern immer etwas Fesselndes findet, suchte der Kommunist Amerigo Ormea bei Marx. Und er fand in den ›Jugendschriften‹ folgende Stelle:

»... Die Universalität des Menschen erscheint praktisch eben in der Universalität, die die ganze Natur zu seinem *unorganischen* Körper macht, sowohl insofern sie 1) ein unmittelbares Lebensmittel, als inwiefern sie 2) die Materie, der Gegenstand und das Werkzeug seiner Lebenstätigkeit ist. Die Natur ist der *unorganische Leib* des Menschen, nämlich die Natur, so weit sie nicht selbst menschlicher Körper ist. Der Mensch *lebt* von der Natur, heißt: die Natur ist sein *Leib,* mit dem er beständig Progreß bleiben muß, um nicht zu sterben...«

Er überzeugte sich schnell, daß dies auch bedeuten konnte: Nach Überwindung der Gesellschaft, welche die Menschen zu Dingen werden läßt, wird die Gesamtheit der Dinge – Natur und Industrie – menschlich, und auch der benachteiligte Mensch, der Cottolengo-Mensch (oder, in der schlimmsten aller Hypothesen, der Mensch schlechthin), wird wieder in die Rechte der Menschengattung eingesetzt, insofern auch er teilnimmt am Nutzen, der von diesem Gesamtkörper ausgeht, von dieser Erweiterung seiner eigenen Körperlichkeit, teilnimmt also an der Fülle dessen, was existiert (ebenso die »unorganische, geistige Natur« – wie man weiter oben lesen konnte, vielleicht ein Überrest Hegelscher Lehre) und was endlich in seiner Gesamtheit zum Objekt menschlichen Bewußtseins und Lebens geworden war. Bedeutete dies, daß der »Kommunismus« (Amerigo bemühte sich, diesem Wort einen Klang zu geben, als würde es zum ersten Mal ausgesprochen, um unter der Schale des Begriffs wieder an jenen Traum von Tod und Wiedergeburt der Natur denken zu können, diesen utopischen Schatz, der unter den

Fundamenten der »wissenschaftlichen« Lehre verschüttet liegt), bedeutet dies also, daß der Kommunismus den beinlosen Krüppeln Beine und den Blinden das Augenlicht zurückgeben würde? Daß dem Beinlosen so unendlich viele Beine zum Laufen zur Verfügung stehen würden, um ihn das Fehlen eigener Beine vergessen zu lassen? Daß genauso auch der Blinde unendlich viele Antennen haben würde, um die Welt zu erkennen, um zu vergessen, daß er keine eigenen Augen hat?

Das Telefon klingelte. Lia fragte: »Wo warst du denn den ganzen Vormittag?«

Amerigo hatte ihr nichts gesagt und hatte auch nicht die Absicht, es zu tun. Nicht aus einem besonderen Grund, sondern weil er mit Lia eben nur über bestimmte Dinge sprach, über andere dagegen nicht. Und dies gehörte zu den andern.

»Weißt du, heute ist doch Wahltag«, war seine ganze Antwort.

»Das Wählen ist eine Angelegenheit von zwei Minuten, man geht hin und wählt. Ich bin auch schon dort gewesen.«

(Für welche Partei das Mädchen gestimmt haben mochte, war eine Frage, die Amerigo sich gar nicht erst stellte. Es hätte ihn Überwindung gekostet, sie zu fragen, es hätte ein Problem – nämlich seine Beziehung zu ihr – mit einem andern – seiner Beziehung zur Politik – durcheinandergebracht. Und doch hatte er dabei ein schlechtes Gewissen, sowohl seiner Partei gegenüber – jeder Kommunist war schließlich verpflichtet, »Propaganda im einzelnen« zu treiben, und er brachte das nicht einmal bei seiner Freundin fertig! – als auch ihr gegenüber – warum sprach er mit ihr nie über die Dinge, die ihm am wichtigsten waren?)

»Ich hatte zu tun. Weißt du, ich muß in einem Wahllokal dabeisitzen«, sagte er mit großem Unbehagen.

»Ach so. Eigentlich wollte ich mich für heute nachmittag mit dir verabreden.«

»Tut mir leid. Ich muß wieder hin.«

»Noch mal?«

»Ich habe mich dazu verpflichtet.« Und er fügte noch hinzu: »Die Partei, weißt du...«

(Der Umstand, daß Amerigo der Kommunistischen Partei angehörte, berührte sie nicht mehr, als wenn er ein Fan der einen oder anderen Fußballmannschaft gewesen wäre. War das in Ordnung?)

»Warum bittest du nicht einen andern, daß er dich ablöst?«

»Ich sage dir, wenn man einmal angefangen hat, muß man auch bis zum Schluß bleiben; das ist gesetzliche Vorschrift.«

»Bist du schlau!«

»Wie bitte?«

Dieses Mädchen konnte einen wahrlich aus der Fassung bringen!

»Es ist der letzte Tag in deiner Woche. Aber ja, du weißt doch, ich hab dir's doch gesagt, nach dem Horoskop...«

»Lia, jetzt kommst du mir auch noch mit dem Horoskop...«

»Eine entscheidende Woche für die Liebe, aber ungünstig für andere Unternehmungen.«

»Das Horoskop in diesem deinem Wochenblatt!«

»Das sicherste von allen, es stimmt immer.«

Und jetzt begann eine der üblichen Diskussionen, weil Amerigo, statt ihr zu sagen: »Alles Unsinn, diese Horoskope!«, sich – seiner Gewohnheit folgend, die Dinge stets vom Standpunkt des Gegners aus zu betrachten, und weil es ihm widerstrebte, Banalitäten zu sagen – in eine Analyse der Astrologie einließ und sich bemühte, ihr zu beweisen, daß gerade jemand, der an den Einfluß der Sterne glaubte, Zeitungshoroskopen unmöglich trauen durfte.

»Hör mal zu, die Geburtsstunde wird nicht allein durch die Sonnenposition bestimmt, sondern...«

»Was geht das mich an? Die Horoskope wissen immer genau Bescheid über dich und mich!«

»Irrational, Lia, immer bist du irrational«, Amerigo ärgerte sich, »die Planeten, dazu genügt bloß ein Quentchen Logik, Pluto zum Beispiel, es kommt darauf an, in welcher Stellung er sich gerade befindet...«

»Ich halte mich an Erfahrung und nicht an Geschwätz«, gab Lia erbost zurück. Jedenfalls verstand man sich nicht mehr.

Nach dem Anruf setzte Amerigo sich an den Tisch und

begann zu essen, das aufgeschlagene Buch vor sich, bemüht, den unterbrochenen Gedankengang wiederaufzunehmen. Er hatte einen Punkt erreicht, eine winzige Lichtöffnung, klein wie ein Nadelöhr, durch die er eine menschliche Welt zu erkennen vermochte von so gänzlich anderer Art, daß auch die Ungerechtigkeiten der Natur darin an Gewicht verloren, belanglos wurden und jener Kampf um die Vorherrschaft in der Barmherzigkeit, zwischen dem nämlich, der sie ausübt, und dem, der sie fordert, ein Ende nahm... Aus, er fand sich nicht wieder zurecht, es war sinnlos, er hatte den Faden verloren, immer war das so mit diesem Mädchen! Schon der Klang ihrer Stimme genügte, um alle Proportionen um ihn herum zu verschieben, wodurch das, was er zufällig gerade mit Lia erörterte (irgend etwas Banales, ein Unsinn, die Horoskope, Oberst Townsend, die beste Diät für Kolitis-Leidende), kapitale Bedeutung erlangte und er mit Leib und Seele in einen Streit verwickelt wurde, der ihn dann als Selbstgespräch, als sinnloses Wälzen von Gedanken den ganzen Tag über verfolgte. Aller Appetit war ihm vergangen.

Ja, irrational ist dieses Mädchen! wiederholte er aufgebracht, doch gleichzeitig überzeugt davon, daß Lia gar nicht anders sein konnte, als sie war, und daß es andernfalls gerade so wäre, als sei sie überhaupt nicht vorhanden. Irrational, prälogisch! Und er empfand ein doppeltes Vergnügen darin, sich wieder in das Unbehagen zu versetzen, das er beim Gedanken an Lia empfand, und zugleich den Druck elementarster Logik auszuüben. Prälogisch! Prälogisch! In seinem eingebildeten Streit schleuderte er Lia immer wieder dieses Wort entgegen, und jetzt bedauerte er, daß er es nicht wirklich gesagt hatte: Prälogisch! Weißt du, was du bist? Prälogisch!... Und er hätte gewünscht, daß sie gleich verstünde, was er damit meinte, oder vielmehr, nein: daß sie es nicht verstünde und er somit Gelegenheit gehabt hätte, ihr lang und breit zu erklären, was er mit »prälogisch« meinte, und sie dann beleidigt sein würde und er ihr weiterhin »prälogisch!« hätte sagen und klipp und klar auseinandersetzen können, daß sie keinen Anlaß habe, beleidigt zu sein, ganz im Gegenteil, daß »prälogisch!« für sie genau die richtige

Bezeichnung sei, weil sie dieses Wort als Beleidigung empfände, als sei »prälogisch« ein Schimpf. Keineswegs!

Er warf die Serviette auf den Tisch, stand auf, ging wieder ans Telefon und rief sie an. Er hatte das Bedürfnis, den Streit wieder aufzunehmen und »prälogisch!« zu ihr zu sagen, doch ehe er auch nur »Hallo!« sagen konnte, flüsterte Lia: »Psst!... Still...« Eine Melodie klang gedämpft durchs Telefon. Amerigo hatte schon alle seine Sicherheit verloren. »Na... was soll das...?«

»Psst...«, machte Lia, als wolle sie sich keinen einzigen Ton entgehen lassen.

»Was ist das für eine Platte?« fragte Amerigo, nur um etwas zu sagen.

»La-la-la... Wie, hörst du das nicht? Als ob ich dir nicht die gleiche geschenkt hätte!«

»Ach ja...«, erwiderte Amerigo; es war ihm völlig einerlei. »Weißt du, ich wollte dir sagen...«

»Still!« flüsterte Lia. »Du mußt sie zu Ende hören.«

»Jetzt soll ich mir am Telefon auch noch Platten anhören! Da kann ich mir ebensogut eine von meinen auflegen und brauche dazu nicht mal vom Tisch aufzustehen!«

Am anderen Ende der Leitung wurde es still. Auch die Musik hatte zu spielen aufgehört. Dann sagte Lia langsam: »... Ach so! *Deine* Platten?«

Amerigo begriff, daß er gesagt hatte, was er am wenigsten hätte sagen dürfen. Rasch versuchte er, alles wieder zurechtzubiegen: »*Meine* Platten, also *deine* Platten, die du mir geschenkt hast...« Aber es war zu spät. »Oh, ich weiß, daß es dir einerlei ist, wer sie dir geschenkt hat...«

Das war eine alte, für Amerigo unerträgliche Streitfrage. Er hatte ein paar Platten, na schön, und er machte sich gar nichts daraus, aber einmal, wer weiß warum, hatte er Lia gesagt, daß er nie müde würde, sie zu hören; und da war weiter nichts dabei gewesen; als aber Lia dann durch eine zerstreute Bemerkung von ihm erfahren hatte, daß diese Platten das Geschenk einer gewissen Maria Pia seien, war sie so eifersüchtig geworden, daß sie seitdem überhaupt nicht mehr darüber sprechen konnten, ohne Streit zu bekommen. Dann hatte auch sie ihm Schallplatten geschenkt und verlangt, daß er die anderen wegwerfen sollte. Amerigo hatte das abgelehnt, aus Prinzip: Die

Platten waren ihm gleichgültig, jene Maria Pia nicht minder, das war vorbei, aber er ließ nicht zu, daß objektive Dinge wie Schallplattenmusik mit subjektiven, wie seiner Empfindung zu demjenigen, der ihm die Platte geschenkt hatte, durcheinandergebracht wurden, er weigerte sich, darüber Rechenschaft abzulegen, weigerte sich auch, eine Erklärung darüber abzugeben, warum er sich weigerte, kurz und gut: eine ganz vertrackte Angelegenheit, und jetzt war er noch einmal hineingestolpert.

Er hatte es eilig, konnte aber nicht abbrechen, ohne alles noch zu verschlimmern. Und erst recht jetzt nicht, wo sie zum Schein seine eigenen Argumente vorbrachte: »Oh, ich verstehe, Musik ist Musik, und was hat die Erinnerung an eine Person damit zu tun...«, und er, der sich bemühte zu sagen, was ihr angenehm sein mußte: »Ich höre mir doch die Schallplatten an, die mir am meisten gefallen, also die, die du mir geschenkt hast, nicht wahr?«, und keiner von beiden wußte mehr, ob das nun ein Streit war oder nicht.

Schließlich legte Lia die Platte wieder auf, und sie summten gemeinsam die Melodie, dann sagte Amerigo beiseite, das heißt zur Zugehfrau, die fragte, ob sie die Teller abräumen könne: »Einen Augenblick, ich muß ja noch die Suppe essen!«, worauf Lia lachend meinte: »Bist du verrückt geworden, hast du noch nicht einmal gegessen?«, und so verabschiedeten sie sich, und es bestand kein Zweifel mehr, daß sie sich wieder ausgesöhnt hatten.

Was ihm während des Essens durch den Sinn ging, war, daß einzig und allein Hegel etwas von der Liebe begriffen hätte. Während des Essens stand er dreimal auf, um nach Büchern zu suchen; aber Texte von Hegel besaß er nicht, nur einige Bücher über Hegel oder mit Kapiteln über Hegel, und obwohl er zwischen zwei Bissen darin herumschmökerte – das Verlangen des Verlangens, das andere, die Erkenntnis –, fand er nicht, was er suchte.

Das Telefon klingelte. Wieder war es Lia. »Hör zu, ich muß mit dir reden. Eigentlich wollte ich dir noch nichts sagen, aber ich tu es trotzdem. Nein, nicht am Telefon. Das kann man am Telefon nicht sagen. Ganz sicher bin ich zwar noch nicht, ich sage es dir, wenn ich ganz sicher bin. Nein, es ist doch besser, wenn ich's dir gleich sage.

Es ist wichtig. Ich fürchte, ja« (sie sprachen in halben Sätzen, sie, weil sie sich nicht entschließen konnte, und er, weil die Zugehfrau dabei war – zuletzt machte er die Küchentür zu – und auch, weil er Angst hatte zu begreifen), »zwecklos, daß du dich aufregst, mein Lieber, wenn du dich aufregst, hast du verstanden, na ja, hundertprozentig sicher bin ich noch nicht, aber...« Jedenfalls wollte sie ihm sagen, daß sie schwanger war.

Neben dem Telefon stand ein Stuhl. Amerigo setzte sich. Er erwiderte nichts, so daß Lia schließlich »Hallo! Hallo!« rief in der Meinung, das Gespräch sei unterbrochen.

Amerigo hätte sich gewünscht, bei dergleichen Gelegenheiten ruhig bleiben und die Situation meistern zu können – schließlich war er kein kleiner Junge mehr! –, eine beruhigende, sichere, schützende Haltung anzunehmen und dabei doch kalt und klar bleiben zu können wie jemand, der genau weiß, was er zu tun hat. Statt dessen verlor er sofort den Kopf. Es würgte ihn in der Kehle, er konnte nicht ruhig sprechen und auch nicht überlegen, ehe er sprach. »Aber nein, bist du verrückt, wie kann denn...«, und gleich darauf übermannte ihn die Wut, eine überstürzte Wut, als wolle er alles zurückdrängen ins Nichts, die sich ankündigende Möglichkeit, den Gedanken, der keinen anderen Gedanken neben sich duldete, den Zwang, etwas zu tun, eine Verantwortung zu übernehmen, über das Leben anderer und sein eigenes Leben zu entscheiden. Er sprach, er schimpfte drauflos: »Das sagst du mir jetzt einfach so, aber das ist doch unverantwortlich von dir, wie kannst du dabei so ruhig bleiben...«, so daß sie empört, verletzt darauf reagierte: »Jawohl, unverantwortlich von dir! Ich hätte dir gar nichts sagen sollen, allein fertig werden, dich nie mehr sehen!«

Amerigo wußte genau, daß er mit dem Vorwurf »unverantwortlich« eigentlich sich selbst gemeint hatte, daß er einzig und allein auf sich selbst wütend war, doch in jenem Augenblick wandelten sich Bedauern und Schuldgefühl in eine Abneigung gegen die Frau, die sich in Schwierigkeiten befand, und zwar wegen der Gefahr, die möglicherweise das in unwiderrufliche Gegenwart und endlose Zukunft verwandeln konnte, was für ihn nur eine

Begegnung war, die lange genug gedauert hatte, die vorbei war, die der Vergangenheit angehörte.

Zugleich ließen ihm die Gewissensbisse keine Ruhe, wie konnte er nur so egoistisch sein, er, der es so bequem hatte im Vergleich zu ihr; der Mut des Mädchens erschien ihm gewaltig, großartig; und die Bewunderung für diesen Mut, die Liebe zu dieser ihrer Unsicherheit, die so eng mit der seinen verbunden war, die Gewißheit, daß er im Grunde anständiger war als in der ersten, heftigen Reaktion, daß er noch einen Rückhalt an Erfahrung, Gleichgewicht und Verantwortungsbewußtsein hatte, ließen ihn überstürzt hervorstoßen: »Nein, nein, mein Liebes, mach dir keine Sorgen, ich bin ja da, ich bin bei dir, was auch immer...«

Ihre Stimme wurde augenblicklich sanfter, mühte sich um einen ruhigen Ton: »Ja, weißt du, das heißt, wenn...« Schon packte ihn wieder die Angst, daß er zu weit gegangen sein könnte, daß er sie habe glauben lassen, er sei bereit, ein Kind von ihr zu bekommen, also versuchte er, seine Absichten klarzustellen, ohne in seiner beschützenden Eindringlichkeit nachzulassen: »Du wirst schon sehen, Liebes, das ist gar nicht so schlimm, ich kümmere mich schon darum, mein armer Liebling, du kannst ganz beruhigt sein, eine Angelegenheit von ein paar Tagen, dann hast du's vergessen...« Doch da ließ sich am anderen Ende der Leitung unvermittelt eine scharfe, schrille Stimme vernehmen: »Was sagst du? Worum willst du dich kümmern? Was geht das dich an? Das Kind gehört mir... Wenn ich ein Kind haben will, bring ich's auch zur Welt! Von dir will ich gar nichts! Ich will dich überhaupt nicht mehr sehen! Mein Kind wird aufwachsen, ohne zu wissen, wer du bist!«

Damit war noch lange nicht gesagt, daß sie das Kind wirklich haben wollte; vielleicht wollte sie nur ihre natürliche, weibliche Empörung abreagieren über diese Unbekümmertheit des Mannes im Binden und im Lösen; doch es vergrößerte Amerigos Unruhe noch mehr, und er protestierte: »Aber nein, das geht nicht, man kann Kinder nicht einfach so in die Welt setzen, das ist leichtfertig, nicht verantwortungsbewußt...«, bis sie mitten in seiner Rede einfach den Hörer auflegte.

»Ich esse nichts mehr, räumen Sie ab«, sagte er zur Haushälterin. Dann setzte er sich wieder zu seinen Büchern und dachte daran, wie er eben noch dort gesessen hatte, und es kam ihm vor wie eine weit zurückliegende, ruhige und sorglose Zeit. Das Schlimmste war, daß er sich gedemütigt fühlte. Für ihn bedeutete Fortpflanzung in erster Linie eine Niederlage seiner Ideen. Amerigo war ein eifriger Verfechter der Geburtenkontrolle, obwohl seine Partei in dieser Hinsicht zwischen Unentschiedenheit und Ablehnung schwankte. Nichts konnte ihn mehr entrüsten als die Leichtfertigkeit, mit der ganze Völker sich vermehren, und je ausgehungerter und rückständiger sie sind, desto weniger davon ablassen, Kinder in die Welt zu setzen, und zwar keineswegs, weil sie Kinder haben wollen, sondern weil sie gewohnt sind, der Natur, der Unaufmerksamkeit, der Unbeherrschtheit freien Lauf zu lassen. Um jedoch, wie ein skandinavischer Sozialdemokrat etwa, auch weiterhin jenes distanzierte Bedauern und jene Betroffenheit der unterentwickelten Welt gegenüber an den Tag legen zu können, mußte er sich selbst von ähnlicher Schuld frei halten...

Und schließlich lasteten noch die im »Cottolengo« verbrachten Stunden auf ihm, diese schier indische Anhäufung von Menschen, die ins Unglück hineingeboren waren, ihre stumme Frage oder Anklage allen gegenüber, die Leben zeugten. Er fürchtete, ihr Anblick, das bewußte Erkennen ihres Leidens könnte nicht ohne Folgen für ihn bleiben, als sei er selbst die werdende Mutter, empfänglich für jeden Eindruck wie eine fotografische Platte, oder er sei längst schon ein Opfer schädlicher Strahlungen und könne nur deformierte Nachkommenschaft hervorbringen.

Wie konnte er jetzt zu seiner Lektüre zurückkehren, zu allgemeinen, universellen Überlegungen? Auch die Bücher, die offen vor ihm lagen, waren ihm feind: die Bibel mit ihrer Sorge um den Fortbestand eines Geschlechtes, das, seines Überlebens ungewiß, trotz Hunger und Wüste nichts von seinem Samen verloren wissen will; und Marx, der ebenfalls eine Beschränkung der menschlichen Fortpflanzung ablehnte, auch er überzeugt vom unerschöpflichen Reichtum der Erde. Nur zu! Nur weiter so!

Ich kann euch allen nur empfehlen, euch an diese beiden zu halten! Wie kann man nur noch nicht begriffen haben, daß die Gefahr für das Menschengeschlecht heute genau im Gegenteil liegt?

Es war spät geworden, er wurde im Wahllokal erwartet, er mußte die anderen ablösen, er mußte sich beeilen. Zuvor aber rief er Lia noch einmal an, wenn er auch nicht wußte, was er ihr sagen sollte. »Lia, hör zu, ich muß jetzt schleunigst fort, aber weißt du, ich...«

»Psst...«, machte sie. Die Platte spielte wie zuvor, als sei dieses Gespräch zwischendurch gar nicht gewesen, und Amerigo ärgerte sich plötzlich (für sie ist es also gar nichts, für sie ist es der Lauf der Natur, für sie zählt nicht die Folgerichtigkeit der Vernunft, sondern nur die Folgerichtigkeit der Physiologie!), aber zugleich empfand er auch eine Art Erleichterung, denn Lia benahm sich wirklich wie immer: »Still... Du mußt sie zu Ende hören...«, was sollte sich schließlich auch in ihr verändert haben? Wenig nur: etwas, das noch nicht da war, das man also ins Nichts zurückdrängen konnte (von welchem Zeitpunkt an ist ein Wesen wirklich ein Wesen?), eine biologische, blinde Potenz (von welchem Zeitpunkt an ist ein menschliches Wesen menschlich?), ein Etwas, das nur der entschiedene Wille, es zum menschlichen Wesen zu machen, ins Menschendasein treten lassen konnte.

12

Eine ganze Reihe der Wahlberechtigten des »Cottolengo« waren Kranke, die ihr Bett und den Krankensaal nicht verlassen konnten. Für diesen Fall bestimmt das Gesetz, daß einige von den Helfern des Wahllokals ausgesucht werden, um eine »Nebenwahlstelle« zu bilden, die dann am »Krankenort«, also dort, wo die Kranken sich aufhalten, deren Stimmen zu sammeln haben. Man kam überein, eine solche »Nebenwahlstelle« aus dem Vorsitzenden, dem Sekretär, der Wahlhelferin mit der weißen Bluse und Amerigo zu konstituieren. Die »Nebenwahlstelle« erhielt zwei Schachteln zugewiesen, eine mit leeren Stimmzetteln, die andere zum Einsammeln der abgegebenen Stimmen, eine eigene Liste und das Verzeichnis der »Wähler am Krankenort«.

Sie nahmen die Sachen und machten sich auf. Einer jener »Tüchtigen« führte sie die Treppen hinauf, ein kleiner, gedrungener Mann, der sich trotz seiner häßlichen Gesichtszüge, des kurzgeschorenen Schädels und der dichten, zusammengewachsenen Augenbrauen gleich darunter so geschickt und eifrig anstellte, daß man hätte meinen können, er sei irrtümlich, nur seines Gesichtes wegen, hier gelandet. »In dieser Abteilung sind es vier.« Sie traten ein.

Es war ein langgestreckter, großer Raum, und sie mußten zwei weiße Bettreihen durchschreiten. Nach dem Dunkel der Treppe empfanden die Augen eine schmerzhafte Blendung, die vielleicht nur Abwehr war, fast eine Weigerung, inmitten der weiß sich türmenden Kissen und Leintücher eine Gestalt von menschlicher Farbe wahrzunehmen, die aus dem Bettzeug hervorsah; oder ein erstes Übersetzen vom Gehör zum Gesicht, die Wahrnehmung eines schrillen, tierischen, langgezogenen Schreis: »Giii... giii... giii...«, der irgendwo im Krankensaal sich erhob und dem dann und wann von einer anderen Stelle aus ein aufbegehrendes Gelächter oder Bellen antwortete: »Gaaa! gaaa! gaaa! gaaa!«

Das schrille Geschrei kam von einem winzigen roten Gesicht – nichts als Augen und offener Mund in einem festgefrorenen Lachen – eines mit weißem Hemd bekleideten Jungen, der in seinem Bett saß, vielmehr dessen Oberkörper aus dem Bettzeug herausragte wie eine Pflanze aus einer Blumenvase, wie der Stengel einer Pflanze (es war keine Spur von Armen vorhanden), und in dem fischähnlichen Kopf endete, und dieser Pflanzen-Fisch-Junge (bis zu welchem Grad kann ein menschliches Wesen menschlich genannt werden? fragte sich Amerigo) bewegte sich auf und ab, neigte den Oberkörper bei jedem »giii... giii...«. Und das »gaaa! gaaa!«, das ihm antwortete, kam von einem, der in seinem Bett noch weniger Gestalt hatte, und doch streckte er einen mit einem Mund versehenen gierigen Kopf mit blutunterlaufenen

Augen heraus und schien auch Arme zu haben – oder Flossen –, die sich unter den Leintüchern regten, in denen er wie in einem Sack steckte (bis zu welchem Grade kann ein Wesen, welcher Gattung auch immer, als Wesen bezeichnet werden?), andere Stimmen erwiderten ihm, erregt vielleicht durch das Erscheinen von Besuchern im Krankensaal, und ein Keuchen und Seufzen, als wolle sich diesem Wesen, das ein erwachsener Mensch war, ein Schrei entringen und würde doch augenblicklich erstickt.

Auf dieser Männerstation lagen teils Erwachsene – wie es schien –, teils junge Burschen und Kinder, falls man nach Größe und gewissen Anzeichen urteilen wollte, wie Haar und Hautfarbe, die bei den Menschen draußen etwas zu sagen haben. Einer war ein Riese mit dem übergroßen Kopf eines Neugeborenen, der von den Kissen gestützt wurde. Er lag unbeweglich da, die Arme hinter dem Rücken, das Kinn auf der Brust, die in einen krankhaft gedunsenen Leib überging, die Augen starrten ins Nichts, graue Haare über der riesigen Stirn (ein betagtes Wesen, das seine langwierige Embryonalentwicklung überlebt hatte?), versteinert in Traurigkeit.

Der Geistliche mit der Baskenmütze, auch er mit einer Liste in der Hand, war schon im Saal. Als er Amerigo sah, verfinsterte sich sein Gesicht. Doch Amerigo dachte in diesem Augenblick überhaupt nicht mehr an den unsinnigen Auftrag, der ihn hierhergeführt hatte; ihm schien, als sei die Grenze, die zu kontrollieren man hier von ihm verlangte, eine andere: nicht mehr Respekt vor dem »Willen des Volkes«, den hatte man längst hinter sich gelassen, sondern Respekt vor dem Menschlichen.

Der Geistliche und der Vorsitzende hatten der Stationsschwester die Namen der vier Wähler genannt, und die Schwester zeigte sie ihnen. Andere Schwestern eilten herbei, brachten einen Wandschirm, ein Tischchen, alle die zur Wahl hier erforderlichen Dinge.

Ein Bett am Ende des Saales war leer und frisch gemacht; der Patient, vielleicht ein Genesender, saß auf einem Stuhl daneben, bekleidet mit einem Flanellpyjama, darüber eine Jacke, auf der anderen Seite des Bettes saß ein alter Mann mit Hut, gewiß sein Vater, der an diesem Sonntag zu Besuch gekommen war. Der Sohn war ein junger Mann, schwachsinnig, mit normalem Körperbau, doch irgendwie verkrampft in seinen Bewegungen. Der Vater knackte dem Sohn Mandeln auf und reichte sie ihm übers Bett, der Sohn nahm sie und steckte sie langsam in den Mund. Und der Vater sah zu, wie er kaute.

Die fischartigen Geschöpfe stießen wieder ihre Schreie aus, ab und zu löste sich die Stationsschwester von den Wahlhelfern, um einen besonders Erregten zu beschwichtigen, wenn auch mit wenig Erfolg. Jedes Geschehen auf dieser Station war von allen anderen unabhängig, als umschlösse jedes Bett eine isolierte, kontaktlose Welt, die Schreie ausgenommen, die, immer wieder anschwellend, sich wechselseitig anfeuerten und allgemeine Bewegung hervorriefen, teils wie Spatzengezwitscher, teils schmerzliches Stöhnen. Nur der Mann mit dem Wasserkopf blieb unbeweglich, wie unberührt von jedem Laut.

Amerigo sah immer noch zu dem Vater und dem Sohn hinüber. Der Sohn hatte lange Gliedmaßen und ein langes, stoppliges, verwundertes Gesicht, vielleicht zur Hälfte gelähmt. Der Vater war ein Bauer im Sonntagsanzug und ähnelte seinem Sohn besonders durch das längliche Gesicht und die langgestreckten Hände. Die Augen aber waren verschieden: Der Sohn hatte tierische, wehrlose Augen, während die des Vaters halb geschlossen waren und mißtrauisch, wie es bei alten Bauern oft der Fall ist. Sie saßen sich schräg gegenüber auf ihren Stühlen beiderseits des Bettes, sahen einander ins Gesicht und bemerkten nichts von dem, was rings um sie herum geschah. Amerigo konnte den Blick nicht von ihnen wenden, vielleicht um sich von anderen Bildern zu erholen (oder um sie zu meiden),vor allem aber, weil er sich seltsam von ihnen angezogen fühlte.

Unterdessen ließ man einen der Patienten im Bett wählen. Dies ging folgendermaßen vor sich: Man stellte einen Wandschirm um sein Bett, das Tischchen dahinter, und da er gelähmt war, wählte die Schwester für ihn. Man rückte den Wandschirm wieder weg, und Amerigo konnte ihn sehen: ein blauviolettes Gesicht, hintenübergefallen wie bei einem Toten, der Mund weit offen, zahnlose Kiefer, aufgerissene Augen. Man sah nicht mehr von ihm als dieses Gesicht im eingesunkenen Kopfkissen; er lag steif wie ein Stock, nur ein Röcheln drang pfeifend aus seiner Kehle.

Wie können sie wagen, so ein Geschöpf wählen zu lassen? fragte sich Amerigo, und da erst besann er sich, daß es seine Pflicht war, so etwas zu verhindern.

Schon wurde der Wandschirm an einem anderen Bett aufgestellt. Amerigo folgte ihnen. Wieder ein glattes, gedunsenes Gesicht, starr, der Mund offen und verzerrt, die Augäpfel vor die wimperlosen Augenlider gequollen. Dieser hier war unruhig und erregt.

»Hier muß ein Irrtum vorliegen!« sagte Amerigo. »Wie kann dieser Patient denn wählen?«

»Aber hier steht sein Name: Morin, Giuseppe«, sagte der Vorsitzende. Und zum Geistlichen gewandt: »Ist er es wirklich?« – »Bitte, hier ist das Attest«, erwiderte der Geistliche, »unfähig, die Glieder zu bewegen. Nicht wahr, Schwester, Sie sind ihm behilflich?«

»Aber gewiß, gewiß. Armer Giuseppe!« antwortete die Nonne.

Jener warf sich stöhnend in die Höhe, als durchzuckten ihn elektrische Schläge.

Jetzt war es Amerigos Sache einzuschreiten. Er riß sich los von seinen Gedanken, von jenem weit entfernten, gerade erschauten Grenzbezirk – was für eine Grenze eigentlich? –, und alles, was sich diesseits und jenseits befand, verschwand im Nebel.

»Einen Augenblick«, sagte er mit tonloser Stimme und wußte, daß er eine Formel wiederholte, daß er ins Leere sprach, »ist der Wähler in der Lage, die Person zu erkennen, die für ihn wählt? Ist er imstande, seinen Willen auszudrücken? Ja, ich meine Sie, Signor Morin: Sind Sie dazu in der Lage?«

»Immer wieder dasselbe«, sagte der Geistliche zum Vorsitzenden, »man fragt, ob er die Schwester kennt, die Tag und Nacht um ihn ist...«, und schüttelte mit einem kurzen Auflachen den Kopf.

Auch die Schwester lächelte, doch war es ein Lächeln, das allen galt und niemandem zugleich. Das Problem, ob man sie kennt oder nicht, existiert für sie überhaupt nicht, dachte Amerigo; und er mußte vergleichen zwischen dem Blick der alten Schwester und dem Blick jenes

Bauern, der für diesen langen Sonntag ins »Cottolengo« gekommen war, um seinem idiotischen Sohn in die Augen zu sehen. Die Schwester legte keinen besonderen Wert darauf, von ihren Pfleglingen erkannt zu werden, das Gute, das sie von ihnen erhielt – als Lohn für das Gute, das sie ihnen gab –, war allgemeiner Art, davon ging nichts verloren. Der alte Bauer aber sah seinem Sohn in die Augen, um von ihm erkannt zu werden, um ihn nicht zu verlieren, um jenes Etwas nicht zu verlieren, gering und schwach und doch sein eigen, das sein Sohn war.

Die Schwester dagegen bekümmerte es nicht, wenn von jenem Überrest von Mensch, der dennoch einen Stimmzettel besaß, kein Zeichen des Erkennens kam. Indes, sie wachte eifrig über die Formalitäten dieser Wahl wie über eine der vielen Formalitäten, die ihr die Welt draußen auferlegte und die auf ihr unbekannten Wegen den Erfolg ihrer eigenen Tätigkeit ausmachten; und so versuchte sie ihn an den Schultern auf die Kissen hinaufzuziehen, fast als wolle sie den Anschein erwecken, daß er sitzen könne. Doch keine Stellung war diesem Leib mehr angemessen: Die Arme in dem weißen Hemd waren steif, die Hände nach innen verkrümmt, nicht anders verhielt es sich mit den Beinen, gerade als wollten sich alle seine Gliedmaßen in sich selbst verkriechen, um Schutz zu suchen.

»Aber sprechen«, fragte der Vorsitzende mit erhobenem Finger, fast als wolle er um Entschuldigung bitten für seinen Zweifel, »kann er wirklich nicht sprechen?«

»Nein, sprechen kann er nicht, Herr Vorsitzender«, antwortete der Geistliche. »Na, kannst du sprechen? Du kannst also nicht sprechen? Sehen Sie, er kann nicht. Aber er versteht. Du weißt doch, wer sie ist, nicht wahr? Ist sie gut? Ja? Er versteht. Schließlich hat er auch beim letzten Mal gewählt.«

»Ja, ja«, bestätigte die Schwester. »Dieser hier hat immer gewählt.«

»Weil er sich in dieser Verfassung befindet, aber schließlich versteht er...«, begann die Wahlhelferin in der weißen Bluse. Und niemand wußte, ob sie damit einer Frage, einer Behauptung oder einer Hoffnung Ausdruck geben wollte. Dann wandte sie sich an die Schwester, wie um diese in ihre Frage-Behauptung-Hoffnung einzubeziehen: »Er versteht doch, nicht wahr?« – »Hm...« Die Schwester breitete die Arme aus und richtete den Blick nach oben. »Schluß mit diesem Theater«, sagte Amerigo trocken. »Er ist nicht imstande, seinen Willen zu äußern, folglich kann er auch nicht wählen. Ist das klar? Etwas mehr Respekt. Jedes weitere Wort erübrigt sich.«

(Meinte er etwas mehr Respekt der Wahl oder etwas mehr Respekt dem leidenden Körper gegenüber? Er gab keine nähere Erläuterung dazu.)

Er dachte, seinen Worten würde eine Auseinandersetzung folgen. Aber nichts dergleichen geschah. Niemand widersprach. Seufzend und kopfschüttelnd blickten sie auf den zusammengekrümmten Mann. »Gewiß, es geht ihm jetzt schlechter«, gab der Geistliche leise zu. »Vor zwei Jahren hat er aber noch gewählt.«

Der Vorsitzende hielt Amerigo die Liste hin: »Was sollen wir tun? Lassen wir die Stelle frei, oder sollen wir ein besonderes Protokoll machen?«

»Lassen wir das. Lassen wir's gut sein«, war alles, was Amerigo sagen konnte. Ihn bewegte eine andere Frage: ob es menschlich sei, ihnen leben oder sterben zu helfen, und auch darauf wußte er keine Antwort.

So hatte er seinen Kampf gewonnen. Die Stimme des Gelähmten war nicht erschwindelt worden. Eine Stimme, was war schon eine einzige Stimme? Das nämlich sagte ihm das »Cottolengo« mit seinen Seufzern und Schreien: Sieh doch, was für eine Farce dein Volkswille hier ist, hier glaubt doch kein Mensch daran, hier rächt man sich an der Machtvollkommenheit der Welt; da wäre es besser gewesen, auch diese Stimme durchgehen zu lassen, da wäre es besser gewesen, wenn jener auf diese Weise erworbene Teil der Macht ihnen ein für allemal verbliebe, untrennbar von ihrer Regierungsgewalt, sollten sie ihn nur für immer mit sich herumtragen.

»Und Nummer 27? Und Nummer 15?« fragte die Schwester.

»Wählen jetzt die andern, die noch wählen sollten?« Der Geistliche hatte einen Blick auf die Liste geworfen und war dann an ein Bett getreten. Kopfschüttelnd kam er zurück. »Dem geht's auch schlecht.«

»Erkennt er niemanden?« fragte die Wahlhelferin, als erkundigte sie sich nach einem Angehörigen.

»Es geht ihm schlechter. Schlechter«, gab der Geistliche zurück. »Da ist nichts zu machen.«

»Dann streichen wir also auch diesen«, meinte der Vorsitzende.

»Und der vierte? Wo ist der vierte?«

Aber der Geistliche hatte inzwischen begriffen und wollte rasch zu Ende kommen. »Was der eine nicht kann, können die andern auch nicht; gehen wir, gehen wir«, und er schob den Vorsitzenden am Arm weiter, der die Bettnummern kontrollieren wollte, schließlich vor dem unbeweglichen Riesen mit dem übermäßig großen Kopf stehenblieb und anhand der Liste festzustellen suchte, ob er der vierte Wähler sei; doch der Geistliche drängte ihn weiter. »Gehen wir, gehen wir, ich sehe schon, daß alle hier übel dran sind...«

»In den anderen Jahren hat man ihn aber wählen lassen«, wandte die Nonne ein, als handle es sich um Injektionen.

»Ja, aber diesmal geht es ihnen schlechter«, sagte der Geistliche abschließend. »Man weiß ja, jedem Patienten geht es mit der Zeit entweder besser oder schlechter.«

»Natürlich können sie nicht alle wählen, die Ärmsten«, sagte die Wahlhelferin wie entschuldigend.

»Oh, Ärmste wir!« lachte die Schwester. »Da gibt es leider mehr als genug, die nicht wählen können. Wenn Sie einen Blick auf die Veranda dort werfen würden...«

»Darf man?« fragte die Wahlhelferin.

»Aber sicher, kommen Sie nur.« Und sie öffnete eine Glastür.

»Wenn es solche sind, vor denen einem graut, habe ich Angst«, sagte der Sekretär. Auch Amerigo war zurückgewichen.

Die Schwester lächelte immer noch. »Aber nein, warum denn, es sind brave Jungen...«

Die Tür ging auf eine Terrasse, eine Art Veranda hinaus; da standen im Halbkreis Lehnstühle, und darauf saßen lauter junge Männer mit geschorenem Kopf und

Bartstoppeln im Gesicht, die Hände auf die Lehne gestützt. Sie trugen blaugestreifte Schlafröcke, die bis zur Erde reichten und den Nachttopf verbargen, der unter jedem Lehnstuhl stand, aber die stinkend überlaufenden Rinnsale flossen über den Fußboden, zwischen den Holzpantinen hindurch, in denen ihre nackten Füße steckten. Auch hier konnte man die für die Bewohner des »Cottolengo« typische brüderliche Ähnlichkeit wahrnehmen, auch im Gesichtsausdruck glichen sie einander, der offene, formlose Mund mit den großen Zahnlücken, dann ein Grinsen, das ebensogut ein Weinen sein konnte; und der Lärm, der von ihnen ausging, vermischte sich zu einem Schnattern von Lachen und Schluchzen. Vor ihnen stand ein Hilfsprediger, einer jener häßlichen, doch tüchtigen jungen Leute, und achtete auf Ordnung, in der Hand einen Rohrstock, er griff ein, wenn einer der Männer sich anfassen oder aufstehen wollte oder Streit mit den andern begann oder zu laut lärmte. Ein paar Sonnenstrahlen fielen auf die Scheiben der Veranda, und die jungen Menschen lachten entweder die Sonnenreflexe an oder wurden unvermittelt wütend, schrien einander an und hatten es gleich darauf wieder vergessen.

Die Wahlhelfer sahen ihnen von der Tür aus einen Augenblick lang zu, dann zogen sie sich zurück, gingen wieder durch den Krankensaal. »Eine Heilige sind Sie«, sagte die Frau mit der weißen Bluse. »Wenn es nicht Menschen gäbe wie Sie, würden diese Unglücklichen...«

Die alte Schwester blickte mit ihren hellen, heiteren Augen um sich, als stünde sie inmitten eines Gartens von Gesundheit, und antwortete auf das Lob mit den hinlänglich bekannten Worten der Bescheidenheit und Nächstenliebe, doch klangen sie ganz natürlich, denn für sie war das alles bestimmt ganz natürlich, für sie gab es keine Zweifel, seitdem sie sich entschieden hatte, nur noch für jene Armen zu leben.

Auch Amerigo hätte ihr gern ein paar Worte der Bewunderung und Sympathie gesagt, doch alles, was ihm einfiel, waren Worte über die Gesellschaft, wie sie seiner Meinung nach einmal werden sollte, eine Gesellschaft, in der eine Frau wie sie nicht mehr als Heilige angesehen würde, weil es dann viel mehr Menschen geben würde wie sie, die nicht mehr an den Rand verwiesen, nicht mehr abgeschoben sein würden in ihren Heiligenschein; und dann würde es natürlicher sein, für eine allgemeine Aufgabe zu leben, wie sie es tat, als für irgendeine beschränkte Aufgabe, und es würde einem jeglichen möglich sein, sich selbst, den eigenen, verborgenen, geheimen, individuellen Impuls in dem ihm anvertrauten sozialen Bereich zum Ausdruck zu bringen...

Doch je mehr er sich in diese Überlegungen verstrickte, desto mehr wurde ihm bewußt, daß es ihm im Augenblick gar nicht so sehr um diese Dinge ging, sondern um etwas anderes, wofür er keine Worte fand. Schließlich fühlte er sich in Gegenwart der alten Nonne noch im Kreise seiner Welt und bestätigt in der Moral, an die zu halten (wenn auch nur annähernd und mit Anstrengung) er sich stets bemüht hatte, doch was ihm in diesem Krankensaal keine Ruhe ließ, war immer noch die Anwesenheit jenes Bauern und seines Sohnes, die ihm ein unbekanntes Land zeigten.

Die Nonne hatte den Krankensaal in einem freien Willensakt gewählt, hatte sich – die übrige Welt von sich weisend – ganz mit dieser Sendung oder diesem Dienst identifiziert, und doch – ja sogar: gerade deswegen – blieb sie losgelöst von dem Objekt ihrer Sendung, Herrin ihrer selbst, auf eine glückliche Weise frei. Der alte Bauer aber hatte nichts gewählt, er hatte das Band nicht gewollt, das ihn an den Krankensaal fesselte, sein Leben war anderswo, auf seinem Grund und Boden, doch sonntags machte er sich auf die Reise, um seinen Sohn kauen zu sehen.

Der junge Idiot hatte jetzt seinen schwerfälligen Imbiß beendet, und Vater und Sohn saßen immer noch beiderseits des Bettes, hatten beide ihre Hände, schwer an Knochen und Adern, auf die Knie gestützt und den Kopf zur Seite geneigt – der Vater unter seinem heruntergezogenen Hut, der Sohn mit kahlgeschorenem Schädel wie ein Rekrut, so daß sie sich weiter aus den Augenwinkeln betrachten konnten.

Ja, dachte Amerigo, diese beiden brauchen einander, so wie sie sind.

Und er dachte: Diese Form des Seins ist Liebe.

Und dann: Das Menschliche reicht so weit, wie die
Liebe reicht; es kennt keine Grenzen, wenn nicht die, die
wir ihm setzen.

13

Es wurde Abend. Immer noch zog die »Nebenwahlstelle« durch die Krankensäle: Jetzt waren die Frauen an der
Reihe. Es dauerte endlos, sie in ihren Betten wählen zu
lassen hinter diesen Wandschirmen, die immer wieder
umgestellt werden mußten. Diese kranken, alten Frauen
brauchten manchmal zehn Minuten, manchmal eine Viertelstunde. »Sind Sie fertig, Signora? Können wir wegnehmen?« Und die Ärmste dort hinter dem Wandschirm lag
vielleicht schon in Agonie. »Haben Sie den Stimmzettel
zusammengefaltet? Ja?« Und wenn man den Wandschirm
wegzog, lag der Zettel noch offen da, unberührt, oder mit
einem Klecks oder mit einem Krakelfuß.

Amerigo war auf der Hut; die Patientin mußte hinter
dem Wandschirm allein gelassen werden; das Argument
vom geschwächten Sehvermögen oder von den nicht gebrauchsfähigen Händen verfing nicht mehr; jetzt war
schon keine Rede mehr davon, eine Nonne das Kreuzchen machen zu lassen; Amerigo zeigte sich unerbittlich,
wer nicht allein wählen konnte, wählte eben nicht.

Von dem Augenblick an, da er sich jenen Unglücklichen gegenüber weniger fremd fühlte, war ihm auch die
Härte seiner politischen Aufgabe wieder weniger fremd
erschienen. Es war, als sei in jenem ersten Krankensaal
das Gespinst der objektiven Widersprüche, das ihn in
einer Art hoffnungsloser Resignation gefangenhielt, zerrissen, als fühle er sich nun wach, als sei ihm jetzt alles
klar und als habe er begriffen, was man von der Gesellschaft fordern könne und was nicht, bei welcher Gelegenheit man entweder eingreifen müsse oder es ganz bleiben lassen solle.

Jeder weiß, wie es einem in solchen Augenblicken ergeht, wo man alles begriffen zu haben glaubt: Gleich danach versucht man vielleicht zu definieren, was man begriffen hat, und schon entzieht sich einem alles. Vielleicht hatte sich gar nicht so viel in ihm verändert: sein Handeln und dessen Motive, seine Selbstverteidigung und so fort, das alles verändert sich schwerlich; man redet und redet, aber zuletzt bleibt man doch, wie man ist.

Was er jedoch endlich begriffen zu haben glaubte, war seine Beziehung zu Lia, und zwischen diesen Krankenbetten, die im ungewissen Halbschatten alles Leiden zuzudecken schienen, das Frauenleiber zu entstellen vermag (sie befanden sich unter hohen Gewölbebogen in einem kreisförmigen Saal, den der Widerschein der abgeschirmten Lampen von den weißen Bettumschlägen her nur schwach beleuchtete – auf denen verkrümmte Arme wie rote oder gelbe Äste ruhten –, und diese Bogen oder Streben liefen alle in einem Pfeiler zusammen, an seinem Sockel ein Bett, und daraus drang ein langer, winselnder Schrei einer vermummten Gestalt, die – er sträubte sich hinüberzusehen – ein kleines Mädchen sein mußte, dessen einzige Lebensäußerung das Auf und Ab dieses Schreiens war, und alles ringsherum – die ganze Szenerie und die Schatten, die sich von den Kopfkissen erhoben – schien im Dienst dieser einen kindlichen Lebensanstrengung zu stehen, und es war, als käme der Chor aus Wimmern und Seufzen von allen Betten her allein dieser fast körperlosen Stimme zu Hilfe), sah Amerigo Lia, aber es war jetzt nur die Traurigkeit ihrer grauen Augen, die er sah, jene Andeutung des Fliehenwollens in der Tiefe ihrer Augen, die man nicht vertreiben, nicht besänftigen konnte, ihr Haar, das so ergeben auf die weichen Schultern fiel, doch gleichsam wie bei einer wilden, am Boden sich duckenden Kreatur, die, kaum daß du sie berührst, sich sofort losreißen wird, und dazu die über den Arm hervorstehende zarte Brustspitze, alles das forderte seinen Schutz heraus und sein Erbarmen, und eben das vermochte er ihr nicht zu geben, denn im letzten Augenblick drehte sie sich mit einem kurzen, herausfordernden Lachen um, der graue Blick verdüsterte sich und wurde abweisend, das herabfallende Haar straffte sich, und das lange Bein tat einen Schritt nach vorn, als wolle sie alles abschütteln, was zuvor gewesen. Aber nun schien ihm dieser Wachtraum von Lia, diese Liebe wie eine gegenseitige und ständige Herausforderung oder Corrida oder Safari nicht mehr in Widerspruch mit diesen Krankenhausschatten zu stehen: Es waren Verschlingungen desselben Knotens oder Knäuels, in das alle Menschen – oft (oder immer) schmerzlich – miteinander verknüpft sind. Ja, für die Dauer einer einzigen Sekunde (also für immer) glaubte er begriffen zu haben, daß der Begriff Liebe sowohl seine Liebe zu Lia als auch des Bauern stummen Sonntagsbesuch bei seinem Sohn im »Cottolengo« zu fassen vermochte.

Er war so erregt von dieser Entdeckung, daß er es kaum erwarten konnte, mit Lia darüber zu sprechen, und da er eine Bürotür offen sah, bat er die Schwester, telefonieren zu dürfen. Lias Nummer war besetzt. »Ich komme später noch einmal, wenn es Ihnen recht ist? Danke schön«, und so lief er hin und her zwischen der »Nebenwahlstelle«, die ihre Arbeit in den verschiedenen Krankensälen fortsetzte, und dem Telefon, in dem dauernd das Besetztzeichen erklang, und er wußte immer weniger, was er Lia sagen sollte, denn jetzt drängte es ihn, ihr alles zu erklären über die Wahl, über das »Cottolengo« und über die Menschen, die er hier gesehen hatte, doch immer wieder kam irgendeine Schwester ins Büro, und deshalb hätte er gar nicht lange sprechen können. Und so war er jedesmal, wenn er das Besetztzeichen hörte, ärgerlich und erleichtert zugleich, auch weil er fürchtete, daß die Rede auf jenes Thema kommen könnte, und er wollte sich mit dem Problem jetzt nicht beschäftigen, oder besser: Er wollte ihr nur zu verstehen geben, daß er sich – obgleich seine Ansicht sich nicht geändert hatte – trotz dieser seiner Ansicht doch in einer anderen Gemütsverfassung befand.

Obwohl er insgeheim hoffte, ihre Nummer möge weiter besetzt sein, hörte er doch nicht auf, immer wieder anzurufen, und als er endlich Anschluß bekam, redete er belangloses Zeug, nur darüber, daß ihr Telefon in einem fort besetzt gewesen war.

Lia sprach ebenso belangloses Zeug, das heißt, zwischen ihnen war alles wieder wie gewohnt, doch Amerigo fand nun dieses Gewohnte auf einmal hinreißend und achtete gar nicht auf die Worte, sondern nur auf deren Klang wie auf eine Musik.

Doch plötzlich wurde er aufmerksam, Lia sagte: »Und dann weiß ich gar nicht, was ich anziehen soll und ob ich einen Übergangsmantel mitnehmen muß. Wie ist denn jetzt das Wetter in Liverpool?«

»Was? Du fährst doch nicht etwa nach Liverpool?«

»Natürlich fahre ich. Morgen. Ich reise morgen.«

»Was sagst du da? Warum in aller Welt?« Amerigo war alarmiert, was nun eine Reise nach Liverpool wohl zu bedeuten habe, doch zugleich beruhigt, weil eine solche Reise die Befürchtungen von vorhin möglicherweise zunichte machte, und verwirrt, weil Lia stets das zu tun pflegte, was man am wenigsten von ihr erwartete, und andererseits getröstet, weil das eben echt Lia war.

»Du weißt doch: Ich muß meine Tante in Liverpool besuchen.«

»Aber du hast doch gesagt, daß du nicht fahren würdest.«

»Und du hast mir gesagt: ›Fahr doch!‹«

»Ich? Wann?«

»Gestern.«

Also wieder die alte Leier. »Ach, wahrscheinlich habe ich gesagt: ›Fahr doch!‹, wie um zu sagen: Mach, was du willst, laß mich in Frieden mit dieser ewigen Geschichte von Liverpool und deiner Tante, ›fahr doch!‹ werde ich gesagt haben, genauso wie ich dir jetzt sagen könnte, ›fahr doch!‹, ohne damit sagen zu wollen, daß du wirklich fahren sollst!«

Er ärgerte sich, aber er wußte, daß seine Liebe zu Lia in eben diesem Ärger bestand.

»Jedenfalls hast du zu mir gesagt: ›Fahr doch!‹«

»Du bist genau wie der, der immer alles wörtlich nahm!«

Lia fuhr auf. »Wer ist denn das? Von wem redest du da? Was willst du damit sagen?«, als hätte sie aus Amerigos Worten etwas äußerst Beleidigendes herausgehört, und Amerigo wußte nicht, wie er das Gespräch beenden sollte, war verärgert und wütend und wußte zugleich, was davon zu halten war und daß es nichts zu bedeuten hatte, wenn sie den Hörer auflegte.

14

Die letzten Stimmen, die man einholen mußte, waren die der bettlägerigen Nonnen. Die Wahlhelfer schritten durch lange Schlafsäle, durch Reihen von Baldachinen mit weißen Vorhängen, die an einigen Betten zur Seite gezogen waren und eine alte, auf Kissen gestützte Nonne umrahmten, die völlig angekleidet, einschließlich der frisch gestärkten Haube, aus ihren Decken hervorsah. Die klösterliche Architektur (vielleicht aus der Mitte des vorigen Jahrhunderts, doch wie zeitlos), die Ausstattung, die Tracht vermittelten den Eindruck, der in einem Kloster des siebzehnten Jahrhunderts nicht anders hätte sein können. Amerigo befand sich zum ersten Mal in derartigen Räumen. Bei einer solchen Gelegenheit wäre ein Mensch wie er durchaus imstande – gebannt von der historischen Atmosphäre, infolge eines gewissen Ästhetizismus, durch die Erinnerung an bekannte Bücher, durch das (besonders den Revolutionären eigene) Interesse dafür, wie Institutionen Gesicht und Seele einer Kultur prägen –, sich von einer spontanen Begeisterung für den Schlafsaal der Nonnen hinreißen zu lassen und im Namen der künftigen Gesellschaft fast neiderfüllt auf ein Bild zu sehen, das, wie diese Aneinanderreihung weißer Baldachine, eine solche Vielzahl unterschiedlicher Elemente in sich vereinigte: Zweckmäßigkeit, Unterdrückung, Ruhe, Herrschaft, Genauigkeit, Absurdität.

Doch nichts dergleichen geschah. Er hatte eine Welt durchschritten, die jede Form ablehnte, und als er sich jetzt inmitten dieser fast außerweltlichen Harmonie befand, wurde er inne, daß ihm dies gleichgültig war. Es war etwas anderes, das er jetzt zu begreifen sich mühte, nicht die Bilder der Vergangenheit und Zukunft. Die Vergangenheit (gerade weil er ein so festumrissenes Bild von ihr hatte, das keinerlei Änderung erlaubte, genau wie dieser Schlafsaal) erschien ihm wie ein riesiger Hinterhalt. Und die Zukunft, wenn man sich überhaupt ein Bild von ihr macht (das heißt, wenn man sie mit der Vergangenheit verbindet), wurde ebenfalls zum Hinterhalt.

Hier wurde man rascher fertig. Man legte die Stimmzettel auf ein Tablett und dieses auf die Knie der Nonne, die im Bett saß, und zog die weißen Vorhänge des Baldachins zu. »Haben Sie gewählt, ehrwürdige Schwester?« Schon zog man die Vorhänge wieder auf und tat die Stimmzettel in die Schachtel. Das Kopfende des hohen Bettes war ausgefüllt von dem Kissenberg und der Person der Altehrwürdigen unter dem großen Brusttuch, mit der Haube, die bis an den Baldachin stieß. Der Vorsitzende, der Sekretär und die Wahlhelfer, die hinter dem Vorhang warteten, wirkten geradezu klein dagegen.

Wie Rotkäppchen zu Besuch bei der kranken Großmutter, ging es Amerigo durch den Sinn. Wenn der Vorhang geöffnet wird, haben wir vielleicht nicht mehr die Großmutter vor uns, sondern den Wolf. Und schließlich: Jede kranke Großmutter ist ein Wolf.

15

Nun waren sie wieder alle im Wahllokal versammelt. Sie hatten nicht mehr viel Zulauf. Einige wenige Namen in der Wählerliste waren noch nicht abgestrichen. Der Vorsitzende hatte die nervöse Spannung verloren und befleißigte sich als Reaktion darauf einer ebenso hektisch wirkenden Jovialität: »Also, morgen noch die Auszählung, und damit wäre auch das erledigt! Dann, meine Herrschaften, haben wir unsere Pflicht getan! Ah, für wenigstens vier Jahre braucht man nicht mehr daran zu denken!« – »Und wie man daran denken wird...«, brummte Amerigo, der schon voraussah (doch er sollte sich täuschen), daß der heutige Tag zum Stichtag einer Involution in Italien werden würde (statt dessen kam das berüchtigte »Schwindelgesetz« nicht durch, Italien setzte seinen Weg fort und offenbarte immer mehr seine doppelgesichtige Seele), zum Stichtag einer weltweiten Verhärtung der Fronten (doch auf der ganzen Welt sollten gerade die Dinge in Bewegung geraten, die am meisten verhärtet erschienen), die nur trägen Gewissen, wie dem dieses Vorsitzenden hier, Ruhe gab und den Wunsch,

nach wachen Gewissen zu suchen, erstickt. (Doch alle
diese Dinge komplizierten sich immer mehr, und es
wurde immer schwieriger, das Positive und das Negative
in einem positiven oder negativen Ding zu erkennen,
und immer notwendiger, von Äußerlichkeiten abzuse-
hen und nach dem bleibenden Wesentlichen zu suchen:
Das war noch nicht viel und noch ungewiß...)

Dann scharten sich die Wahlhelfer um einen der letzten Wähler, einen großen, kräftigen Mann mit Mütze.
Von Geburt an war er ohne Hände: zwei zylindrische
Stümpfe ragten aus seinen Ärmeln hervor, doch wenn er
sie aneinanderpreßte, konnte er wie mit Riesenfingern
sogar kleine und dünne Gegenstände aufnehmen und
benutzen (einen Bleistift, ein Blatt Papier; so hatte er
auch allein gewählt und allein den Stimmzettel zusammengefaltet). »Alles, auch Zigaretten anzünden«, sagte
der Hüne, holte mit rascher Bewegung ein Päckchen aus
der Tasche, führte es an den Mund, um eine Zigarette
herauszuziehen, klemmte die Streichholzschachtel unter
die Achsel, zündete die Zigarette an und rauchte unge-
rührt.

Alle umstanden ihn und fragten, wie er das fertigbrin-
ge, wie er das gelernt habe. Der Mann antwortete kurz
angebunden. Er hatte ein dickes, rotes Gesicht wie ein
alter Arbeiter, ruhig und ausdruckslos. »Ich kann alles«,
sagte er. »Ich bin fünfzig Jahre alt. Ich bin im ›Cottolengo‹ aufgewachsen.« Er sprach mit erhobenem Kinn,
hart, herausfordernd fast. Amerigo dachte: Der Mensch
triumphiert auch über die bösartigen Mutationen; und
er erkannte in der äußeren Erscheinung dieses Mannes,
in seiner Kleidung und in seinem Auftreten jene Merk-
male, die typisch sind für die Arbeiterschaft, der auch –
im übertragenen und im wörtlichen Sinne – etwas ver-
sagt war, was zu ihrer Ganzheit gehörte, und die doch
die Fähigkeit hatte, sich aus sich selbst heraus aufzubau-
en, die bestimmende Rolle des Homo faber zu behaupten.

»Ich kann jede Arbeit allein machen«, sagte der Hüne
mit der Mütze. »Die Schwestern haben es mir beige-
bracht. Hier im ›Cottolengo‹ machen wir alles selbst. In
den Werkstätten und auch sonst überall. Wir sind hier

wie in einer Stadt. Ich habe schon immer im ›Cottolengo‹ gelebt. Es fehlt uns nichts. Die Schwestern lassen es uns an nichts fehlen.«

Er war selbstsicher und verschlossen: in stolzer Behauptung seiner Kraft und seiner Verbundenheit mit einer Ordnung, die ihn zu dem gemacht hatte, was er war. Die Stadt, die einmal des Menschen Hände um ein Vielfaches vermehren wird, fragte sich Amerigo, wird diese Stadt schon die Stadt des vollkommenen Menschen sein? Oder ist es gerade das Wertzeichen des Homo faber, daß ihm seine erreichte Vollkommenheit nie vollkommen genug ist?

»Sie haben die Schwestern gern, nicht wahr?« fragte jetzt die Frau mit der weißen Bluse den Hünen, begierig, zum Abschluß dieses Tages ein tröstendes Wort zu hören.

Der Mann antwortete weiterhin knapp, fast feindlich, wie ein guter Bürger produktionsbeflissener Staatswesen (Amerigo dachte an die beiden großen Länder). »Den Schwestern habe ich zu verdanken, daß ich etwas lernen konnte. Ohne die Schwestern wäre ich nichts. Jetzt kann ich alles. Gegen die Schwestern ist nichts zu sagen. Es gibt niemanden, der so ist wie die Schwestern.«

Die Stadt des Homo faber, dachte Amerigo, läuft immer Gefahr, ihre Institutionen mit dem geheimen Feuer zu verwechseln, ohne das keine Stadt gegründet und kein Rad der Maschinen in Bewegung gesetzt werden kann; während er die Institutionen verteidigt, kann er unversehens das Feuer ausgehen lassen.

Er trat ans Fenster. Auf den traurigen Gebäuden lag ein wenig Rot der Abenddämmerung. Die Sonne war schon untergegangen, doch ein Widerschein haftete noch auf den Umrissen der Dächer und Zinnen und eröffnete in den Höfen die Perspektiven einer nie gesehenen Stadt.

Zwergenhafte Frauen trippelten über den Hof, schoben einen Karren mit Reisig. Die Last war schwer. Da kam eine andere, groß wie eine Riesin, hinzu und schob ihn fast laufend vorwärts, lachte dabei, und alle lachten. Eine andere, auch eine große, fegte den Hof mit einem Strohbesen. Eine ganz Dicke schob an hohen Stangen einen Kessel, der auf zwei Fahrradrädern montiert war, vielleicht brachte sie die Suppe. Auch die allerletzte unter den Städten der Unvollkommenheit hat ihre Stunde der Vollkommenheit, dachte der Wahlhelfer, die Stunde, den Augenblick, da eine jede Stadt die *Stadt* ist.

Italo Calvino ·

Autobiographie in Fragmenter

Italo Calvino behielt zeit seines Lebens etwas von einem Nomaden: Geboren in Kuba, aufgewachsen in San Remo, lebte er später in Turin, Paris, hielt sich lange in Amerika auf. Diese Sammlung umfaßt alle Texte, die er über den eigenen Lebensweg geschrieben hat. Sie erzählen von seiner Jugend unter dem italienischen Faschismus, seinem Weg zum Schriftsteller nach dem Krieg bi hin zu den späten Jahren eines Kosmopoliten. Dabei erweist er sich als scharfsin-niger Beobach ter seiner Zeit.

Aus dem Italienischen von Burkhart Kroeber
und Ina Martens. 280 Seiten. Gebunden